◎ 沉思者经典译丛 ◎

世上唯一专门谈论势利者的名著
对于人性有精辟透彻的揭露
一流英国文学大师、《名利场》作者的另一部杰作

势利者脸谱
THE BOOK OF SNOBS

[英] 威廉·梅克庇斯·萨克雷 著
(William Makepeace Thackeray)
刘荣跃 译

中国社会科学出版社

图书在版编目（CIP）数据

势利者脸谱／［英］威廉·梅克庇斯·萨克雷
(William Makepeace Thackeray) 著；刘荣跃译. —北京：中国社会科学出版社，2009.1
ISBN 978-7-5004-7376-3

Ⅰ. 势… Ⅱ. ①威…②刘… Ⅲ. 散文—作品集—英国—现代 Ⅳ. I561.65

中国版本图书馆 CIP 数据核字（2008）第 173046 号

丛书策划	曹宏举
责任编辑	郭 鹏
责任校对	曲 宁
封面设计	李尘工作室
版式设计	戴 宽

出版发行	中国社会科学出版社		
社　址	北京鼓楼西大街甲 158 号	邮 编	100720
电　话	010—84029450（邮购）		
网　址	http://www.csspw.cn		
经　销	新华书店		
印　刷	新魏印刷厂	装　订	广增装订厂
版　次	2009 年 1 月第 1 版	印　次	2009 年 1 月第 1 次印刷
开　本	710×1000　1/16		
印　张	20.25	插　页	2
字　数	280 千字		
定　价	36.00 元		

凡购买中国社会科学出版社图书，如有质量问题请与本社发行部联系调换
版权所有　侵权必究

由自身即为势利者之一的

揭示势利　警醒世人(译序)

本书是笔者奉献给读者的第二十部译著。我之所以要投入不少精力和时间翻译这本不太容易翻译的著作，主要有两个原因。

一是我觉得这个题材很不错。凡能吸引我的、有现实意义的题材，我都乐于做些译介工作，以便让更多人分享到一部优秀作品所给予我们的美好东西。"势利"这个不良的习惯与品性从古至今在人类社会中实在太普遍了，太典型了。平心而论，几乎人人都具有这样的习性，只是各自的程度不同而已——所以本书是由"自身即为势利者之一的人所作"，作者的幽默讽刺意味充分体现出来。我们必须正视这个问题，并努力予以克服，这样于己于社会才会有益——而这也是作者写作此书的目的所在，值得肯定。著名励志大师卡耐基在其《人性的弱点》中，深刻地指出了作为人的一些典型弱点。势利也算是人普遍存在的一个较大的弱点吧。中国有一个成语叫"趋炎附势",正是指的这个问题。人无完人,重要的是能正视不足,尽量予以避免,从而不断提高自身的素质。个人素质提高了,社会的整体素质自然也就得到提高,社会不就进步了吗?但需要看到的是,势利在人类社会中是一个非常顽固的弊病,不是轻易能克服掉的。近两百年前英国著名作家萨克雷就把各种各样的势利者的嘴脸暴露无遗地揭示在人们眼前,而今天这种势利的现象应该说在各个国家、各种群体中还是比较普遍的。所以说作者抓住了一个极其重大的、带有普遍意义的典型主题,我也因此愿意在从事译介的活动中作一些努力,为作者"揭示势利,警醒世人"的工作尽一份力量。在近二十年的翻译活动中,我译介过马克·吐温的颇富幽默讽刺意味的作品,哈代的令人回肠荡气的爱情小说,杰克·伦敦的深刻揭示弱肉强食生存法则的故事,华盛顿·欧文的包含浓郁抒情味的散文,等等;现在我又把这本世上罕有的、专门揭示势利行为的杰作翻译出来,我为自己所作出的努力感到欣慰。在这样的译介工作中,我不但为读者提供了译作,而且自己也从中学到很多有益的东西。

翻译本书的第二个原因,是我觉得国内对这样一位文学大师的作品译介得似乎不太多。威廉·梅克庇斯·萨克雷(1811—1863年)是英国杰出的现实主义小说家。他1811年7月18日出生在印度加尔各答附近的阿里帕,1829年公学毕业后进入剑桥大学,曾去德国游学。1833年主办《国旗》周刊,同年10月前往巴黎专攻美术。1836年任伦敦《立宪报》驻巴黎记者。不久《立宪报》停刊,他回国靠写稿谋生。萨克雷的早期小说有的描绘上流社会各种骗子和冒险家,有的讽刺当时流行的渲染犯罪行为的小说,其中主要的有《当差通信》、《凯瑟琳》、《霍加蒂大钻石》、《潘丹尼斯的历史》、《亨利·艾斯芒德的历史》和《巴利·林登的遭遇》等,而《名利场》的问世使他一跃成为英国第一流作家,奠定了他在英国文学史上的地位。萨克雷还有一些散文集,其中以《势利者脸谱》最有名,这是由四十五个特写组成的英国社会各阶层势利人的肖像。《转弯抹角的随笔》收集了他为《康希尔杂志》撰写的一系列文笔隽永的小品文。他的演讲后来收在《英国幽默作家》和《四位乔治王》两个文集里。诗集有《歌谣集》。而国内很多读者对这样一位大作家的了解，恐怕主要是通过《名利场》这本书，我觉得这是远远不够的。了解研究一位著名作家，既要通过研读其代表作，又要通过研读其众多优秀作品，只有这样才能形成一个全方位的认识。我们对马克·吐温、狄更斯、巴尔扎克等大家都译介得相当多，使他们家喻户晓；相比之下对萨克雷却译介得较少，而就文学地位而言他并不逊色，同样可以跻身于一流大家的行列。正是基于这些考虑，笔者除了翻译一些自己喜爱的作品外，有意在译介萨克雷著作方面作些努力。

　　可以说把势利的行为写得如此透彻、全面的人，世上几乎没有吧。我们可以写出一两篇文章谈这个问题，但用整整一本书的篇幅专门谈它，并且在其余众多作品中都不断地揭示它，恐怕也只有萨克雷了。《势利者脸谱》就是这样一本专门说势利的书，也是萨克雷的第一部杰作。他在一系列特写中讽刺封建贵族和资产阶级的骄横无知和浮华虚荣，刻画了贵族的、商界的、都市的、军队的、教会的、学府的、文坛的和乡村的势利者肖像。作者认为当时社会关系的主要特征就是"势利"，贵族制度是培养"势利"的肥沃土壤，宪法则是这种社会风尚的有力支持。他说势利者就是"卑鄙地崇拜卑鄙事物的人"。他要求社会平等，用才能和品德而不用门第和钱财作为衡量人的标准。全面而深刻是作品的一大特色，读者从中看到了一个个势利者的可笑嘴脸。在萨克雷笔下，我们看到贵族对势利者产生多么大的影响；一个人如果有身份地位，即便人品很差也会受到奉承；一旦有了钱你就有了一切，等等，这些现象都引人深思。充满幽默讽刺意味是作品的另一特色。在阅读作品时我们时时会产生这样的感受，作品也因此显得更加生动有趣而不呆板。请看如下这些语言：

　　　　"'你的功绩如此伟大，'国家说，'因此可以让你的孩子在某种意义上统治我们，即便你的长子是个傻瓜也毫无关

[一本独特的世界散文经典]

势利者脸谱

揭示势利　警醒世人（译序）

系：我们认为你的贡献太显著了，所以当死亡让你空出崇高的地位时他将有权继承你的荣誉。如果你不富裕，我们将给你一大笔钱，让你和你的长子永远过上荣华富贵的生活。我们希望把这个幸福国度的某种家族区别对待，他们将在一切政府的工作和权力中占据头等地位，获得头等奖赏和机会。"又如："我因将君主帝王和可敬的贵族们拉入势利者的范畴而大遭谩骂；现在，我要在本章里表明自己坚定的观点，希望以此博得诸位一乐——在这个幸福的大帝国里，数量最多的势利者出现于体面阶层[1]当中。"

像这样的例子随处可见。作者自认为是势利者之一，是"笨拙先生"，其刊物也称为《笨拙》周刊，这些都包含着浓浓的幽默讽刺意味。此外作品揭示人所表现出的势利行为一点不抽象空洞，而是用了许多事实和故事予以说明，从而有了很强的说服力。

我们不难看到，作者并非只为了揭示势利行为，让人们看到社会上普遍存在的这种不良的习性，其目的还在于"揭示势利，警醒世人"，使大家对此引起高度重视，看到其危害性，并予以克服。这就使得作品具有深刻的历史意义和现实意义。《势利者脸谱》近两百年前在英国出版时就引起了不小的轰动，相信今天的读者读到它同样会感受颇深。我因此惊叹于作者敏锐的眼光和深刻的洞察力，而这也正是伟大的作家不同凡响的地方。一部经典名著即使过了若干年也仍然具有其魅力，绝不会如过眼烟云那样消失的。当然，由于历史文化背景的不同，以及对一些具体的现象不是很熟悉（比如使用什么样的餐具等），今天的读者阅读本书也许会觉得有一定距离——其实读哪一本经典名著不会有这样的感觉呢。但不管怎样书中所包含的精华我们是能感悟到的，再通过举一反三，联系实际，我们的阅读便会引发出丰富的内涵。读书总应该是一种积极的而非被动的活动，这样的读书方式

---

[1] 指有相当身份地位的人。

会使人受益匪浅。

　　作者对于势利的一种看法我觉得相当精辟，他在书中写道："除了势利之外世俗还能是什么呢？"简言之势利即世俗。仔细想想，这里面确实包含了深刻的内容，可谓意味深长，势利的严重性和普遍性可想而知！如果不努力予以克服和纠正，一个社会将会变成什么样的社会啊！作者用整整一本书来为大家敲响警钟，可见其良苦用心，可见其不凡之举。

　　再有一个需要说明的是，在我翻译的众多作品中，此书的翻译难度是较大的一本（以前遇到过华盛顿·欧文的《见闻札记》）。主要是涉及一些历史事实和语言现象，比如作者把 unbosom 拼写成 unbusm 就是一个典型的例子，这种不规范的拼法时时可见。另有一些词是一般词典中根本无法查到的，好在如今有了互联网，我据此解决了不少问题。又由于当时讲法语很时髦——自然也是一种势利的表现——所以书中经常也会出现一些法语词句，甚至有德语、意大利语等。面对这些问题，我均尽最大努力加以解决，或查阅权威词典，或请教法语老师或有关专家（在此向他们表示谢意），或通过互联网这个神奇的"巨型词典"予以处理。所以本书颇作了一些注解，这也算是此译本的一个特点吧。另外对一些人名、地名附上原文，以供阅读时参考。总之是希望尽最大努力让读者对本书有一个正确的理解和认识。虽然作了这些努力，笔者也深知该译本的错误和不足在所难免，有待改进，在此诚恳希望广大读者、专家批评指正，以便进一步完善。

刘荣跃
2004 年 10 月初稿于四川简阳
2006 年 10 月二稿于北京
2007 年 12 月三稿于四川

目录
CATALOGUE

前言		(1)
第一章	为人可笑的势利者	(1)
第二章	王室势利者	(9)
第三章	贵族对于势利者的影响	(15)
第四章	《宫廷公报》及其对势利者的影响	(21)
第五章	势利者们赞赏什么	(29)
第六章	某些体面的势利者之一	(35)
第七章	某些体面的势利者之二	(41)
第八章	都市里的势利者	(49)
第九章	军队中的势利者之一	(57)
第十章	军队中的势利者之二	(63)
第十一章	神职中的势利者之一	(69)
第十二章	神职中的势利者及其势利行为之二	(75)
第十三章	神职中的势利者之三	(83)
第十四章	大学中的势利者之一	(89)
第十五章	大学中的势利者之二	(95)
第十六章	文学中的势利者	(101)
第十七章	略谈爱尔兰的势利者	(107)
第十八章	举办社交聚会的势利者	(113)
第十九章	外出进餐的势利者之一	(121)
第二十章	对请客进餐的势利者进一步的思考	(127)
第二十一章	某些欧洲大陆的势利者之一	(135)
第二十二章	某些欧洲大陆的势利者之二	(143)
第二十三章	欧洲大陆上的英国势利者	(149)

第二十四章	某些乡下的势利者之一 …………………… （155）
第二十五章	对某些乡下势利者的拜访之一 …………… （161）
第二十六章	某些乡下的势利者之二 …………………… （169）
第二十七章	对某些乡下势利者的拜访之二 …………… （175）
第二十八章	对某些乡下势利者的拜访之三 …………… （181）
第二十九章	对某些乡下势利者的拜访之四 …………… （189）
第三十章	某些乡下的势利者之三 …………………… （197）
第三十一章	对某些乡下势利者的拜访之五 …………… （203）
第三十二章	各种各样的势利者 ………………………… （209）
第三十三章	势利者与婚姻之一 ………………………… （217）
第三十四章	势利者与婚姻之二 ………………………… （223）
第三十五章	势利者与婚姻之三 ………………………… （231）
第三十六章	势利者与婚姻之四 ………………………… （239）
第三十七章	俱乐部的势利者之一 ……………………… （245）
第三十八章	俱乐部的势利者之二 ……………………… （251）
第三十九章	俱乐部的势利者之三 ……………………… （257）
第四十章	俱乐部的势利者之四 ……………………… （263）
第四十一章	俱乐部的势利者之五 ……………………… （271）
第四十二章	俱乐部的势利者之六 ……………………… （277）
第四十三章	俱乐部的势利者之七 ……………………… （283）
第四十四章	俱乐部的势利者之八 ……………………… （291）
第四十五章	对势利者的最终言论 ……………………… （297）

译者简介 ……………………………………………………… （305）

前言

［由于有必要写一部关于**势利者**①的书，用史实对其加以说明，并用恰当得体的例子予以证实，我便注定成为本书的作者——据称我在写作这一职业方面颇善言辞，我让人们看到，世界渐渐地为其准备着这样的著作和著作者。**势利者**们也应像**自然**科学中的其他对象一样受到研究，他们是美（the Beautiful）②的一部分，他们遍及所有的阶层——斯劳布勒上校③的事例即令人深有其感。］

我们都曾读到一则评述（其真实性我冒昧地完全表示怀疑，

---

① 有关突出部分照原著标出。
② "the Beautiful"，指哲学意义上的"美"。——本书注释除有说明外，均为译者注。
③ 下文中将提及此人。

我倒想知道此报道是基于何种考虑呢?)——瞧,我们在仔细阅读过某种言论后都会有所获益——这种言论便是:当时代需要某人的时候,此人就会被发现。于是在"法国大革命"①(一开始就提到它会让读者觉得高兴)中,当需要给予这个民族一剂良药时,罗伯斯比尔②便被发现,那的确是一剂最恶心难吃的药,却被病人狼吞虎咽地服下去,最终大受其益;于是当必须将约翰牛③踢出美国时,华盛顿先生(Mr. Washington)走了出来,并且把工作做得让人满意;于是当阿尔德波罗伯爵(Earl of Aldborough)生病时,霍罗威教授(Professor Holloway)便带着药丸出现,并治好了阁下。诸如此类,还可举出无数的例子,说明当一个民族急需什么的时候,它就会得到救助。这正如在哑剧(社会的缩影)中,当小丑需要什么时——一副暖床器、一只泵柄、一只鹅或一位小姐的披肩——某人便会带着所说之物,从舞台的侧后漫步而出。

再如,当人们开始着手某件事的时候,他们总愿意让人看到社会绝对需要我们完成好此事。比方说一条铁路吧,董事们开始说:"为了促进文明的发展,有必要在巴塞谢斯和德里纳贝格之间建立更加密切的交往,于是众多的爱尔兰人便以喝彩,提出此种要求。"或比如说一份报纸吧,发起书上讲:"当教会面临危险,在外受到狂热信仰和对宗教产生卑劣怀疑的威胁,在内受着不安全的耶稣会教义和毁灭性的分裂之破坏时,人们便普遍感到有一种**需要**——受苦受难的民族已在四处寻找——希望得到一位**教会的**拥护者和卫士。面临这危险的关头,一群**高级**教士和绅士便因此走上前来,决心创办《比德尔》④报。"等等。这些情况中至少有一两点是不容置疑的,即由于公众需要某种东西,所以便有人予以提供;或者说由于有人给公众提供某种东西,所以公

---

① 指1789—1799年的法国革命。
② 罗伯斯比尔(1758—1794年),法国资产阶级革命时期雅各宾派领袖。
③ 约翰牛,指英国人。
④ 原文为"Beadle",指"教区执事"(负责教堂秩序,侍奉教士等)。

前言

众便需要它①。

很久以前我心里就深信自己有一部作品（Work②）要写——如果你不反对。有一个目的要履行，一个深坑要像库尔提乌斯③那样全力以赴地跳下去，一个社会大邪恶要揭露和纠正。这种信念已经跟随了我多年：它在热闹的街上跟随我，于寂静的书房里坐在我身旁，在欢宴上它举起酒杯时又轻推我的肘部。它跟随我穿过迷宫般的罗腾街，一直跟随到遥远的地方。在布赖顿④石子滩，或者马盖特⑤沙滩，其尖厉的声音超过了大海的咆哮。它紧靠在我的睡帽里，耳语道："快醒来，贪睡的人，你的作品还没完成呢。"去年，在月光下，在罗马圆形大剧场里，这个小小的坚韧不拔的声音来到我身边，说："史密斯（或琼斯）（笔者的名字与此毫不相干），史密斯（或琼斯），我的好伙伴，这一切都很不错，只是你应该在家写作关于势利者的重要作品。"

当一个人具有这种职业才能时，如果极力将其避而不用，则完全是愚蠢之举。他应当对各民族畅所欲言，正如势利小人会说的那样要一吐为快，不然就会哽死。"请注意，"我常在心里对鄙人大声说，"为你准备好了循序渐进之路，如今却因不可抗拒的需要而使你将着手不平凡的艰巨工作。"世界首先被创造出来，接着便自然而然有了势利者，他们存在了一年又一年，就像美洲当时那样不为人知。但是很快——伟大的特勒斯啊⑥！——人们不无忧郁地意识到世上有这样一种人。从那以后不过二十五年时间便出现了一个颇富表现力的单音节词⑦，用以

---

① 作者行文层层推进，这里在为下文打基础，结合下文就更好理解。
② "Work"这里指"作品"。第一个字母大写表示强调。
③ 库尔提乌斯（1814—1896年），德国考古学家，历史学家。曾领导奥林匹亚遗址的发掘工作。
④ 英国南部海岸避暑胜地。
⑤ 英国英格兰肯特郡萨尼特区城镇，18世纪成为闻名的海滨浴场。
⑥ 原文为"INGENS PATEBAT TELLUS"，拉丁文。"特勒斯"系大地女神。此处是一种感叹。
⑦ "snob"，指势利者。

[一本独特的世界散文经典]

势利者脸谱

前言

指明此类人。这个名称随后像铁路一般遍布英国，**势利者**在我所乐于认为的日不落**帝国**人人皆知。时机一旦成熟，记录其史实的《笨拙》周刊便应运而生，鄙人也开始在《笨拙》上发表关于势利史实的文章。

我对于**势利者**颇具眼力（我怀着**深厚持久的感激**庆幸自己具有这一才能）。假如**真**就是美，那么研究**势利**的行为，对**势利者**追根溯源——即使就像在汉普郡①某些小狗把块菌寻找出来一样——将箭杆插入社会并遇见**势利**的丰富脉络，也是美的。在贺拉斯②的一句诗中，**势利犹如死神**一般，我希望读者从未听到这句诗才好："它在穷人的门口踏着均衡的脚，而在帝王的门口却狠狠地踢着。"轻率地判断**势利者**，以为他们只存在于下层社会当中，那真是大错特错。我认为在人类生活的各个阶层，**势利者**都占有相当大的比例。你切勿对**势利者**作出轻率的或庸俗的判断，否则即表明你自己就是一个**势利者**。我本人就曾被当作是其中之一。

我在巴格里格井打水并住在那儿的"**帝王旅店**"时，有一小段时间，在早餐当中常有一个令人难以忍受的**势利者**坐在我对面，我甚至觉得只要他呆在那儿，那口井水就绝不会给我带来任何好处。他叫斯劳布勒上校，在某个骑兵团里。他穿着乌黑光亮的靴子，蓄着乌黑光亮的胡须，说话口齿不清，慢条斯理，发不出 rś' 音；总是耀武扬威，用一张鲜艳的大手帕抚弄着光亮的连鬓胡，而大手帕使得屋内充满一种让人非常气闷的麝香味，以致我决心要与那个**势利者**较量一番，不是他就是我离开**旅店**。我开始和他进行并无恶意的谈话，他大为震惊，因遇到这样的事时不知所措，也丝毫没想到有人竟会对他如此放肆，会首先发话。然后我把报纸递给他，见他对这些友好的表示置之不理，我便目不转睛地盯住他——又用我的餐叉当牙签。这样过了两个早晨，他忍无可忍，还算公正地离开了。

---

① 英国南部的一个郡。
② 贺拉斯（公元前65—公元前8年），古罗马诗人。

如果上校见到这本书,他会记起那个问他是否认为帕布里库勒(Publicoaler)是个不错的作家,并用一把四分叉的餐叉将他赶出旅店的先生吗?

威廉·梅克庇斯·萨克雷

第一章

为人可笑的势利者

第一章　为人可笑的势利者

势利者有相对和绝对之分。我指绝对的那种，这样的**势利者**处处都是，他们存在于所有的人群里，从早到晚，从年轻到老死，天生就有势利的德性——而另外一些人则只在生活里的某种情况下和交往中才成为**势利者**。

比如，我曾知道一个人，他在我面前表现出一种让人反感的举止——这我已在前言里指出——为了让斯劳布勒上校产生反感我也表现出了那种举止，即把餐叉当作牙签。瞧，我曾认识一个人，他与我在"欧罗巴咖啡馆"共过餐（咖啡馆在大歌剧院对面，正如大家所知，那是那不勒斯唯一体面的用餐地方），他吃豌豆时用的是餐刀。我最初和他交往的时候非常高兴——的确，我们是在维苏威火山口遇到的，后来在卡拉布里亚区遭到强盗抢劫，被勒取赎金，不过此事与所说问题毫无关系——他是个颇有魄力的男人，心胸开阔，并且见多识广。可我以前从未见过他吃一盘豌豆，而且他对豌豆采取的那种行为也令我深感厌恶。

眼见他公然作出那样的举止，我只有一条路可走了——和他一刀两断。我便委托我们的一个共同的朋友（**可敬的波利·安沙斯**），把此事尽可能不伤感情地对马罗法特先生讲出来，说由于发生了让人难受的情况——这丝毫不会影响到他的荣誉或我对他的尊重——我不得不放弃与他之间的亲密关系。因此我们当晚在蒙特·菲斯科公爵夫人的舞会上见了面，并断绝关系。

那不勒斯的每个人都在谈论达蒙①与皮西厄斯的分别一事——确实，马罗法特曾不止一次救过我的命——但作为一位英国绅士，我该怎么办呢？

以此为例，我这位亲爱的朋友便是**相对势利者**。若在别的任何国家，以上述方式使用餐刀的人，无论属何种阶层都不是**势利者**。我就曾看见蒙特·菲斯科公爵用餐刀把食用木盘弄干净，陪伴他的每个普林西比岛②的人也同样如此。我曾看见，在巴登③的

---

① 罗马民间传说中的人物，与其友皮西厄斯为生死之交。
② 西非岛国圣多美和普林西比的组成部分。
③ 德意志联邦共和国西南部城市。

斯特哈尼大公夫人殿下（假如这些卑微的词句竟然出现在君主她的眼下，那么我恳求她仁慈地记住她这个最忠诚的仆人）殷勤好客的餐桌上——瞧，我曾看见波兹托森德—唐勒威特（Potz-tausend-Donnerwetter）这位世袭的公主（既沉着又美丽的女人）用餐刀代替餐叉或调羹；哎呀，我看见她几乎把它吞下去！就像印度变戏法的拉莫·沙麦（Ramo Samee）那样。可我对于公主的尊重减少了吗？没有，可爱的阿米莉亚①！曾经被女人所激起的一种最真挚的感情，就在鄙人的胸中被那位小姐激起了。多么美丽的人儿！愿餐刀好好地把食物送进她的嘴唇！世上最红润最可爱的嘴唇！②

我与马罗法特（Marrowfat）发生矛盾的原因，四年来我从未向任何人吐露。我们在贵族厅里见了面，那儿都是我们的亲友。在舞会上或餐桌旁我们相互贴近，但却继续疏远着，似乎无法挽救，直至去年6月4日。

我们在乔治·哥佩爵士（Sir George Golloper）的家里见面。他在令人钦佩的格·皮斯小姐（Lady G. Peas）右边，鄙人则在她左边。豌豆是那次盛宴的部分菜肴——鸭肉和嫩豌豆做的。我看见马罗法特一吃东西就战栗，恶心地转过身去，以免目睹那把武器直插入他可怕的嘴里。

但当我发现他竟像任何一个基督徒那样使用餐叉时，我是多么惊讶和高兴啊！他从前可没用过这种冷冰冰的钢制品。我又回想起了过去的时光——记起他曾给我的帮助——他把我从强盗手中救出来；在与德·斯皮纳兹女伯爵（Countess Dei Spinachi）的恋情中他所表现出的英勇行为——他借给我一千七百镑。我高兴得几乎涌出泪水，我激动得声音打颤。"乔治，好家伙！"我大声说，"乔治·马罗法特，我亲爱的朋友！喝杯酒吧！"

乔治脸色发红——深受感动——差不多像我一样打颤，回答

---

① 原文为"Amalia"。此处可能是表示一种感叹。
② 作者讲述这些的目的在下文中将表达出来。

第一章 为人可笑的势利者

道:"弗兰克,喝霍克酒还是马德拉酒①?"要不是有人在场,我真会尽情地拥抱他。格罗帕尔小姐(Lady Golloper)简直不知道我为何如此激动,竟然把正切着的小鸭肉掉到夫人她粉红色绸缎的下摆上。这位心地最善良的女人原谅了我的过错,男管家把鸭肉弄走了。

我们从此成为最亲密的朋友,当然乔治再也没有那种讨厌的习惯了②。他是在一所乡村学校养成的那一习惯,那儿人们种植豌豆,只使用两分叉的餐叉;只是在通常仅使用四分叉餐叉的欧洲大陆③生活过后,他才丢掉了那个可怕的习惯。

在这点上——只有在这点上——我自认为是**银叉派**④的一员;假如这个故事仅仅让我的一位读者暂停一下,严肃认真地在心里审查一番,扪心自问:"我是否用餐刀吃豌豆呢?"并且认识到,如果继续有那种习惯就会把自己给毁了,或者如果家人看见他这样做也会给毁了,那么我这些话就没有白写。瞧,不管其他作家如何,我自以为我至少会被承认是个富有寓意的人。

顺便说一下,因有些读者不善理解,我不妨说出这件往事的寓意何在:其寓意在于,由于社会规定了某些习俗,人们就一定要服从这种社会的规定,并遵照其毫无害处的社会秩序。

假如我去"英国—外国学会"(但愿不要以任何借口或随意穿着什么衣服)——假如我去参加一个茶会,穿着晨衣和拖鞋,而非一位绅士通常的那身高雅服饰,即正式社交场合穿的鞋子、金黄色马甲、软毡帽、仿褶边和白色宽领带——那么我就会有损于社会,成了**用餐刀吃豌豆**的人。让学会的门房把这个如此冒犯的人赶出去吧。这样的冒犯者就社会而论,是一种最倔强难治的**势利者**。社会有其自身的规范、治安体系和政治体制,凡是要从为了人们共同的舒适而颁布的法令中获益的人,都必须与之协调

---

① 前者为德国莱茵河白葡萄酒,后者为北大西洋马德拉岛产的一种烈酒。
② 由于文化背景不同,我们也许难于理解那种习惯何以令人反感。总之作者就是想表达出那个朋友不合时宜的做法。读完本章后部分就更好理解一些。
③ 即除英伦三岛外的欧洲。
④ 这里指餐叉。喻指贵族或有钱人。

一致。

我生来反感以我为中心，非常憎恶自我赞美的行为；在此我不禁要讲述一个对所谈问题能予以说明的例子，我得认为自己在其中是表现得相当谨慎妥当的。

几年前我曾去君士坦丁堡①（执行一个微妙棘手的任务），当时俄国人暗地里玩弄双重花招，我方因此必须雇用"一位特好的**谈判代表**"——罗麦里亚②的莱克比斯·帕夏（Leckerbiss Pasha），他是土耳其宫廷的一名高官，在其避暑宫殿里举办了一个外交宴会。我在这位高官左边，俄国代理迪德罗夫伯爵（Count de Diddloff）在他右边。迪德罗夫是个花花公子，他会为了一个极其美丽的可爱女子在充满芳香的痛苦中死去。谈判期间他三次企图暗杀我，不过我们当大众的面当然是朋友，彼此以最热忱可爱的方式互相致敬。

这位高官现在是——或者说过去就是，哎呀！因为一根绞索就要了他的命——土耳其老派政治坚定不移的支持者。我们用手指吃饭，拿面包片作盘子，他喜欢的唯一新招就是喝欧洲人的酒，他喝得痛快极了。他是一个很不一般的大食客，在众多菜肴中他面前的那份颇大一堆，是一只烹调好但未去毛的小羔羊，里面填塞着梅干、大蒜、阿魏胶、辣椒和其他调味品，真是人所闻到或尝到的最讨厌的混杂物。可是此高官却大吃特吃，并按照东方人的方式一再让左右的朋友吃东西，当吃到特别香的食物时他便非要用双手把它塞进客人们的嘴里。

当阁下将一大块羊肉卷成一团，大声叫着"Buk Buk"（好极啦），并把这可怕的圆圆的块状物递给迪德罗夫时，可怜的迪德罗夫所显露出的表情我永生难忘。这个俄国人接过羊肉，两眼恐怖地转动着：他满脸痛苦地把它吞下去——我想随后一定痉挛了一下——抓起身旁的一瓶酒，他以为是苏特恩白葡萄酒③，却原

---

① 土耳其西北部港口城市伊斯坦布尔。
② 原文为"Roumelia"。是土耳其名称，从15世纪以前开始使用，指奥斯曼帝国的南部巴尔干地区。
③ 法国苏特恩等地区生产的一种酒。

来是法国白兰地,在不知道自己弄错之前他已几乎喝下去一品脱①。这下他可被搞垮了,差不多死了一般被抬出餐室,安置到临近博斯普鲁斯海峡②的一座花园凉亭里让他镇静下来。

轮到我的时候,我面带微笑地吃下那种有辛辣味的食物,说着"真主啊!"从容满足地舔着嘴唇;见下一道菜送上来,我自己也熟练地卷起一块,并十分优雅地把它送进那位年老的高官嘴里,最后赢得了他的心。俄国立即被排除在宫廷之外,卡波巴罗普尔条约得以签订。至于迪德罗夫,他一切都完了:他被召回到圣彼得堡,罗德里克·麦尔奇森曾看见他身上标着"第3967号"在乌拉尔矿山干活。

我用不着说,这个故事的寓意在于,社会上有很多令人不快的事你都必须接受,并且要面带微笑。

---

① 合 0.5683 升。
② 在亚洲小亚细亚半岛和欧洲巴尔干半岛之间。

第二章

王室势利者

第二章 王室势利者

在眼下咱们这位仁慈的陛下开始统治很久以后，正如詹姆士先生（Mr. James）所说，"在一个晴朗的夏夜"，有三四个年轻的骑士吃过晚饭后，正在肯宁顿①皇家村安德森夫人（Mistress Anderson）开的称为"王徽"的客栈喝酒。那是一个气候温和的夜晚，旅客们都观赏着一片令人惬意的景色。古老庭园里的高大榆树枝叶茂盛，这时有无数英国贵族的马车呼啸而过，赶到邻近的宫殿去，那儿高贵的苏塞克斯（Sussex，他最近的收入只能招待茶会）要用一个正式的宴会款待其王室的侄女。这些贵族的马车将主人送到宴会厅后，侍从和仆人们便来到附近的"王徽"庭园里痛饮装在大肚酒瓶里的栗色啤酒。我们从自己房间的格子窗里看着这些人。哎呀，那真是一幅罕见情景！

即便范·唐克先生（Van Dunck）花园里的郁金香，也不如这些侍从五颜六色的制服那么华丽灿烂。田野里所有的花儿都在他们有褶饰边的胸部开放，彩虹所有的色彩都在他们豪华的马裤上闪光，那些身材细长的人一本正经地在园子里走来走去，真是迷人；他们也像笨拙的男人那样大摇大摆，令人生趣——此种情形对于我们总具有一种极大的吸引力。这些佩带肩章的侍从身着淡黄色、深红色和淡蓝色的服饰，高视阔步地来回走着，使道路也显得不够宽敞。

突然，就在他们趾高气扬时传来一阵响铃的声音，一扇边门打开，在让女王陛下下车之后，陛下的那些身穿深红色制服、戴着肩章、穿着毛绒裤的随身男仆走了进来。

这些人一到达，其他可怜的约翰②便悄悄溜走了，见到此种情景真是令人同情！面对穿号衣的王室仆从③，没一个忠实的私人仆从能够站出来。他们离开道路，偷偷钻进阴暗的角落，默默地喝着啤酒。王室仆从始终占据着花园，直到通知用餐时才走开，我们从亭子那里听见他们在哪儿用餐，谨小慎微地干杯，互

---

① 英国英格兰一处地方，在大伦敦的兰贝斯和萨瑟克自治市。
② 文中一般泛指。
③ 这里的"仆从"原文为"flunky"，也另指"势利小人"。

第二章　王室势利者

相说话，不耐烦地鼓掌。而其他仆从我们便再也没见到。

亲爱的仆从们，他们真是荒谬可笑，一会儿如此自高自大，一会儿又如此卑贱可怜，在这个世上他们不过是其主子的代表人物。**卑贱地赞赏卑贱之事的人即是一个势利者**——或许这对于此种人是一种妥帖的解释。

这也是我要满怀敬意地贸然把王室势利者放到所列名单前面，使其余所有的势利者都让位于他的原因。说某某仁慈的君主是一个势利者，不过是在说陛下是个男人一样。君主们也都是一些人和势利者。在一个势利者占多数的国家，首要的势利者当然并非不宜作统治。在我们看来这些势利者已经获得了人们的赏识。

例如詹姆斯一世①就是一个势利者，一个苏格兰势利者，世上还从未有过像他那样无礼唐突的人。男人所具备的优良品质他似乎一个也没有——无论勇气、慷慨、真诚还是智慧；读读英国那些伟大的神学家和博士们都说了他些什么吧！他的孙子查理二世②是一个无赖，但不是一个势利者；而路易十四③，他同时代的老派人物，一个对于大亨要员给予极大崇拜的人，总让我觉得是个最确切无疑的王室势利者。

但我将不以本国的王室势利者为例，而是提及一个毗邻的王国，即布伦特福德④王国和它的君主，即已故伟大的、令人悲哀的乔杰斯⑤四世。布伦特福德的贵族们也带着"王徽"的男仆们让位于王室仆从的那种谦卑，在乔杰斯面前俯首帖耳，奉承讨好，声称他是欧洲第一绅士。想到这些名门世家的人在给予乔杰斯此种称呼时，对于绅士怀着怎样的想法，真是让人惊奇。

绅士应该是什么样的人呢？不应该是正直的、文雅的、慷慨

---

① 詹姆斯一世（1566—1625年），英国斯图亚特王朝第一代国王。
② 查理二世（1630—1685年），英国斯图亚特王朝第三代国王（1660—1685年）。
③ 路易十四（1638—1715年），法国国王（1643—1715年），建立绝对君权。
④ 原文为"Brentford"。Brentford现为伦敦西部Hounslow自治区的一个地区。
⑤ 原文为"Gorgius"，待考。是否应为George，即指英王乔治四世？

第二章　王室势利者

的、勇敢的、明智的吗？——并且在拥有这一切品质之后，以最得体的公开方式表现出来吗？绅士不应该是个忠实的儿子、真诚的丈夫、正直的父亲吗？他的生活不应该端庄正派——账单应付清——品味要高雅——生活目标要高尚吗？简言之，**难道欧洲第一绅士的传记不应该具有这样的性质，可以让高贵小姐学校的学生读后获得益处，让青年绅士学院的学生研究后也不无收益**？我把这个问题向所有青年教师提出——包括埃利斯夫人（Mrs. Ellis）及英国妇女们；向从霍特雷博士（Doctor Hawtrey）到斯奎尔士先生（Mr. Squeers）的所有校长提出。我想象着，眼前是由一些年轻单纯的人组成的让人可怕的法庭，出席者另有德高望重的导师们（像圣保罗大教堂那一万名面颊红润的儿童慈善家）；年轻人们在开庭审案，乔杰斯则在法庭当中进行申辩。他们说，"不用法庭听审，不用法庭听审，这个又胖又老的弗洛里热尔①（Florizel）！法庭传呼员，把那个长着面疱的胖家伙赶出去！"假如必须为乔杰斯在布伦特福德国正在建造的新宫殿里竖立一座雕塑，那么它应该被竖立在仆从厅里。应该把他雕刻成正在裁剪一件衣服，据说他在这一技术方面出类拔萃。他还发明了黑樱桃潘趣酒②、一种鞋扣（他的青春活力，是他发明的主要动力）和一座中国式的亭子——世上最可怕的建筑③。他几乎能够像布赖顿码头④的马车夫那样一人驾驭四马马车，能够把栅栏筑得十分雅观，听说小提琴也拉得不错。他微笑时充满了不可抵抗的魅力，被引荐到令人敬畏的他面前的人，身心都会成为其牺牲品，正如一只野兔成为一条大蟒蛇的牺牲品一样。

我敢打赌，如果通过一场革命，将威迪科布先生（Mr. Widdicomb）置于布伦特福德的宝座，人们也同样会为他那不可抵御的高贵的微笑所吸引，在跪下吻他的手时也会战栗。假如他到都

---

① "Florizel"：莎士比亚作品中的人物。
② 一种用酒、黑樱桃汁、牛奶等调和的饮料。
③ 作者在这里对中国有明显的歧视，这是错误的。
④ 英国南部海岸避暑胜地。

柏林①去，人们就会在他最初登陆的地点竖起一座尖形柱碑，正如乔杰斯看望爱尔兰的登陆者时他们所做的那样。我们大家都不无惬意地读过国王航行至哈杰斯地区（Haggisland）的故事，他一出现在那里人们就疯狂地对其表示效忠，当地最有名的人布拉德沃丁男爵（Baron of Bradwardine）也来到皇家快艇上，他发现一只乔杰斯用过的酒杯，便把它当作一件无价的纪念品装进衣兜，并乘坐自己的小船回到岸上。可男爵坐下去时竟把酒杯压碎了，衣服的后下摆被划破得很厉害，那件无价的纪念品也在世上永远消失。啊，高贵的布拉德沃丁男爵！是什么旧时的迷信竟让你跪拜在那样一个偶像面前呢？

如果你想就世间人事的易变性说教一番，那么去蜡像馆看看栩栩如生的乔杰斯的人像吧——入场费一先令②。小孩和仆从六便士。去吧，付六便士就行。

---

① 爱尔兰共和国首都。
② 1971年以前的英国货币单位。

第三章

贵族对于势利者的影响

第三章 贵族对于势利者的影响

上个礼拜日我在本城的教堂，就在礼拜式结束时我听见两个**势利者**谈论着牧师①。一人问另一人牧师是谁。"他是某某先生，是你称为什么来着的伯爵的家庭牧师。②"另一个**势利者**回答，"哦，是吗。"第一个**势利者**说，带着难以形容的满意语气——牧师的正统信仰和身份特性立即在这个**势利者**心中被确定下来。他对于**伯爵**和**牧师**都同样不是很了解，然而他却根据前者来确定后者的特性，对**牧师**阁下怀着十分满意的心情回到家里，就像一个奉承讨好的小**势利者**那样。

这件事甚至比牧师的说教让我思考的东西更多：本国对于**贵族的崇拜**之广泛普遍，令人惊奇。就**势利者**而言，那位**阁下**是不是**贵族**大人的牧师有何关系呢？在整个这一自由的国度存在着怎样的贵族崇拜啊！我们所有的人无不卷入其中，或多或少地跪拜在它面前。正如约翰·罗素③所说，在"无价的贡献"之中包含着对于**势利者**的鼓舞和维护，而这都因贵族所致。

事情只能如此。某人在一位**部长**的帮助下变得相当富有，或者工作干得成功，或者赢得一场大战，或者完成一次谈判，或者因成为机敏的律师而赚到一大笔酬金，登上法官席位；国家用一顶金制冠冕（或多或少有些球状物或叶子）、一种头衔和立法者的地位，给予他永久的奖励。"你的功绩如此伟大，"国家说，"因此可以让你的孩子在某种意义上统治我们。即便你的长子是个傻瓜也毫无关系：我们认为你的贡献太显著了，所以当死亡让你空出崇高的地位时他将有权继承你的荣誉。如果你不富裕，我们将给你一大笔钱，让你和你的长子永远过上荣华富贵的生活。我们希望把这个幸福国度的某种家族区别对待，他们将在一切政府的工作和权力中占据头等地位，获得头等奖赏和机会。我们不能让你所有亲爱的孩子成为**贵族**——那会使得**贵族阶级**变得普通

---

① 此处的牧师原文为"Parson"，含有轻蔑的意味。

② 这个"牧师"原文用的是"chaplain"，含有崇敬的意味。从用词的变化上也反映出人所表现出的势利态度。

③ 约翰·罗素（1792—1878年），英国首相（1846—1852年），辉格党自由改革派的主要人物。

平凡，并将使上议院壅塞不堪，令人难受——不过这些孩子们将获得政府所能给予的一切：他们将得到最好的地位，十九岁时就成为陆军上尉和中校，而那些头发花白的老中尉却需要操练三十年；二十一岁时他们将指挥军舰，并指挥在他们出生前就打过仗的老兵。又由于我们是一个特别自由的民族，为了鼓励所有人尽职尽责，我们便对任何阶层的任何人说——努力变得非常富有吧，作为律师赚到大笔酬金，或者发表伟大的演讲，或者让自己出类拔萃，赢得战役——那么你们，即便是你们，也将进入特权阶级，而你们的孩子自然也将会统治我们的。"

  面对为贵族崇拜而建立起来的这样一个庞大的民族机制，我们如何能阻止势利呢？如何能阻止对于贵族们的阿谀奉承？我们的血肉之躯别无他法。谁能抵挡住这种巨大的诱惑？一些人受着所谓高尚竞争的鼓舞，极力获得了荣誉；另一些人则由于太弱小或卑微，面对那些已获得殊荣的人盲目地赞美，卑躬屈膝；还有一些人因无法得到它们，便满怀憎恨和嫉妒，大肆谩骂。而对此满不在乎、毫不自以为是的哲学家也寥寥无几，他们能够看到这种社会现状，即有组织地阿谀奉承——按照社会所制定的规则卑鄙地对人与金钱产生崇拜——一句话，表现出永恒的**势利**；他们沉着镇静地注意到此种现象。我很想知道的是，在这些沉着镇静的道德家中，是否有哪一位在被人看见与几位公爵手挽手地漫步在蓓尔美尔街①时，内心不会因喜悦而怦怦跳动呢？在我们这种社会状况下，不偶尔做个**势利者**是不可能的。

  从一方面讲，它促使平民百姓因势利而变得卑贱，促使贵族因势利而变得高傲。当某位高贵的女侯爵在她的游记中写道，船上的乘客们都不得不与各种类型和条件的人交往——意指让上帝的凡人们与**高贵**的她交往真是不快——瞧，当这位叫做什么的女侯爵如此叙述时，我们一定要认为她这种天生的心情是任何别的女人都不会产生的；由于周围所有人都习惯于奉承讨好这位美丽高贵的夫人——这位拥有大量黑金刚石和其他钻石的人——致使

---

① 英国伦敦以俱乐部多著称的街。

第三章 贵族对于势利者的影响

她真的认为自己高于整个世人,人们便只能隔着相当的距离与她交往。我记得自己曾去**大开罗**①,有一位**欧洲**王子正经过那儿前往印度。一天晚上旅店里骚动不已:有个男人在附近的一口井里淹死了,所有旅客都拥进**庭院**,鄙人也在其中,并问一个青年男子为何引起骚动。我怎么知道这个青年男子是一位王子呢?他又没戴上王冠拿着节杖②,而是穿着一件白色的短上衣,戴一顶毡帽。可他却吃惊地看着任何与自己讲话的人,莫名其妙地简短回答了事,并且——**示意他的侍从武官过来和我说话**。大人要员们自以为高高在上,错在我们而非他们。假如你愿意让自己投到车轮下去,毫无疑问**世界主宰**③是会从你身上压过去的;亲爱的朋友,假如每天都有人向你我磕头,不管我们何时出现都见到人们卑躬屈膝地拜倒在面前,我们便会很自然地于不经意中显得高人一等,并接受世人强加给我们的那种高贵不凡的地位。

在此可从 L 某某④阁下的游记中举出一例,用以说明一位大人物在接受下级们的效忠时,显得多么平静温和,确信无疑。游记提到的这位大人物对布鲁塞尔⑤作了一番意义深远、富有独创的评述后,说道:"一天我住在'美景旅店'——它虽受到人们过高的估价,但并不如'法国旅店'舒适——并认识了 L 医生,他是一个**教区医生**。他很希望尽地主之谊,在大饭店为我们订了一桌**高档餐**⑥,坚持要让它超过法国的'罗切尔'⑦。有六七个人受到款待,我们无不认为与巴黎所展示出的菜肴相比它大为逊色,也远更奢侈浪费。这样的模仿原来也不过如此。"

这位请客吃饭的 L 先生也不过如此而已。L 医生一心要对贵

---

① 这里"大"的含义犹如"大中国"里的"大"。
② 君主权位的一种象征。
③ 印度教主神之一 Vishnu 的化身。相传每年例节用巨车载其神像游行时,善男信女多甘愿投身死于轮下。
④ "L 某某",作者意思是不便说出其全名。
⑤ 比利时首都。
⑥ 原文为"DINER EN GOURMAND",其中 GOURMAND 是法语,指"美食家,讲究吃食者"。
⑦ 原文为"Rocher",指一种岩状甜点。

第三章 贵族对于势利者的影响

族大人"尽地主之谊",用金钱所能买到的最好食物来宴请他——而贵族大人却发现这样的款待既奢侈浪费又大为逊色。奢侈浪费!对于他而言是并不奢侈浪费的,而是大为逊色!L竭尽全力去满足那些高贵的嘴巴,贵族大人接受了款待,却指责一番将请客者打发掉。这犹如一个穿着三尾服饰①的高级文官因不尽如人意的小费发着怨气一般。

但在一个以贵族崇拜为我们信条之一部分的国家,怎么可能不出现这种情况呢?——在这样的国家,我们的孩子从小到大就把"贵族"像英国人的第二《圣经》一样予以崇敬。

---

① 指燕尾服的一种式样。

第四章

《宫廷公报》及其对势利者的影响

第四章 《宫廷公报》及其对势利者的影响

例子是最好的箴言，所以让我们从一个真实可信的故事开始吧，它让人看到年轻的势利者们是如何培养起来的，他们的**势利**如何会早早地盛行起来。有一位美丽时髦的小姐（请原谅，仁慈的女士，我把你的故事公之于众，不过它太具有道德寓意了，应该让全世界的人知道），告诉我她早年有个小相识，此人现在的确也成了一位美丽时髦的小姐。只要一提到斯罗布基小姐①——斯罗布比·斯罗布基②先生的女儿，她在宫廷的表现曾引起轰动——我还用得着再说吗？

斯罗布基小姐很小还在上幼儿园时，每天一大早都要在一个法国保姆的看护下漫步于圣詹姆斯公园，后面跟着一个高大多毛、身穿淡黄色的斯罗布基家号衣的男仆；在这样的散步中，她时时会遇见斯拉巴布侯爵（Marquis of Sillabub）的小儿子——年轻的克罗迪·罗里波普（Lord Claude Lollipop）勋爵③。就在活动季节④处于高峰时，斯罗布基一家人莫名其妙地突然决定到外地去。斯罗布基小姐是个软心肠的孩子，她问自己的知己女友，"可怜的克罗迪·罗里波普听到我离开了会说啥呢？"

"唔，也许他不会听到的。"她朋友回答。

"亲爱的，他会在报上读到。"这个可爱时髦的七岁小淘气鬼说。她已经知道了自己的重要，知道整个英国社会，所有将进入上流社会的人，所有银叉崇拜者⑤，所有传布他人私事的人，所有杂货商、裁缝、律师和商人的夫人，所有住在克拉彭⑥和不伦瑞克广场的人——他们虽然不可能与一个斯罗布基家的人结交，正如可爱的读者不可能与中国皇帝共餐一样，但却不无兴趣地关注着斯罗布基一家人的行踪，乐于了解他们是何时来到伦敦和离

---

① 原文为"Snobky"。
② "Snobby Snobky"，也与 Snob 有关。似乎都与"势利"有关，或许是作者杜撰的名字。
③ 勋爵是对侯、伯、子、男爵等贵族的尊称。
④ 指文娱、社交、商业等的活动季节。
⑤ 见第一章注释。
⑥ 英国伦敦西南部一地区。

第四章 《宫廷公报》及其对势利者的影响

开的。

如下是报上对于斯罗布基小姐和她母亲的服饰的报道：

斯罗布基小姐：她一身宫廷服饰：有黄色的南京纱①，其下是一片鲜艳的黄绿色灯芯绒，一束甘蓝饰于围裙上面——身躯和衣袖均饰着漂亮的比利时毛呢，并饰以粉红色长裙和白萝卜图案。头饰上有胡萝卜图案和垂片。②

斯罗布基夫人：她也一身宫廷服饰：有最高级的北京印花长裙③，其上饰有闪亮优美的金属片、锡箔和红带。紧身胸衣和内衣为天蓝色棉绒，并饰以蓬松的裙裾及错综复杂的铃扣结图案。三角胸衣上饰着松饼图。头巾饰着鸟巢，一只极乐鸟，其下是中间有宝石垂额的富贵的黄铜扣头圈。这身由里杰里特的克莉罗琳夫人制作的绝妙华服，受到普遍赞美。

这就是你所读到的东西。啊，埃利斯夫人④（Mrs. Ellis），啊，英国的母亲们、女儿们、姑妈们和奶奶们，这就是写在报上让你们读的东西！只要这种梦呓般的语言出现在你面前，你如何能避免成为**势利者**的母亲、女儿等呢？

有人将中国的时髦小姐那双玫瑰般的小脚塞进只有盐瓶大小的鞋里，一直把这可怜的小脚束缚在里面，最后使它变形，以致那侏儒般的小脚再也无法挽救了。之后，即使你把洗衣盆当作鞋子将它放进去，她的脚也不会恢复正常，她一辈子都会长着一双小脚，是个跛子。啊，亲爱的威津斯小姐（Miss Wiggins），感谢你的幸运之星吧，因为你那双美丽的脚——尽管我敢说你走路时

---

① 原文为"Nankee"。
② 本段和下一段中时时用些法语词，这在上流社会中是比较普遍的，似乎显得高贵。
③ 原文为"Pekinbandannas"，指"北京宽条子绸"、"北京条纹"等一种纺织品。
④ 也许是泛指，正如"约翰"一样。

第四章 《宫廷公报》及其对势利者的影响

它们小得几乎看不到①——感谢你的幸运之星吧，社会从没有那样把它们作为实验对象；可是看看周围，看看在最高层圈子里面，我们有多少朋友让其大脑过早地、绝望地遭到束缚和扭曲呀。

当可怜的人被社会及其父母残酷地摧毁时，你怎能期望他们会正常地行走呢？只要《宫廷公报》存在，那些名字被刊登在上面的人②，究竟如何能自认为与每天读那种讨厌废话的、阿谀奉承的人地位相等呢？我认为世界上只有在我们国家，《宫廷公报》才仍然十分盛行，你会从上面读到，"今天王子殿下帕提潘（Prince Pattypan）乘坐轻便马车出去兜风"。"皮米尼公主（The Princess Pimminy）出去兜风了，陪伴她的有高贵的小姐们和她的那位美男子"。诸如此类。当圣西蒙③一本正经地宣告说"**国王陛下今日服药**"④，我们便对此加以讥笑。然而就在我们的眼皮底下每天都发生着同样愚蠢的事。那个奇妙神秘的男人——《宫廷公报》的作者——每晚要带上一大堆新闻稿到各报社去。我曾请求一家报纸的编辑允许我等候，以求见他一面⑤。

我听说某王国有一位女王的德国丈夫（那王国一定是葡萄牙，因该国的女王嫁给了一位德国王子，大受本地国民的赞美和尊重），只要他去辛特拉兔场或马非拉野鸡保护区狩猎消遣，便理所应当地有一个猎场看守人专门替他把一支支枪装好弹药，然后把它们递交给自己的贵族武官，贵族武官再递交给不断射击的君主；接着君主把射击完弹药的枪交给贵族武官，贵族武官再交给看守人，以此类推。可君主是**不会从装弹员手里接过枪的**。

只要这种畸形异常的礼仪继续下去，就一定会有**势利者**。采取上述那种行为的三个人，就是时下的**势利者**。

---

① 作者意将其比作中国旧式小脚女人。
② 指贵族。
③ 圣西蒙（1675—1755年），法国作家，曾在路易十四和路易十五宫廷长期供职。本文指英国人嘲笑法国人的宫廷礼仪。
④ 原文为法文："SA MA JESTE SE MEDICAMENTE AUJOURD'HUI"。
⑤ 意指该报编辑只重视王宫的事，是宫廷势利编辑。

1. 猎场看守人——是三人中最微不足道的**势利者**，因为他只是在履行每天的职责；但他在此也表现出是个**势利者**，就是说他面对另一个人（君主）时处于一种卑微的地位，只被允许通过另一当事人与之联系。身为一名自由独立的葡萄牙猎场看守人，声称不配直接与某人交往，便自认是个**势利者**。

2. 服侍君主的那位贵族是个**势利者**。如果说君主从看守人手里接过枪有失体面，那么服侍效劳的贵族也同样有失体面。他不让看守人与君主直接接触，对于看守人而言他便是一个**势利者**——一个君主的**势利者**，他要对之表示效忠。

3. 葡萄牙的那位君主因这样对同胞无礼，也是个**势利者**。直接让看守人为他服务并无任何损害，但他却间接地对所提供的服务和提供服务的人无礼；因此我不无恭敬地说，他千真万确是一个**势利者**，不过他是个王室**势利者**罢了。

然后你在《迪亚沃多—哥贝尔罗》① 上读到："昨日国王陛下由尊敬的维斯克兰罗·索姆布雷罗（Whiskerando Sombrero）上校陪同，到离辛特拉不远的森林去打猎消遣。陛下回到勒塞斯达德士用午餐，地点在……"

啊！那《宫廷公报》啊！我再次发出惊叹。

打倒《宫廷公报》——它是**势利**的发动机和播种机！任何日报只要不刊登《宫廷公报》上的东西，我都保证会订阅一年——即便是《黎明先驱报》本身。我读到那些废话时便会产生愤怒之情；我自认为不忠，是个弑君者，牛头俱乐部②的一个成员。《宫廷公报》唯一让我觉得有趣的，是关于西班牙国王的一个故事，他几乎快被炎热烤焦了，因为首相来不及命令宫务大臣要求大金杖官③命令第一侍从官吩咐仆从领队要求尊敬的女佣去提一桶水赶紧让陛下凉快下来④。

---

① 根据下文指一种宫廷公报。
② 原文为"Calf's Head Club"，Calf：牛犊，有初生牛犊之意。
③ 国家大典时替国王捧持镀金杖的宫内官。
④ 译文力求与原文亦步亦趋，以便体现出那种幽默讽刺的效果——这是萨克雷的一种显著风格。

第四章 《宫廷公报》及其对势利者的影响

我像穿着三尾服饰的高级文官，苏丹①为我送来他的《宫廷公报》——绞索。

它使我感到窒息。愿将此习俗永远废除。

---

① 某些伊斯兰国家最高统治者的称号，本处指王室。

第五章

势利者们赞赏什么

第五章　势利者们赞赏什么

现在咱们考虑一下，即便大人物想不做**势利者**也是多么困难。读者怀着美好的感情，听到国王、君主和贵族们都是**势利者**的断言便会觉得厌恶，他理所应当要说："你公开承认自己也是一个**势利者**。你以描写**势利者**为业①，但你不过是带着那喀索斯②的自负与愚蠢在重现着自己丑恶的嘴脸而已。"然而想到我忠实的读者不幸的出生和国家，我将原谅他如此地发脾气。对于**任何**英国人，也许不或多或少做个**势利者**是不可能的。假如人们能够确信这一事实，那么我在很大程度上无疑就说服了大家。假如我已指出弊病，就让咱们期待着别的科学工作者去发现治愈的办法吧。

假如你作为中等阶级生活中的一员，是个**势利者**——你这个**势利者**没有任何人特别奉承你；没有人对你拍马屁；没有任何阿谀奉承的侍从或店员在门口向你鞠躬；警察叫你快走开；你在这个拥挤的世界里，在我们的**势利者**兄弟中间被推来推去：想想看，一个没有你这种条件的人——他一生都要去奉承，成为卑鄙小人的靶子——欲避免成为**势利者**可要艰难得多，作为**势利者**的偶像而不想成为一个**势利者**是多么不易。

我以这样令人印象深刻的方式与朋友欧亨利奥（Eugenio）交谈时，巴格威格侯爵（Marquis of Bagwig）的儿子巴克拉姆（Lord Buckram）阁下经过我们，并敲响了红狮广场那座宅第的门。众所周知，他高贵的父母在新近的各君主中占据着显著地位。侯爵是"餐具室男主管"，夫人是夏洛特皇后（Queen Charlotte）的"粉③藏室女主管"。巴克（我这样叫他，因我们非常熟悉）经过时向我点一下头，我继续让欧亨利奥看到这个贵族要想不成为我们当中的一员是多么不可能，因为他一生都为**势利者**们这样培养着。

父母决定让他接受公共教育，尽可能早地把他送到学校去。

---

① 作者的代表作《名利场》及本书都是描写势利者嘴脸的杰作。
② 希神，美少年，因拒绝回声女神 Echo 的求爱而受到惩罚，死后化为水仙花。
③ 指化妆用粉。

第五章 势利者们赞赏什么

"雷蒙德—洛奇预备学校①"的校长、神学博士奥托·罗斯（Otto Rose）阁下牵着这个小贵族的手，跪下向他表示敬奉，并总是把他介绍给来学校看望孩子的父母们。他不无得意和喜悦地将巴格威格侯爵说成是自己学校的一个仁慈的朋友和资助人。他让贵族巴克拉姆成为众多学生的诱饵，使得"雷蒙德—洛奇学校"新建了一座侧楼，并新增三十五张有白色麻纱床罩的小床。罗斯夫人出去走访时，常带上小贵族和自己坐进一辆单马双轮马车，以致让教区长的那个小姐和医生的夫人嫉妒得要死。当博士的儿子和贵族巴克拉姆被发现一起偷窃果园时，他极其无情地鞭打自己的亲生骨肉，因为儿子让小贵族误入歧途。他流着眼泪与小贵族告别。任何时候博士接待客人，在他的书桌上都会放着一封写给**最高贵的巴格威格侯爵**的信。

在伊顿②，有大量的**势利行为**因贵族巴克拉姆而受到严惩，他自己也受到相当公正的体罚。然而即便在这里，也有一群精挑细选、乳臭未干的贵族追寻者跟随着他。年轻的克罗苏斯（Croesus）从父亲给的钱中拿出二十三镑崭新的金币借给他。年轻的斯勒里（Snaily）替他做练习，并极力想"深入了解他"。不过年轻的布尔（Bull）却和他打了五十五分钟的架，最后因没有把史密斯少爷的皮鞋擦得很亮而被狠狠揍了几次。可见男孩们在生命之初也并非**都是**拍马屁的人。

但是当他上大学时，成群结队的拍马屁的人向他涌来。教师们奉承他。公共食堂里的人极其笨拙地向他表示恭维。校长从来不会注意到他没去校内的礼拜堂，或者听不到从他那一方发出的杂音。许多体面的年轻人（正是在"贝克街阶层"那些体面的人中，势利之举比在英国的任何阶层中都更盛行）——许多这样的人，像吸血鬼一样紧紧依附着他。克罗苏斯此时无休止地借钱给他。当巴克拉姆打猎不能带着猎犬越过障碍时，在场的斯勒里（一个天生胆小的人）会替朋友越过任何地方。年轻的罗斯

---

① 指为进入公学或其他中学做准备的私立小学，均以收费高及较贵族化为特征。
② 在伦敦附近的白金汉郡，泰晤士河边的一个市镇，伊顿公学所在地。

第五章 势利者们赞赏什么

（Rose）来到了这同一所学院，尽管由于那个特殊的目的他曾遭到父亲阻止。为了请巴克拉姆吃顿饭罗斯他花掉一个季度的津贴，但他明白因此事奢侈一下总会得到原谅的，只要在信中提到巴克拉姆的名字家里便总会给他寄来一张十英镑的钞票。波奇夫人（Mrs. Podge）和波奇小姐（Miss Podge）——"巴克拉姆学院"校长的妻子和女儿——有些什么怪念头我不得而知，不过那位可敬的老绅士也天生太势利了，竟从未想到过他的孩子会嫁给一个贵族。他因此极力让女儿嫁给克拉比（Crab）教授。

当巴克拉姆阁下在获得名誉学位后（因为他的母校也是一个**势利者**，像其余的人一样讨好贵族）——当巴克拉姆阁下到国外去完成自己所受的教育，你们都知道他冒着怎样的危险，有多少女人在追求他。莉奇夫人（Lady Leach）和她的女儿们跟随他从巴黎赶到罗马，从罗马赶到巴登巴登①；听说他决心离开那不勒斯②，勒杰特小姐（Miss Leggitt）当着他的面就涌出了泪水，晕倒在母亲肩上；蒂珀雷里郡③马克拉冈斯镇的马克拉冈上尉（Captain Macdragon）专程去拜访他，为了自己马克拉冈斯镇的妹妹阿玛莉亚·马克拉冈，特向他说明来意，说除非他娶了那个纯洁美丽的女子，否则要枪杀了他，而她后来在切尔藤纳姆④被马福（Muff）先生领上了圣坛⑤；假如锲而不舍的精神和四万英镑现金能够吸引住他，那么琳达·克罗苏斯小姐无疑就成为巴克拉姆夫人了——正如整个上流社会的人所知，即使有那些钱的一半托罗斯基（Towrowski）伯爵也会乐意娶她的。

现在，也许读者急于知道这个伤了许多女人的心的男人，这个大受其他男人们欢迎的男人，究竟是怎样一种人呢。如果我们真要描述他一番，那将是非常隐私的事，而且和他是什么人，有什么样的人品，毫无关系。

---

① 即前面注解过的"巴登"。
② 意大利西南部港口城市。
③ 爱尔兰芒斯特省一郡。
④ 英格兰西南部城市。
⑤ 即娶为妻子。

第五章　势利者们赞赏什么

　　假定他是个有文学癖好的年轻贵族，发表了一些相当愚蠢幼稚的诗，**势利者**们也会成千上万地买他的书；出版商们（无论稿费再怎么低都不接受我的《西番莲》和很不错的《史诗》）会给他应有的稿费。假定他是个爱开玩笑的贵族，喜欢把门环扭掉，经常光顾酒馆，把警察弄得半死，大家也会对他的这些有趣行为和蔼可亲地表示赞同，说他是个亲切坦诚的人。假定他爱好赌博和赛马，喜欢当一个骗子，时时在牌戏中骗取傻瓜的钱财，公众也会原谅他，许多忠实的人会向他喝彩，正像他如果是个贵族他们会向当上强盗的他喝彩一样。假定他是个白痴，按照我们光荣的宪法，他也足可以统治美国。假定他是个诚实高尚的绅士，那么对他更好。然而他也许是个笨蛋，但却会受到尊敬；或者是个恶棍，但却会大受欢迎；或者是个无赖，但却总会得到原谅。**势利者**们仍然会崇拜他。男**势利者**们会向他表示敬意，女**势利者**们会亲切友好地看待他，无论他多么可憎。

第六章

某些体面的势利者之一

第六章 某些体面的势利者之一

我因将君主帝王和可敬的贵族们拉入**势利者**的范畴而大遭漫骂；现在，我要在本章里表明自己坚定的观点，希望以此博得诸位一乐——在这个幸福的大帝国①里，数量最多的**势利者**出现于**体面阶层**②当中。我踱步于为人所爱的贝克街（贝克是此条著名街道的创始人，我也卷入其生活里）；漫步于哈里街（在这儿每隔一座房子都有一个菱形纹章匾③）和威姆普尔街④——它像陵寝——上流社会昏暗的陵墓——一样让人欢喜；我游荡于"摄政王公园"，在这儿屋墙上的灰泥正脱落着，卫理公会教派的牧师们于绿色围栏里正向三个小孩说教，气喘吁吁、为自己健康过分担忧的人们慢跑在偏僻的泥地里；我穿行于梅费尔⑤那些曲曲折折、令人疑惑的道路中，你可在那儿看见基蒂·罗瑞迷尔夫人（Mrs. Kitty Lorimer）的布鲁厄姆车⑥停靠在罗里泡普（Lollipop）老太太菱形的家用大马车旁；我徜徉着穿过贝尔格莱维亚区⑦那个苍白高雅的地方，居住在那里的人无不显得整洁端正，一座座官邸被漆成淡白褐色；我迷失于贝斯沃特与泰伯恩崭新鲜明的交汇处那些新颖的广场和阳台之间，在所有这些地方我都遇到同样的事实。我随意停留在任何一座房前，说："啊，房子，有人居住在你里面——啊，门环，有人敲打你——啊，身穿便服的仆役，你靠在铁栏杆上让懒散的小牛晒太阳，付给你薪水的都是些——**势利者**。"这真是一个惊人的想法。想到也许在所有这样的房子里，"贵族阶级"的身影无不出现在客厅的桌上，便几乎足以让一个仁慈的人发疯。考虑到那本撒谎愚蠢的书所带来的危害，我真想把它们全部烧毁，正如那位理发师把堂吉珂德⑧带有

---

① 从很多词语中都可感受到作者的讽刺意味。
② 指有相当身份地位的人。
③ 哀悼期内挂在亡者前的匾。
④ 这些街道和如下一些地方都是体面人居住生活之处。
⑤ 伦敦西区高级住宅区，也指"伦敦上流社会"。
⑥ 一种驾驶座敞顶的轿车。
⑦ 时髦的富人居住的地方。
⑧ 堂吉珂德，西班牙作家塞万提斯所著《堂吉珂德》中的主人公。也指不切实际的理想主义者，和"愚蠢侠义的，狂热的"等意。

欺骗性的侠义精神的书烧得一干二净一样。

看看广场中央那座显赫的房子。洛格科里布（Loughcorrib）伯爵就住在那儿：他的年收入达五万之多。谁知道他上周在家中举办的DEJEUNER DANSANT①花费了多少呢？仅装饰屋子的花卉和供女士们用的花束就得四百英镑。穿褐色裤子、叫喊着沿停车站来的那男人是个讨债者：洛格科里布大人把他给毁了，不愿见他；此刻大人正透过书房的窗帘窥看着他呢。去你的吧，洛格科里布，你是一个**势利者**，一个无情的妄想者，一个殷勤的伪君子，一个让假钞流入社会的无赖——不过我把话说得也太意味深长了。

瞧那座漂亮的23号房，一个肉商的儿子正在按响房区的门铃。他盘里端着三只羊排，是给一个颇为不同寻常、十分体面的家庭拿去做午餐的——苏珊·斯克拉帕（Susan Scraper）夫人，以及她的女儿斯克拉帕小姐和斯克拉帕·埃米莉小姐。仆从们都幸运，能得到自己的伙食费；他们中有两个穿淡蓝色和淡黄色衣服的高大男仆，一个身为卫理公会派教徒的肥胖镇静的马车夫，一个男管家——他若没做过在沃切伦时卓越不凡的斯克拉帕将军的勤务兵，是绝不会留在这个家庭里的。遗孀将丈夫的肖像画送到"联合士兵俱乐部"②，它被悬挂在那儿后面的一间置衣室里。从画中可见他站在有红窗帘的客厅的窗户旁，远处刮起一阵旋风，大炮在旋风中开火；他正指着一张海图，上面写着"多巴哥岛③沃切伦"。

查一下《英国圣经》④，谁都知道苏珊夫人是上述伟大杰出的巴格威格伯爵的女儿。她认为凡是自己的东西，都是世界上最优秀美好的。一流的男人自然是她家族中的那些巴克拉姆们，随后是斯克拉帕家的人。将军是最伟大的将军；他的长子斯克拉帕·巴克拉姆·斯克拉帕目前是最伟大最优秀的男人；次子是第二伟

---

① 法语，指"伴有舞曲的午宴"。
② 一种专为军队负伤阵亡士兵服务的组织。
③ 拉丁美洲岛国特立尼达和多巴哥。
④ 原文为"Britisb bible"。

第六章 某些体面的势利者之一

大和优秀的男人；而她自己则是女人们的楷模。

她的确是一位最体面可敬的女士。她当然要去教堂做礼拜：她会认为假如自己不去教会就要面临危险。她捐款给教会和教区慈善团体，是一些值得称赞的慈善机构的领导者——这些机构有"夏洛特女王产科医院"、"洗衣女工救济院"、"英国推销员之女收容所"等等。她是体面妇女的一位模范。

能说在季度结账日①没领到薪水的工匠是从来没有的。附近的乞丐把她当瘟疫一样躲开，因为她由约翰护卫着出去时，那个仆从总是只准备两三张乞丐券②给应得的对象。她每年所有的施舍为十几尼③。在整个伦敦，捐献这点钱的体面女人中要算她的名字印在报上的次数最多。

你们瞧见的那三块被带进厨房的羊排，当晚七点钟时将放在家用餐盘里端上桌子，那个高大的男仆会在场，还有那个穿黑制服的男管家，斯克拉帕家那种盾形纹章上方的饰章④和盾徽使得各处熠熠生辉。我为埃米莉·斯克拉帕小姐感到同情——她年龄尚小——又小又饿。她真的把零用钱拿去买糕点了吗？那些不怀好意的舌头这样说，可是她几乎拿不出钱来买糕点吃呀，饥饿可怜的小家伙！这个家庭要雇用一些男仆和贴身女侍，短期包租几匹拉马车的壮马，本季举办六次家宴和两次盛大隆重的晚会，又要租用这座大房子，秋季去英国或外国某个海滨胜地——在把这些开支付过以后，事实上夫人手头的钱已经很少，她穷得和你我差不多了。

当你看见她的大马车疾驰驶到客厅门前，瞧见那些羽饰、垂饰和钻石饰物飘动在她黄棕色的头发和高贵的钩鼻上，你便不会想到她的窘迫；当你听见"苏珊·斯克拉帕夫人"的马车午夜时还发出巨大声响，将所有贝尔格莱维亚区的人打扰，你便不会想到那样；当她穿着绸衣沙沙作响地走进教堂，讨好的约翰拿着一

---

① 在英国为3月25日、6月24日、9月29日和12月25日。
② 可凭此券领取施舍物。
③ 英国旧金币。此处指数目很小，讽刺苏珊夫人捐钱很少，但讲排场。
④ 某些家族饰章常印于银器、盘碟或信笺上。

袋祈祷书跟在后面，你便不会想到那样。你会说，这样一位高贵神圣的名流可能手头拮据吗？哎呀！事实就是那样。

我敢担保，在这个邪恶庸俗的世界里她从未听说过**势利者**一词。啊，上帝呀！她像密涅瓦①一样神圣，像黛安娜②一样贞洁（但没有这位异教女神对于野外活动的非贵妇人的那种嗜好）——假如她得知自己也是一个**势利者**，她将怎样吃惊啊！

只要她太看重自己，自己的名声，自己的外表，沉迷于令人无法忍受的排场之中；只要她出门时像荣耀无比的所罗门③那样大肆炫耀；只要她睡觉时包着头巾，上面饰有一只极乐鸟，睡衣上饰着宫廷裙裾——我相信她是这样做的；只要她贞洁屈尊得让人难受；只要她不为了小姐们的利益至少把其中一个男仆砍成羊排，那么她就是一个**势利者**。

我是从自己老校友那里获得对于她的看法的——这位校友即她的儿子悉尼·斯克拉帕。他是一个没有任何业务的高级律师，是最平和、礼貌、文雅的**势利者**，从不超出每年两百津贴的开支，任何晚上都可看见他在"牛津—剑桥俱乐部"里，读着《季评杂志》时露出一副傻笑，一边无可指责地享受着他那半品脱波尔图干葡萄酒④。

---

① 司智慧、艺术、发明和武艺的女神。
② 罗马神话中的处女性守护神。也指狩猎女神和月亮女神。
③ 所罗门（？—公元前932年），以色列国王，以智慧著称。
④ 原指葡萄牙产的一种深红色葡萄酒。

第七章

某些体面的势利者之二

第七章　某些体面的势利者之二

现在看看苏珊·斯克拉帕夫人家旁边的那座房子吧。这是第一座门上有天篷的官邸：为了让阿留雷德先生（Sir Alured）和 S. 德—莫金斯夫人（Lady S. de Mogyns）的朋友们舒适一些，天篷这晚将被放下来——他们的聚会深受众人和举办者自己赞美。

德—莫金斯家的仆从们身穿饰有银花边的桃色号衣，和难以形容的黄绿色毛绒裤，当这样出现在海德公园时他们便十分引人注目；而德—莫金斯夫人则坐在缎垫上，怀里抱着小猊①，向上流社会最杰出的人士点头致意。如今玛丽·安妮（Mary Anne）——或如她所自称的玛利亚·德—莫金斯——已今非昔比了。

她是拉斯罗姆国防兵的弗兰克（Flack）上尉的女儿，上尉曾于多年前率领兵团从爱尔兰到达卡那封郡②，使威尔士免遭科西嘉人的侵略。拉斯罗姆人当时驻扎在庞蒂德德姆，玛利亚追求并赢得了她的德—莫金斯——一个当地年轻的银行老板。在一次比赛舞会中他对玛丽·安妮小姐大献殷勤，以致上尉说德—莫金斯要么会死在光荣的战场，要么会成为他的女婿。他选择了婚姻。他当时叫马杰斯，他的父亲是一个兴旺的银行老板、军队承包商、走私者、大批发商，几乎因这次婚姻剥夺了他的继承权。

传说老马杰斯因借钱给一位王室成员而被授予从男爵爵位。我不相信这点。从威尔士王子到下面的人，王室家庭都总是自己付清债务的。

然而直到死的那一天他都只是托马斯·马杰斯爵士，曾于战后多年代表庞蒂德德姆参加议会。老银行老板不久后去世，用一句在这种场合人们常充满深情地使用的话说，"死后留下大宗遗产"。他的儿子阿尔佛雷德·史密斯·莫金斯继承了大部分财产，以及他的头衔和体现其身份的红血手从男爵纹章③。那以后没多少年他便以阿尔佛雷德·莫金斯·史密斯·德—莫金斯男爵的身

---

① 一种长毛垂耳狗。
② 英国威尔士原郡名。
③ 从男爵的纹章。

份出现，《弗纳克贵族》的编辑替他找到一份家谱，并这样发表在该刊物中："德—莫金斯——阿尔佛雷德·莫金斯·史密斯阁下，从男爵第二。"这位绅士是威尔士最古老家族之一的代表人物，这些家族将其世系追溯到迷雾笼罩的古代。该家庭有一张始于闪①的家谱图，据数千年前的某个传说称是由族长本人的一个孙子在纸莎草纸上画成。事实或许如此，不过莫金斯家族极其古老却是毫无疑问的。

在包迪西亚②时代，霍金·莫金（Hogyn Mogyn）于上百个高大健壮的男子中，曾向那位公主求婚，成为卡拉克塔库斯③的情敌。他身材魁梧，在那场使不列颠失去自由的战役中被苏埃托尼乌斯④所杀。他以后的后裔，一直到庞蒂德德姆的各个王子时代，"金竖琴的莫金"（见查罗特·格斯特夫人的马比诺吉昂⑤）、波金—麦罗达克—亚普—莫金（莫金那个邪恶的儿子）以及一长串的吟游诗人和武士，在威尔士和阿莫里凯一带赫赫有名。莫金的那些独立自主的君主们长期坚决反对无情的英格兰的各个国王，最终加姆·莫金斯屈服于亨利四世⑥之子亨利王子，名曰大卫·加姆·德莫金斯，并在阿金库尔战役⑦中赫赫有名。

现任从男爵便是他的直接后裔。世系就这样一一传承下去，直到托马斯·马杰斯（Thomas Muggins），他是庞蒂德德姆城堡的第一位从男爵，做了二十三年该镇的议员；他的后嗣阿尔佛雷德·史密斯·莫金斯——现任从男爵——娶了玛利亚，她是 H. R. 帝国的弗兰克伯爵、爱尔兰王国巴里弗兰克的已故 P. 弗兰克将军之女。阿尔佛雷德的后嗣阿尔佛雷德·卡拉罗克生于1819

---

① 《圣经》中挪亚的长子，被认为是闪米特人的祖先。
② 包迪西亚（？—62年），古不列颠爱西尼人王后。
③ 原文为"Caractacus"，公元1世纪的英国酋长。
④ 苏埃托尼乌斯（69—104年），古罗马人。他带领古罗马人征服了英国。
⑤ 十一则中世纪威尔士故事的总称，以神话、民间传说和英雄传奇为基础，记录12世纪下半叶到13世纪末的口传故事。
⑥ 亨利四世（1367—1413年），英格兰国王（1399—1413年）。
⑦ 1415年英王亨利五世于法国北部阿金库尔村重创兵力数倍于己的法军，故称阿金库尔战役。

第七章 某些体面的势利者之二

年，玛利亚生于1811年，另有布兰奇·阿德里扎、埃米莉·多里亚、阿德拉德·欧布林斯、卡蒂卡·罗斯托芹和死于1809年的帕特里克·弗兰克。

其盾形纹章①为——一幅精美的直棂图案，倒转的X形十字上饰有红色②。其饰章③为一只用后腿直立、头朝后看的大山雀图案。其铭词④为——UNG ROY UNG MOGYNS⑤。

德—莫金斯夫人是经过了很长时间才成为明星闪耀于上流社会的。最初可怜的马杰斯被掌握在妻子的爱尔兰亲戚弗兰克、克兰西、吐尔和莎拉汉这些家人手中；当他刚刚成为当然继承人时，其家里便充满了红葡萄酒和其他各种酒，为的是款待爱尔兰的亲戚们。汤姆·吐弗托⑥无条件地离开了他们居住于伦敦的街道，因为他说"那儿被浸染上了从那些爱尔兰人家里发出的该死的威士忌酒气味"。

他们是到外国以后才学会变得时髦体面的。他们极力钻进所有的外国宫廷，挤入大使们的会堂。他们偶然遇到某个贵族就向他猛扑过去，抓住那些与家庭教师⑦一同旅行的年轻贵族不放。他们在那不勒斯、罗马和巴黎举办聚会。随后他们请一位王子参加自己举办的晚会，在这儿他们第一次以德—莫金斯之名出现，此名他们至今都十分荣耀地拥有着。

人们讲述着各种各样的故事，说坚强不屈的德—莫金斯夫人为了获得她现有地位如何付出惊人的努力；我的那些中等生活阶层的读者——他们不熟悉盛行于上流社会的（我一贯这样认为）疯狂斗争、邪恶世仇、阴谋诡计和失意沮丧——会感谢上帝，至少他们不是这些体面时髦的势利者。德—莫金斯为让巴克斯金的

---

① 贵族们都有代表自己家族的盾形纹章。
② 此处的"红色"原文为"gules"，系纹章学用语。此红色雕刻中用平行垂直线表示。
③ 位于盾形纹章上方，某些家族饰章常印于银器、盘碟或信笺上。
④ 通常刻于纹章等处。注意本段几处都是在表现这些人如何"势利"。
⑤ 外语词，待考。在相关词典及网上均未查到，只出现在本书中。
⑥ 汤姆·吐弗托：作者在《名利场》中描绘的人物。
⑦ 此处指带领富家子弟旅行的家庭教师。

女公爵参加其聚会所玩弄的那些阴谋，连像塔列朗①这样的人物也会为之赞赏。由于没能被邀请参加阿德曼贝里夫人的舞会，她患上了脑炎，倘若没能参加在温莎②举行的一场舞会她真会自杀的。我从贵族朋友克拉帕科罗夫人——凯思琳·欧莎勒斯夫人，特凡桑德伯爵之女——那里，听说了如下故事。

"当那个乔装打扮的讨厌的爱尔兰妇女马杰斯夫人极力要在世上占有一席之地，并把丑陋的女儿布兰切首次正式引入社交界时，"克拉帕科罗老夫人说，"［真像是圣母玛丽亚（Marian）把她的驼背掩饰起来了，不过她是家中唯一体面的女人］当那个讨厌的波尼·马杰斯首次正式将布兰切引入社交界时——布兰切长着萝卜鼻，卷发像胡萝卜一般，面庞如芜菁甘蓝——布兰切迫切希望受到我们的关照——因她父亲曾是我父亲的土地上的一名牛仔——趁法国大使沃罗维特（Volauvent）伯爵家举行的宴会中平静下来的片刻，马杰斯夫人直截了当地问我为何没给她送去一张参加我舞会的入场券呢？"

"因为我的屋子已经太拥挤了，夫人挤着会觉得不方便。"我说，"她的确像一头大象占去很宽的位置，再说我也是绝对不想让她来的。"

"我以为自己的回答解决了她的问题，可次日她走来俯在我胳膊上哭泣着说：'亲爱的克拉帕科罗夫人，这并不是为了我；我是为了受上帝赐福的布兰切才来请求的！她是个刚进社交界的年轻人，却不能参加你的舞会！我那柔弱的孩子会憔悴下去，并苦恼而死的。我并不想来，要呆在家里照顾患上痛风的阿留雷德先生。我知道波斯特夫人要来，她可以做布兰切的年长女伴③。'"

"'可是你不愿为购拉斯德罗姆④地毯和设立的土豆基金捐款，你来自于这个教区，'我说，'并且你正直的爷爷还在此养了一些母牛。'"

---

① 塔列朗（1754—1838 年），法国政治家和外交家。
② 英国王室住在温莎堡的所在地。
③ 指在社交场所陪伴末婚少女的女伴。
④ 今爱尔兰的一个地方。

第七章 某些体面的势利者之二

"'二十几尼够了吗,最亲爱的克拉帕科罗夫人?'"

"'二十几尼足够了,'我说,她付了钱,于是我又说,'布兰切可以来,但注意你别来。'她千恩万谢之后离开了我。"

"可是你相信吗?——在我举行舞会的时候,那个可怕的女人竟带着她女儿来了!"

"'我不是告诉过你别来吗?'我十分恼怒地说。'可世人会怎么说呢?'马杰斯夫人叫道,'我的马车去俱乐部接阿留雷德先生去了;就让我呆十分钟吧,最亲爱的克拉帕科罗夫人。'"

"'唉,既然你来了,夫人,就留下来用晚餐吧。'我回答,然后离开了她,整个晚上再没和她说一个字。"

"瞧呀,"这位老克拉帕科罗夫人尖叫起来,猛地拍着手,用更带土音①的话说,"我对她那么好,可你认为那个可恶庸俗、讨厌无礼、自命不凡的牛仔的孙女都做了什么?昨天她在海德公园时竟装着不认识我,没有送我一张她今晚举办的舞会的票,尽管他们说乔治王子将要去那儿。"

事实即如此。在时髦的竞赛中坚决积极的德—莫金斯超过了可怜的老克拉帕科罗。她在体面高雅方面的进步,从其追求、结识、断决、抛弃的一群群朋友身上即可看出。为了在上流社会享有声誉她英勇地奋斗着,并如愿以偿:她一步步地前进,与此同时无情地将托着自己上去的梯子踢倒。

她的爱尔兰亲戚们首先为这献身。她让自己父亲在管家室里用餐,他对此十分满意;若非阿留雷德先生不是一颗挂钉,她本来还会让他也去那儿用餐的——她希望将自己未来的荣誉挂在这颗钉上,毕竟他还是女儿财富的出纳员呀。他显得温顺而满足。他做了那么久的绅士,对此已习以为常。白天他从"大学生俱乐部"到"亚瑟俱乐部",又从"亚瑟俱乐部"到"大学生俱乐部"。他是一个老玩皮克牌②的人,不过玩惠斯特牌③和"旅行

---

① 尤指爱尔兰人讲英语时的土腔。
② 一种双人玩的牌。
③ 类似桥牌的一种纸牌游戏。

者"牌却会输掉不少给某些年轻人，自己却也十分开心。
　　儿子将父亲在议会的席位取代，当然加入了"年轻的英格兰"。他是该国唯一相信德—莫金斯们的男人，仍然思慕着某位德—莫金斯于竞赛较量中冲在最前的那些日子。他写了一小册多愁善感、微不足道的诗集，蓄着一绺劳德①——不畏受难的基督徒和殉教者——那样的头发，在罗马吻着教皇的脚趾时昏倒。他戴着白山羊皮手套睡觉，过分饮用绿茶到致人危险的地步②。

---

①　劳德（1573—1645年），英格兰坎特伯雷大主教。
②　这些行为举止大概在当时很时髦。

第八章

都市里的势利者

第八章　都市里的势利者

　　本系列文章在大英帝国所有阶层中引起了巨大轰动，这是根本无须掩饰的事实。一张张表示惊奇（！）、疑问（？）、抗议、赞同或辱骂的字条不断投进笨拙先生①的信箱。我们已经受到责备，因为我们把三个不同的德—莫金斯家庭的秘密泄露出来，并揭露了不下四位斯克拉帕夫人的隐情。年轻的绅士们很不好意思在俱乐部要来半品脱波尔图干葡萄酒，读着《季评杂志》时露出一副傻笑，唯恐自己被误以为是悉尼·斯克拉帕先生。"你如何**能够**反感贝克街呢？"某位公道的抗议者说，显然他是从那个地方寄来字条的人。

　　"干吗只抨击贵族中的**势利者**呢？"一位"值得尊敬的通信者"说。"**势利者**不是也要轮流着来吗？""抨击一下大学里的**势利者**吧！"一个愤怒的绅士写道（他拼写 ELEGANT 一词用了两个"I"②）。"揭露一下神职中的**势利者**吧。"另一位建议。"一段时间前我在巴黎的'麦里斯旅店'，"某个爱说笑打趣的人提示，"看见 B 大人手里提着靴子从窗口探出身来，大声叫道：'侍者，**把我的靴子拿去打扫了。**'"③ 难道他不应该被纳入**势利者**的行列吗？

　　不，远不应该。假如大人的靴子脏了，那是因为他是 B 大人，要走路。只有一双鞋，或者一双特别喜爱的鞋，绝无势利之处；希望让人把它打扫干净当然也绝无势利之处。B 大人那样做，完全是一种自然高雅的绅士行为；我因此为他感到十分高兴，希望对他怀有一种极为有利的态度，把他放在本章开头这一荣耀的位置。不，在这些坦率的意见中我们并非针对某个人。正如菲迪亚斯④在完成维纳斯前从二十位美女中挑选出其中最美的一位那样，我们也许必须先要对一千个**势利者**进行考察之后，再将其中一个写下来。

---

①　作者的这类文章当时即发表在《笨拙》周刊上。
②　原文为"who spelt ELEGANT with two I's"，表明拼写错误。"ELEGANT"指"高雅、雅致"等。
③　原文为法语。当时说法语是很体面高雅的。
④　古希腊雕刻家。

第八章 都市里的势利者

接下来要谈论也应该考虑的，是了不起的**都市势利者**。不过这儿有一个困难，即了不起的**都市势利者**通常最难于接近。你无法在朗伯德街①的银行大厅的密室里见到他，除非你是一个资本家。你几乎毫无希望在家里见到他，除非你是一个贵族的子孙。在一家了不起的**都市势利者**开的公司里，通常有一个合伙人的名字被列入慈善机构的名单，他会经常光临埃克塞特大厅；在我那位 N 大人的——晚会上，或者在伦敦大厦里的演讲上，你或许会瞥见另一个（有科学头脑的**都市势利者**）；在绘画拍卖、私人风景画展出、歌剧院或音乐会上，你或许会瞥见第三个（富有情趣的**都市势利者**）。但在多数情况下，要想与这种严肃自负、令人敬畏的人亲近是不可能的。

一个纯粹的绅士会希望坐在几乎任何人的餐桌前——在乡下我那老公爵家有一席之地——去白金汉宫②那儿跳四对方舞——（可爱的威廉敏娜夫人！你记得我们在哈麦史密斯的布兰登伯格大厅已故敬爱的卡罗琳皇后③的舞会上，所引起的那种轰动吗？）然而**都市势利者**的门往往对他紧闭着，因此人们对于这个庞大阶层的了解，多来自于道听途说。

在欧洲其他国家，**银行业的势利者**比我国的更加豪爽健谈，他们让所有的世人都进入其圈子。比如，人人都知道在巴黎、那不勒斯、法兰克福④等地的斯卡拉斯切德（Scharlaschild）家族所表现出的那种高贵的好客行为。他们在自己的节庆上款待所有人，甚至包括穷人在内。罗马的波罗尼亚（Polonia）王子和他的兄弟斯特拉切罗（Strachino）公爵，也以其殷勤好客引人注目。我喜欢对于贵族直呼其名的态度。头衔在罗马领土上并不很值钱，连银行的职员头目都被封为侯爵，贵族大人会像任何平民那样在交易中巧妙地将一块巴乔科⑤从你身上弄到手。只用一点点

---

① 伦敦金融中心。
② 英国王宫，从 1837 年起英国历代君主都住在这里。
③ 英语的 Queen 亦指在某一方面出众的女人。
④ 德意志联邦共和国中部城市。
⑤ 原文为"BAJOCCO"，罗马过去流行的小铜币，约为 1.5 分币。

第八章 都市里的势利者

钱就能让这样的贵族得到满足,真是一件令人快慰的事;它使最贫穷的人都觉得自己能够有所作为。波罗尼亚家族曾与罗马最伟大最古老的家族通婚,你可在城内上百处看见其纹章标识(一只蘑菇或一片蔚蓝的原野)被置于科隆纳家族①和多里亚家族②的盾形纹章上面。

都市势利者同样热衷于贵族化的婚姻。我喜欢此种情况。我生性粗鲁嫉妒,喜欢看到这两类空话连篇的人——他们把这个王国的社交领域一分为二,自然彼此憎恨,然后为了双方可鄙的利益停止作对并相互联姻。我喜欢看到一个老贵族,他对自己的家族世系充满骄傲,是某些有名的诺曼③强盗的后裔,其血统数世纪以来都很纯洁,他看不起普通的英国人,就像一个自由的美国人看不起黑鬼一样。我喜欢看到一个老斯蒂夫勒克(Stiffneck)不得不低下他的头,克制住可恶的骄傲,饮下一杯由庞普—阿德格特(Pump and Aldgate)的男管家斟入的羞辱之酒。"庞普—阿德格特,"他说,"你祖父是个砖匠,他的灰浆桶还搁在库房里。你的血统始于贫民院,而我的可以追溯到欧洲所有的王室宫殿。我随征服者④而来,是查理·马特⑤、奥兰多·弗罗索、菲利普·奥古斯都、残酷的彼得、腓特烈一世⑥的嫡堂兄弟。我将布伦特佛德的王室盾形纹章置于自己的衣服上面。我鄙视你,但我需要钱;我愿以十万英镑将爱女布兰切·斯蒂夫勒克出让给你,以便付清我抵押所借的款项。让你的儿子娶她吧,那样她就会成为布兰切·庞普—阿德格特夫人了。"

老庞普—阿德格特紧紧抓住这笔交易。想到可以用钱财买到出身,真是令人惬意。于是人们学会了珍视它。我们本来不拥有

---

① 罗马贵族世家,10世纪开始创业。
② 从12世纪起,一直在热那亚的政治、军事和经济生活中起主导作用的家族。
③ 属法国的一部分。
④ 指1066—1070年征服英国的诺曼底公爵。
⑤ 查理·马特(688—741年),法兰克王国墨洛王朝宫相和统治者(714—741年)。
⑥ 腓特烈一世(1657—1713年),普鲁士第一代国王。上述一些人物均系权贵。

高贵出身的人，怎么会比拥有它的人更加珍视它呢？也许那本《贵族姓名录》的最佳用途就在于让人查阅上面的目录，看看有多少人买卖了出身，贵族的贫穷子孙们如何将自己出卖给了富有的**都市势利者**的女儿，富有的**都市势利者**又是如何买到贵族小姐们的——并因此对这种双重的可鄙交易予以赞赏。

老庞普—阿德格特买到商品并付了钱。而汉诺威广场圣乔治教堂的主教，对于姑娘出让人身之事也予以赐福，次年你便会读到："礼拜六于罗汉普唐，布兰切·庞普夫人，系某人的儿子与继承人之妻……"

在这件有趣的事之后，某个老熟人看见小庞普①在市银行的营业室里，亲切地问他："庞普朋友，你妻子好吧？"

庞普先生显得大为迷惑反感，稍停一下后说："**布兰切·庞普夫人**相当好，感谢你。"②

"啊，我原以为她就是你妻子呀！"③ 这个亲切但粗鲁的斯罗克士说，然后告别；十分钟后这个故事便传遍证券交易所，直到今天当年轻的庞普出现时人们都在讲述着它。

我们可以想象这个可怜的庞普，这个受财神之苦的人，不得不忍受那种让人厌烦的生活。想想一个男人会有什么家庭乐趣吧——妻子蔑视他；不能在家里见自己朋友；一方面放弃了中等阶层的生活，另一方面又尚未被允许进入更高阶层；屈从于受到冷遇漠视和推延羞辱，想到自己的儿子会更加幸运而心安理得。

这个城市里的某些十分老派的俱乐部过去常有一种习惯，即当一位绅士需要找零钱时，人们总是为他拿来**洗过的**银币；因刚从庸人之手拿来的银币被认为"太粗糙了，会玷污绅士的手指"。这样，在**都市势利者**的钱被洗过大约一代之后，在它被洗成房地产、林地、城堡和官邸之后，它便被允许作为真正的贵族钱币流通起来。**老庞普**打扫店铺，当差使，成为极受信任的职员与合伙

---

① 老庞普的儿子。
② 实际就是小庞普的妻子。他这样纠正，是为了显示自己妻子有身份，可见其虚荣。原文还大写，表示强调。
③ 原文为"OH, I THOUGHT SHE WAS YOUR WIFE"。大写。

第八章 都市里的势利者

人。**庞普第二**成为银行老总，赚出越来越多的钱财，让儿子与一位伯爵的女儿结婚。**庞普第三**继续经营银行，但他生活中的主要任务就是做**庞普第四**的父亲，而**庞普第四**则成为一位十足的贵族，以**庞普男爵**的身份获得自己的席位，于是其家族便以世袭的方式对于这个**势利者**之国产生不小影响。

第九章

军队中的势利者之一

第九章 军队中的势利者之一

世上没有任何群体比富有教养和见多识广的军人更令人惬意，因此同样的，**军队中的势利者**也是最让人难以忍受的。他们在所有等级中都可见到，从将官——其有衬垫的老式制服胸部因佩带上许多星章、银扣①和其他饰物而闪闪发光——到初露头角的骑兵掌旗官，他才开始修面刮脸②，刚被任命为萨克森—科堡的长矛轻骑兵。

我总是赞叹于英国的等级分配体制，它使得前面最后提到的那个小家伙（他因为不会写字，上周才挨了鞭打）也可以指挥长着络腮胡子的大兵，而这些大兵曾经历过所有危险的气候和战役；他由于有钱，可以寄居在执法官的家里，因此那种等级分配体制便将其置于比他多一千倍经验和功劳的人之上；终有一天，那种等级分配体制让他获得了该职业的全部荣誉，但他指挥过的老兵却无法因自己的英勇行为得到任何奖赏，只能在伦敦切尔西残废军人院谋取一个职位，而他所替代的老军官则并不光彩地退役，靠着微不足道的折扣薪饷③结束其令人沮丧的生命。

我在公报上读到这样的公告："炮兵队的格里格中尉将成为上尉，取代退役的格里热尔。"此时我便知道那个伊比利亚半岛④的格里热尔遇到了何种情况；我在心里跟随他去到简陋的乡镇，他在那儿居住下来，靠着只有裁缝工头收入一半的津贴，千方百计要过得像个绅士；我想象着小格里格一级级地被提升，很快从一个军团调到另一个军团，每次调动都会升一级，避免了到国外去服役的不快，三十岁就被提升为上校——这一切都因为他有钱，格里格斯比是他父亲，而这位父亲以前也有着同样的幸运。格里格最初对处处比他强的老者发命令时一定脸红。正如让一个被宠坏的孩子不自私自负相当困难一样，让幸运的他不成为一个**势利者**也的确是一件非常难办的事。

坦率的读者一定常会感到惊奇，因为在我们所有政治机构中

---

① 挂奖章等用。
② 指人很年轻。
③ 对退役或非现役军官等支付的薪饷。
④ 在欧洲西南部。

职责最重大的军队，在战场上是表现得相当不错的；我们必须乐于对格里格及其同样的人在需要时所表现出的英勇予以赞赏。公爵的花花公子军团战斗得同别的任何军团一样出色（有人说更好，但那是荒谬的）。了不起的公爵自己也曾经是个花花公子，他也像马尔伯勒①先前那样英勇地冲锋陷阵。但这只证明花花公子也像其他英国人——所有的英国人——一样勇敢。咱们要承认，出身高贵的格里格在索尔拉翁战役②中，也像昔日的耕童沃罗普（Wallop）下士那样英勇地骑马跃入堑壕里。

战争时期比和平时期对他更为有利。想想格里格在炮兵卫队或长靴卫队③的生活吧，以及他从温莎到伦敦、从伦敦到温莎、从骑士桥到摄政王公园的行军；他不得不做白痴都能做的事，包括查看连队士兵的服装④，或马厩里的马，或大喊着"使劲扛，使劲背！"⑤ 即便智力最低下的人也足以能明白这一切差事。一个马夫的职责之难度和多样性也与其差不多。在圣詹姆士街替绅士牵马的红外套⑥们，也能像无所事事、性情温和、举止高雅、摇摇晃晃的小中尉一样把工作做好，而人们却可看见这些中尉穿着高跟小靴漫步在蓓尔美尔街⑦，或者十一点钟管乐队开始吹奏时他们又聚在宫殿内本团的军旗周围。可爱的读者是否曾见到某个年轻人蹒跚于旗帜下面，或者最重要的是，向它致礼呢？真值得漫步到宫殿去目睹那种壮观的愚蠢之举。

我有幸见过一两次某位老绅士，我把他视为军队训练的标兵，他曾在最优秀的军团里服役，或者一生都在指挥它们。我暗指那个陆军中将——可敬的乔治·格兰比·吐夫托（George Gran-

---

① 马尔伯勒（1650—1722年），英国将领。
② 第一次锡克战争（1845—1846年）中的最后一次决定性战役。
③ 指穿长筒靴的士兵。
④ 此处是比喻，意指（军队对服装等的）严格要求。
⑤ 一些动物背部的肉。
⑥ 指穿英军红制服的印第安人。
⑦ 伦敦以俱乐部多著称的街。

第九章 军队中的势利者之一

by Tufto）先生，也是 K. C. B.，K. T. S.，K. H.，K. S. W.① 等等。他的行为举止一般而言是无可指责的，在社会上他是一位完美的**绅士**，也是一位十足的**势利者**。

一个人即使上了年纪，也难免成为傻瓜，乔治先生在六十八岁时就比他十五岁刚入伍时还愚笨。他处处引人注目，许多公报上都赞赏地提到其名：事实上他就是那个胸部有衬垫、佩带上无数闪闪发光的饰物、已向读者介绍过的那个男人。这个成功幸运的绅士究竟有何美德真是难说。他一辈子从不读书，仍然用其带紫色并患有痛风的老手指写出小学生那样的字迹。他已人到老年，长出了灰白的头发，但却毫无可敬之处。他至今穿得像个让人无法容忍的年轻人，为其老躯弄上花边和衬垫，仿佛他还像1800年时的乔治·吐夫托那么英俊。他自私粗鲁，性情暴躁，是个贪吃的人。你看他在餐桌上的样子，身子在腰带里一起一伏，充血的小眼睛贪婪地盯住桌上的菜肴，让人不可思议。他在谈话中大肆诅咒发誓，餐后讲着军队里那些肮脏的故事。考虑到他的军衔和服役情况，人们对于这个被当作明星、拥有种种头衔的老笨蛋也给予某种尊敬；但他却看不起你我，对我们现出轻蔑的样子，其坦率显得既愚蠢又自然，看起来太有趣了。也许他如果被培养从事另一种职业，就不会成为现在这样一个声名狼藉的老家伙。可他从事什么职业呢？什么职业都不适合，他太懒惰愚钝，已无可救药，除了在军队里混以外干什么都不行；在军队里他公开作为一个英勇的好军官而出名，私下却因骑马比赛、喝波尔图干葡萄酒、决斗和勾引女人而出名。他自以为是世上的一个最可敬和最应受奖赏的人。下午时，你会在滑铁卢广场附近看见他穿着光亮的靴子四处游荡，斜眼偷看戴无边女帽走过的女人。当他死于中风时，《泰晤士报》会用四分之一的专栏讲述他的服役情况，所参加的战役——仅仅描述他的头衔和获得的勋章就需要四行铅字——然后这个地球便会将一个曾经趾高气扬地走在它上面

---

① "K. C. B."指"第二等高级巴思勋爵士"，"K. T. S.，K. H.，K. S. W."应是某种爵位，待考。

的、最邪恶愚笨的老家伙埋葬。

  为了不让人觉得我是个极端愤世嫉俗的人，对什么都不满，我恳求表明自己的看法（以便给军队以安慰）：军队并非由上述那样的人组成。他只是被当作成功幸运、骄傲自大的**军队势利者**当中的典范，挑选出来用以对平民与军人进行研究。不——当肩章不再被出卖，体罚被废除，史密斯下士也有机会因自己的英勇行为像格里格中尉一样受到奖赏；当不再有掌旗官和陆军中尉这样的等级（此种等级荒谬异常，对其余所有的军人是一种侮辱），并且假如不再有战争，我不会不愿意去当个少将的。

  在我的文件夹里有一小扎关于**军队势利者**的材料，不过暂且停止对军队的抨击吧，下周再说。

第十章

军队中的势利者之二

第十章　军队中的势利者之二

我昨日与年轻的朋友塔格在公园里散步，同他谈论着下一批**势利者**，就在这节骨眼上正好有两个军队势利者中的极好典范经过我们——行为放荡的军队势利者拉格上尉，和"居心叵测"或卑鄙轻浮的军队势利者法米斯掌旗官。的确，大约在下午五点钟时，你肯定会遇见他们骑着马悠然地溜达在塞彭亭附近的树林下，用挑剔的眼光打量坐在那种浮华的布鲁厄姆车内的人，这些轿车耀武扬威地来往于"女士大道"上。

塔格和拉格彼此相当熟悉，所以前者带着与亲密友谊密不可分的坦诚，把他亲爱的朋友的经历告诉了我。拉格上尉是个短小精悍的英格兰北部人。他还是个男孩时就加入了一流的轻骑兵军团，在赢得部队的信任后，他便将自己所有的军官同伴们彻底欺骗了，把跛足的马当作好马卖给他们，采取各种奇特精明的手段弄到他们的钱财，最后上校让他退役；他很不情愿地照办了，给一个青年空出职位，这青年刚刚入伍，带去了一匹异常呆板的军马。

他从此把时间投入到台球、越野赛和赛马上。他的总部就是喷泉街的"拉麦尔"，其装备都放在那儿；不过他始终马不停蹄，作为一名绅士职业赛马骑师和"绅士骗子"而不断实践着其才能。

根据《贝尔的生活》报道，在所有的比赛中他总是作为一名陪伴者，多数时候也参加比赛。在里米唐他骑马获胜；两周前他在哈罗①的比赛中惨败，然而上周他却出现在"伯尔尼十字街"上，像平常那样脸色苍白，十分坚定；当他在出发参加一年一度的"法国越野障碍赛马"前，骑着那匹凶恶的畜生"迪斯欧德"作预先奔驰时，他便以其高雅的姿势和整洁的装备让巴黎那些在马路上看热闹的人惊奇不已。

他是"角区"常有的一个陪伴者，在那儿他编辑了一本虽缺乏创见但让人轻松愉快的剧本。在各种活动处于旺季期间，他常在公园里骑着一匹机灵小巧的良种马。人们会看见他陪同着著名

---

① 英格兰东南部城市。

的女骑士法尼·海弗莱尔（Fanny Highflyer），或者在与著名的赛马优胜预测者斯姆勒里格（Thimblerig）大人密谈。

他小心翼翼避开高雅体面的社交界，宁愿与职业赛马骑师莎姆·斯拉弗尔、欧罗尔克上尉和另外两三个臭名昭著的赛马强盗在"一桶①店"吃牛排，也不想与伦敦最上流的人士共餐。他爱在"拉麦尔"宣称说他将赶到埃普索姆②附近他的那个小房间去，与骗子霍库斯友好地度过礼拜六和礼拜天；假如报道不假的话，在那儿人们编造了许多"骗局"出来。

他并不经常打台球，而且从不在公开场合打：可一旦打的时候，他就总是企图要把对手摆平，将其彻底打垮为止。最近他就与法米斯好好玩了一场。

当他出现在客厅时——在狩猎集会或舞会赛时他时常如此——他可尽情玩乐享受一番。

他年轻的朋友就是法米斯掌旗官，他为与拉格这样聪明灵巧的人一起出现在人们眼前感到极为满足，他会向公园里最优秀的赛马伙伴点头鞠躬。拉格让法米斯陪他到伦敦赛马拍卖行去，把用作食物的马肉便宜地卖给他，并使用法米斯的出租马车。法米斯这位年轻绅士所属的军团在印度，他请病假回了英国。他每晚都用喝醉酒的办法恢复精力，还整天抽雪茄以增强自己虚弱的肺脏。秩市附近的警察认识这个小家伙，早起的出租马车车夫向他致意。鱼和龙虾店在打烊以后会把门再打开，放出小法米斯来，他要么摇摇晃晃、吵吵闹闹——这时他就想与马车夫打一架——要么醉得难以自助，这时某个好心的朋友（穿着黄色绸缎）会来照顾他。邻近所有的人——马车夫、警察、早起卖土豆的人和穿黄色绸缎的朋友们都知道这个年轻人，欧洲一些最坏的恶棍把他叫做小鲍比③。

他的母亲法尼·法米斯真诚地认为法米斯回伦敦只是为了看

---

① 指大酒桶。
② 英格兰东南部城镇。在伦敦西南，以每年举行赛马著名。
③ 原文为"Bobby"，口语，指"警察"。为英国首相 Robert Peel 的诨名，他在 1828 年创建了伦敦警察系统。

第十章 军队中的势利者之二

医生,她打算让人把他调到一个骑兵团,那样就不用去讨厌的印度了;她觉得他的胸腔不好,每晚他都要喝稀粥,一面把脚放进热水里。夫人住在切尔滕纳姆①,是个严肃认真的女人。

鲍比当然常去"联盟杰克俱乐部";他早餐在那儿喝淡啤酒,三点钟时抹辣味料烤动物腰子吃;与他同类的嘴上无毛的年轻知名人物们聚集在此,寻欢作乐,相互宴请;你可看见半打低级的年轻浪子在台阶上抽烟闲荡;你会注意到斯拉帕尔那匹尾长腿长的母马由一个红外套②照看着,直到这个上尉吃饱喝足,带上一杯桂香酒到公园里去;你还看见"高地黄皮军团"的霍比与"马德拉斯燧发枪枪手团"的多比一起,驾着砰砰直响、剧烈摇晃的马车驶过来,那是多比从邦德街的拉姆布尔租到的车。

事实上,**军队中的势利者**既人数众多又各种各样,即使一百期《笨拙》周刊也不足以给他们发表意见的机会。除了参加过战斗,名声不好的老军队势利者外,还有从未参加过战斗,但却很有名望的老军队势利者,这种人颇有一种纪律严明的神气。另有**军医势利者**,他在谈话中常显得比军队里最了不起的佩马刀者③更懂得军事,让人无法容忍。有**重骑兵势利者**,他一副愚蠢的粉红大脸,长着黄色胡子,是个空虚、严肃、愚笨但勇敢而可敬的**势利者**,受到年轻女士们赞美。有将"上尉"印在名片上的**民兵势利者**,因为他是邦格民兵团的一个中尉。有专门勾引女人的**军队势利者**,此外尚有别的,无须一一说出。

不过我们再说一遍,请任何人都别指责**笨拙**先生说他对整个军队无礼——因为那是一支英勇明智的军队,其中的每个人,从陆军元帅威灵顿公爵④等往下(陆军元帅艾伯特⑤殿下除外,他几乎不能被算成是个军人),都能在世界各地读到《笨拙》周刊。

---

① 英格兰西南部城市。
② 见前面注解。
③ 尤指骑兵。
④ 威灵顿公爵(1769—1852年),英国陆军元帅,首相(1828—1830年)。
⑤ 艾伯特(1819—1861年),英国维多利亚女王的丈夫,实际上成为女王的私人秘书和首席机要顾问。

请给对军队的战绩不屑一顾的平民百姓读读哈里·史密斯（Harry Smith）先生关于阿里瓦尔战役的报道吧。再没有更高尚的语言来描述一种高尚的行为了。凡怀疑骑士精神是否存在或英雄时代是否过去的人，想想亨利·哈丁先生和他儿子"亲爱的小亚瑟①"骑马冲在弗罗热莎前线的情景吧。我希望任何英国画家都不要试图描绘那样的场面，因为谁会去那儿公正地描绘出它来呢？世界历史上再没有比之更光辉灿烂和富有英雄气概的场面了。不，不，那些表现出如此非凡的英勇行为的人，那些如此谦逊而富有男子气概地对这些行为加以描述的人——**这样的人可不是势利者**。国家赞赏他们，君主嘉奖他们，而《笨拙》这个无所不指责的刊物也要摘下帽子，说上帝保佑他们！

---

① 中世纪传说中的不列颠国王，圆桌骑士团的首领。

第十一章

神职中的势利者之一

第十一章 神职中的势利者之一

继军队中的势利者之后,**神职中的势利者**很自然地显现出来;虽然我们十分尊重牧师这一职业,但同时也尊重事实、人性和英国大众,所以显然这样一个庞大而有影响的阶层,切不可从我们对**势利者**大世界的关注中忽略。

在这些牧师中有一些人无疑可以说是势利的,但由于同样的原因——《笨拙》周刊不会在大教堂里出他人之丑,要对里面所举行的仪式予以尊重——所以我们不能在此对其加以讨论。**笨拙**先生自认在某些地方并无特权发出噪音,并把自己出他人之丑的行为放到一边,停止敲鼓,闭口不言,并且脱帽致意。

我知道这一情况,即假如某些牧师犯了错误,立刻就有上千家报纸把这些不幸的人拉出来责问,大声叫道"去他们的,去他们的!"新闻界一方面时刻准备着大喊大叫把迷途失职的牧师逐出教会;另一方面却不知为什么几乎不把许多优秀的牧师放在眼里——而这些诚实的牧师有成千上万,他们过着正派的基督生活,对穷人慷慨地给予捐助,对自己严加节制,为了圣职而生死,可报上却没有一段赞扬他们的文字。我可爱的朋友和读者,我希望咱们保持一致:让我把自己的看法悄悄告诉你吧——这事只限于咱俩之间,即在反对牧师最为强烈的名哲学家中,常去教会并从中获得对它的认识的人并不多。

不过只要你倾听过村教堂的钟声,或小时候在阳光灿烂的安息日早上步行去教堂;只要你见过牧师的妻子朝穷人的床边走去,或镇牧师为了履行圣职穿行于令人厌恶的巷道里那些肮脏的楼梯,那么当某个牧师背叛时别大呼小叫,或者跟着乌合之众们对他起哄。

人人都可能那样。当诺亚①老祖先喝醉了酒,只有一个圣子敢拿他的不幸开玩笑,并且这位圣子也不是家中最有道德的。咱们也默默地掉过头去吧,别像一帮小学男生那样好哇好哇的叫喊,因为某个年轻的大反叛者会突然跳起来揍他们的老师一顿。

但我承认,假如我掌握到那七八位爱尔兰主教的名字——其

---

① 《圣经》故事人物,洪水灭世后人类的新始祖。

第十一章　神职中的势利者之一

遗嘱曾在去年的刊物中提到，这些人死后每人留下约二十万英镑——我便会推举他们为神职中的势利者之资助人，对他们施以成功的手术①，正如我在报上读到手足病医生埃森伯格先生最近对"塔皮欧卡主教大人"施以了成功的手术一样。

我承认，当那些正派的高级牧师们手里捧着遗嘱来到天堂之门时，我想他们可能会……不过天堂之门很难遵循大人阁下们的意志，所以咱们还是掉头而回吧，以免在那儿我们又会被问及一些尴尬的问题，诸如自己特别喜爱什么样的恶习。

让咱们别屈服于庸俗的偏见，以为牧师都是一些报酬很高、生活奢侈的人。那位有名的禁欲者，即已故的悉尼·史密斯，（顺便说一下，世上有许多史密斯都叫悉尼·史密斯，这是怎样的一种自然规律呢？）称赞教会那种实行重奖的制度——他说没有这样的制度先生们就不会被吸引到牧师职业中来——这时他便十分哀伤地承认说，总体而言牧师们决不会因自己在世间的兴旺而为人羡慕。阅读某些现代知名作家的作品，你会以为牧师整天就是狼吞虎咽地吃李子布丁，大喝波尔图干葡萄酒，他那些肥胖的朋友们嘴上总沾着油腻的烤猪肉脆皮渣，而猪肉都是用什一税②换来的。讽刺画家们喜欢这样描绘他们：长着有粉刺的圆脸，短短的脖子，像患有中风似的，肚皮仿佛要胀破了马甲，犹如灌得满满的黑香肠③，一个戴着铲形宽边帽和茸毛假发的西勒诺斯④。然而，假如你面对的是一个实际的人，你会发现这位可怜人的烧肉锅里是几乎见不到肉食的。他辛勤地工作，可通常得到的工资连一个裁缝工头都会看不起；对于自己令人忧郁的收入——很多哲学家们对此也会抱怨不满——他有权利提出其要求来；我们得记住，那些嫉妒其生活方式的人还要让他掏腰包支付不少的什一税。他得与乡绅共餐，他的妻子必须衣着优雅，如人们所说他必须"显得像个绅士"，同时要把六个十分饥饿的儿子

---

① 此处自然是比喻。
② 欧洲基督教会向居民征收的一种宗教捐税。
③ 用血、板油等制成。
④ 森林之神。

第十一章 神职中的势利者之一

带大。此外,假如要尽职尽责,他便受到各种诱惑去花钱,而那些诱惑是任何凡人都无法抵挡的。是的,你不能不买一盒雪茄,因为它们太好了;或者不能不在霍威尔—詹姆斯店买一口铜钟,因为它太划算了;或者不能不买一张进歌剧院包厢的票,因为拉布拉凯和格里西①在普里坦特院演唱得太好了。想想吧,当约翰·布雷克斯托的家人连一块面包都没有的时候,要一个牧师不为他们花费半克朗②钱;或者可怜的老波里·拉比兹拖着十三个孩子,而牧师却不为他买一瓶波尔图干葡萄酒;或者不为衣衫褴褛的小鲍布·波里买一条灯芯绒裤子,因为他的那条马裤已非常破旧了——这种种情况对于牧师而言都是多么困难的事。想想这些诱惑的事吧,道德家和哲学家同胞们,别对牧师太苛刻了。

不过这是怎样一种情况呢?难道我们不是在对牧师们加以"揭示",而是在极力感伤地对那类身穿黑服③的怪人加以赞扬?啊,神圣的弗兰西斯④,愿你在地下安息;啊,我年轻时的朋友杰米、乔尼和威里!啊,崇高而敬爱的老伊莱亚斯⑤!一个不了解你的人,怎么会尊重你和你的职业呢?愿我这支笔别再写什么了,如果它会对任何一方给予嘲笑的话!

---

① 拉布拉凯(1794—1858年),意大利歌剧男低音歌唱家;格里西(1811—1869年),意大利女高音歌唱家。
② 英国旧制5先令硬币。
③ 指牧师,带贬义。
④ 罗马帝国皇帝。
⑤ 希伯来先知。

第十二章

神职中的势利者及其势利行为之二

第十二章　神职中的势利者及其势利行为之二

"亲爱的**势利者**先生，"一个温和的年轻记者写道，他为自己签下的名字是斯劳布林①，"牧师在一位高贵的公爵要求下，最近中断了两个完全有权利结婚的人的婚礼，他是否应该被列入神职中的**势利者**的范畴呢？"

亲爱的年轻朋友，这可不是一个好问题。有一份配插图的周报已经抓住这位牧师不放，把他画成身穿黑色法衣在主持婚礼的样子，对他进行了最为无情的中伤。这样的惩罚已经够厉害了，请别再追问下去啦。

假如史密斯小姐带着结婚证去与琼斯结婚，所说的那位牧师又没看见老史密斯到场，他很可能会让执事坐出租车去把情况告诉老先生，并且会等到老史密斯到达后才举行婚礼。他很可能认为自己有责任询问凡是没把爸爸带来的、达到结婚年龄的小姐，为何其父亲没有到场；并且毫无疑问，他总要派执事去把那位缺席的父亲请来。

或者，很可能狮心王②公爵是你叫什么来着的先生之最亲密的朋友，常对这位先生——你叫他什么来着——说"朋友，我的女儿绝不能嫁给那个上尉。如果他们什么时候试图来你教堂结婚，我请你看在我们亲密的关系上，派拉坦坐一辆出租车把我接来。"

无论在何种情况下，瞧，亲爱的斯劳布林，虽然牧师本来没有那样的权力，但他却可能因进行干预而得到原谅。他没有权力阻止我结婚，就像他没有权力阻止我吃饭一样——作为一个生来自由的英国人，只要能付得起它们的开支法律就让我有那样的资格。不过想想牧师的热情吧——那是一种强烈的责任感——并对这种虽让人不便但却真诚的热情予以谅解。

可假如牧师并不像对待公爵那样对待史密斯，假如他并不认识狮心王家族的人，就像我不认识萨克森—科堡—哥达王族③的

---

① 原文为"Snobling"，含有"势利的年轻人，势利小人"的意思。
② 法国理查一世的绰号。
③ 统治萨克森—科堡—哥达公国的一支家族，成为19—20世纪与欧洲诸王朝相关的显赫世家。

第十二章　神职中的势利者及其势利行为之二

人一样，那么，我得承认，亲爱的斯劳布林，你的问题会引出一个令人不快的答案，而为恭敬起见我可不愿给出这个答案。假如一个哨兵离开其岗位，因为有一位贵族（与哨兵的职责毫无关系）让他玩忽职守，我真不知乔治·吐弗托先生①会怎么说。

哎呀！鞭笞小男孩并把他们赶出教堂的执事，也无法把世俗赶走；除了势利之外世俗还能是什么呢？比如，当我在报上读到，**查尔斯·詹姆士主教大师在王室教堂为一群青年贵族施坚信礼**②——仿佛王室教堂是一种教会的阿尔马克③，青年人要组合成上流社会唯我独尊的贵族小群体，以便为来世做好准备，他们在前往那儿的途中不能受到庸人们干扰——当读到这样的新闻时（在目前这个时髦的时节通常会发表一两则类似新闻），我仿佛觉得在那份可憎卑鄙、令人厌恶的出版物《宫廷公报》中，这算是最为可憎卑鄙、令人厌恶的部分了，势利的表现在此达到极其可怕的程度。怎么，先生们，甚至在教堂里我们都不能承认一下共和体制吗？至少在那儿，"宗谱纹章院"自身会承认我们所有人都拥有相同的祖先，是亚当和夏娃的直系后裔，共同分享其遗产。

我因此呼吁所有公爵、伯爵、从男爵和其他的当权者，别让自己犯下这样的丑事和可耻的错误；我恳求所有读到本书的主教对此予以考虑，别让这种行为继续下去，并向世人宣称："**我们不会只对汤姆罗迪大人或卡纳比·金克斯阁下施坚信礼或洗礼，而将其他任何年轻的基督徒排斥在外。**"假如阁下们在我的呼吁下作出如此声明，那么一块巨大的**绊脚石**④就将被搬开，我的**势利者随笔**也没有白写。

人们最近在流传一件事，说有个著名的**暴发户**曾帮助过那位卓越的高级教士——布劳克斯米士主教，为了得到回报，他请求大人在其小教堂里私下为他的孩子施坚信礼；而这位满怀感激的

---
① 作者在《名利场》等中所描绘的虚荣心极强的一个人。
② 天主教、东正教等所施行的一种礼。
③ 原文为"Almack"，指某歌剧院。
④ 原文为拉丁文"LAPIS OFFENSIONIS"。

第十二章 神职中的势利者及其势利行为之二

高级教士欣然照办。难道还有比这更具讽刺意味的吗？甚至在那些最为有趣的书中，还有什么比这更加**无知**荒谬的吗？好像一个人必须坐专车才愿到天堂似的，或者好像以为（正如有些人对于接种疫苗所认为的那样）从有直接经验的人那里接受坚信礼更加有效。当那位著名人物贝加姆莎姆罗①去世时，据说她给罗马教皇留下一万英镑，给坎特伯雷大主教留下一万英镑——这样就不会有差错——这样教会的当权者们肯定会站在她一边。与前面提到的情况相比，此种势利只是略为公开直率一些。一个有教养的**势利者**，也像一个对自己的财富和荣誉可笑地大加炫耀的**暴发户势利者**一样，为其财富和荣誉暗自得意；一个出身高贵的女侯爵或女公爵，也像夸斯波女王②（她将一对肩章缝在裙上，戴着有羽饰的三角帽神气十足地出现在众人面前）一样，为自己及其钻石满怀虚荣之心。

我真希望这众多的头衔没被发明出来才好，这并非对"贵族阶级"无礼，我对他们既爱戴又尊敬（的确，我不是曾说过吗？假如有两位公爵和我一起漫步于蓓尔美尔街上，我会高兴得跳起来的）；我也并非对个别的人不敬。不过请想想，如果没有树又哪来的荫；如果等级上的那些迷人东西和世俗中不断产生的诱饵不复存在，被彻底抛弃，以免让神职人员们误入歧途，那么社会将会诚实正直得多，神职人员们也会有用得多。

我见过许多牧师背弃处世原则的事例。比如，汤姆·斯里弗尔作为法德勒斯唐先生（哈德勒斯唐·法德勒斯唐阁下的兄弟，他住在别处）的助理牧师初次到乡下时，表现得多么亲切、勤劳和优秀，简直无与伦比。他的姑妈和他住在一起。他对于不幸者的那种态度令人赞美。每年他都要写出大量虽用意极佳但却索然无味的说教东西。就在白兰地波尔阁下的家人来到乡下，并邀请斯里弗尔去"白兰地波尔园"共餐时，他激动不已，几乎忘了如

---

① 原文为"Begum Sumroo"。在网上查到有 Vera Chatterjee 所著《贝加姆莎姆罗殿下的生活与时代》(*The Life and Times of Her Highness BegumSumroo*)，所以此人是个权贵。

② 原文为"Queen Quashyboo"，作者在《名利场》也曾提到。

何谢恩祷告①，竟把一碗醋栗调味酱倒在法尼·托拂小姐的膝盖上。

他与那个贵族家庭产生亲密关系造成了什么后果呢？由于每晚都出去吃饭他跟姑妈吵了架。这个可怜的人把自己那些不幸的人忘得一干二净，那匹老马也不停地被他骑到白兰地波尔那里去而给弄死了——他最最疯狂地迷恋上法尼小姐。他从伦敦订购到最好看的新衣和牧师穿的马甲；他穿着科拉扎②衬衣和光亮的靴子，洒上香水出现在人们面前；他从鲍布·托菲那里买了一匹良种马；有人在箭术集会和公共早餐上看见他——实际上是伪装起来的；我不无惭愧地说，我曾看见他在歌剧院正厅前排的座位上，后来又在罗腾街骑着马跟在法尼小姐旁边。他把自己的姓名也弄成两部分（正如许多可怜的**势利者**那样），不再是以前的 T. Sniffle，而是在一张精美的名片上印成了 Rev. T. D'Arcy Sniffle, Burlington Hotel③。

这事的结果可想而知：白兰地波尔伯爵知道助理牧师爱上法尼小姐后，突然痛风发作，几乎送了命（使他的儿子阿里康帕尼阁下忧伤得无法形容）；他对斯里弗尔说了一番非同寻常的话，打消了后者的要求——"假如不是出于对那一神职的敬重，先生，"阁下说，"哎呀，我会把你踢下楼去的。"然后阁下就如上所述痛风发作了，而众所周知，法尼小姐后来嫁给了波达格尔将军。

至于可怜的斯里弗尔，他不但在爱情而且在债务上都负债累累，债权人们纷纷逼上门来。葡萄牙街的黑姆普先生最近把他说成是一个牧师逃犯；他曾出现在外国各海滨胜地，有时行礼拜式，有时在卡尔斯鲁厄④或基森根"指导"某位迷途的绅士的儿子，有时——一定要说出来吗？——悄然守候在转动的餐桌旁，下巴上留着髭须。

---

① 于饭前饭后的一种祷告。
② 原文为"corazza"，待考。
③ 即"T. 达克·斯里弗尔牧师，伯林顿旅店"。
④ 德意志联邦共和国西南部城市。

第十二章　神职中的势利者及其势利行为之二

如果这位不幸的人没有从白兰地波尔阁下那里受到诱惑，他或许仍然从事着自己的神职，显得谦恭而可敬。他或许凭着四千英镑的收入娶了表妹，那个酒商的女儿（老先生曾和侄子争吵，因他没有从白兰地波尔阁下那儿为自己拉到买酒的订单）；他或许有了七个孩子，并私下招收一些学生以弥补收入，从生到死都是一名乡村牧师。

他本来可以做得更好吗？若想了解如此一位优秀、善良和崇高的人物会成为什么样子，不妨读读斯坦利（Stanley）写的《阿诺德博士的一生》。

第十三章

神职中的势利者之三

第十三章　神职中的势利者之三

在各种各样的**神职中的势利者**里面,绝不应该把大学**势利者**与**经院势利者**给忘了,他们于身穿黑服的队伍中组成了一支颇为雄壮的大军。

我们祖先中的贤人哲士(我每天都越来越敬佩他们)似乎已经确定,对青少年的教育是一件微不足道的事情,几乎任何人,只要具有罚人用的桦条和一般的教士职位及学位就可以承担那种工作。至今可见到许多诚实的乡绅在雇用男管家时小心翼翼,务必要他有一个好名声;在买一匹马时,要有确切的保证和最仔细的检查;但却把自己的儿子、年幼的约翰·托马斯送到学校去,而对校长的情况毫不问及,还把小家伙送到由布劳克博士任校长的斯威切斯特学院去念书,因为他(好心的英国老乡绅)四十年前就在由布兹威格博士任校长的那所学院读书。

我们爱护所有的学生,由于有成千上万的学生阅读并喜爱《笨拙》周刊,所以但愿笔者别写出一个不诚实、不恰当的字让他们读到!笔者不愿让年轻的朋友们将来成为**势利者**,或者受到**势利者**欺压,或者当上**势利者**的学生。我们与大学里的青年关系紧密,感情深厚。坦率真诚的大学生是我们的朋友。但华而不实的大学教师却在公共休息室里打颤,唯恐我们会抨击他,拆穿其**势利者**的面目。

当铁路将要侵占所征服的土地时,人们也许记得牛津大学和伊顿公学的权威们发出怎样的尖叫和呐喊,唯恐铁路上那些可憎的事物会接近追求纯学问的场所,使英国青年误入歧途。祈求是无济于事的,铁路向着他们逼近,旧世界的制度注定灭亡。某天我在报上高兴地读到一则的确大肆吹嘘的广告,标题为"五先令往返学院"。"学院广场(据说)将为此开放,青年学子们将举行赛舟会,王室学院的礼拜堂将奏出著名的乐曲"。——而这一切只要五先令!哥特族①人进入了罗马,拿破

---

① 日耳曼族的一支,在3—5世纪侵入罗马帝国。常喻指"不文明的人,野蛮的人"。

伦·斯特芬森①以其共和主义的铁路线把一座座神圣的古城圈起来，使驻扎于其中的教会要员们面对铁路征服者不得不准备好放下钥匙和权杖。

亲爱的读者，如果你考虑到这种大学体制如何让人变得极端势利，你就会承认该对某些中世纪的封建迷信进行抨击了。如果花五先令去看看那些"青年学子"，你便会看见一个帽上没有缨子②的青年偷偷地在院内走动；另一青年则戴着有金银边饰的天鹅绒学士帽；第三个青年穿戴着少爷的那种长袍和有边帽，悠闲地漫步于神圣的学院草坪上——而普通人是不可以踏上去的。

他可以踏上去因为他是一个贵族。因为一个青年是贵族，大学就在第二年结束时让他获得学位，而别人却需要七年时间才能获得。因为他是一个贵族，他便不需要考试。凡没有花五先令往返一下学院的人，不会相信在一个从事教育的地方竟存在着如此的差别，它们看起来是那么荒唐可笑。

帽上有金银边饰的青年是有钱人的儿子，被称为"可与研究员同桌吃饭的大学生"；他们享有比自费生们吃得更好的特权，可以边用餐边喝酒，而后者只能在自己的房间里喝酒。

那些帽上没有针饰的青年，被称为减费生——牛津大学的工读生③（一个多么可爱高雅的名称）。由于贫穷他们的服饰便有了差别，他们也因此佩带上贫穷的徽章，不允许与同学们共餐。

这种邪恶可耻的差别一旦形成，其余的便保持一致了——它组成毫不文明、极其错误的封建体制的一部分。于是人们极力坚持有等级差别，假如怀疑这些差别便被视为是亵渎神明的，正如眼下在美国一些地方黑人自称与白人平等是亵渎神明的一样。一

---

① 根据网上所查（一般词典未收入），此人应为斯特芬森（1781—1848年），英国铁路先驱，于1825年修建第一条旅客铁路。（English railway pioneer who built the first passenger railway in 1825）

② 旧时英国大学生中贵族学生帽子上都有金色的帽缨子。

③ 旧时牛津大学中靠干仆人的工作获得学校资助的学生。

第十三章　神职中的势利者之三

个像亨利三世①那样的无赖，也一本正经地谈论所赋予给他的神圣权力，仿佛他是一个受神感召的先知。一个像詹姆斯一世那样的卑鄙者，不仅自认为神圣无比，而且其他人也认为如此。政府干预商人的交易、价格、出口和组织机构，连他穿多长的鞋也要控制。政府认为这样是合理的——因某人的宗教信仰问题可对他处以烙刑，要么，如果一个犹太人不捐款就可拔掉他的牙齿，或者命令他穿上黄色的粗布长袍，把他锁在一个特别的地方。

现在商人喜欢穿什么样的靴子都可以了，差不多有了从事买卖的特权而不会受到政府干预。惩罚异教徒的火刑不复存在，颈手枷被取消；你甚至发现主教们也提高嗓子不让对遗体进行迫害，他们准备着取缔天主教那些最后的限制。罗伯特·皮尔先生②也控制不了本加米·迪斯累里③先生的牙齿，或者没有任何办法操纵那位先生的嘴。不再要求犹太人佩带上徽章了，相反，他们可以按照自己的喜好住在皮卡迪利大街④或米诺里斯街⑤，像基督徒那样穿着，时而表现出最高雅时髦的举止来。

为什么还要让学院里可怜的工读生留着其名称并佩带上其徽章呢？因为大学是**改革**最后深入进去的地方，不过现在它⑥能花五先令往返于学院了，就让它到那儿去吧。

---

　　① 亨利三世（1207—1272 年），英格兰国王（1216—1272 年），傲慢怯懦，治国无能。
　　② 罗伯特·皮尔先生（1788—1850 年），英国首相（1834—1835 年，1841—1846 年），保守党创始人。
　　③ 本加米·迪斯累里（1804—1881 年），英国首相（1868，1874—1880 年），保守党领袖，作家。
　　④ 在伦敦，以其时髦的商店、俱乐部、旅馆和住宅著称。
　　⑤ 在伦敦，金融与保险中心（据网上：The Minories is located in London's financial and insurance district）。
　　⑥ 指"改革，改良运动"。

第十四章

大学中的势利者之一

第十四章 大学中的势利者之一

圣波尼弗斯学院的人无不认得休格比（Hugby）和克罗普（Crump）这两个人物。他们是我们那个时候的大学教师，克罗普后来当上了院长。他过去和现在都是一个**大学势利者**十足的典范。

二十五岁时克罗普发明了三种新的韵律，并出版一本极不恰当的希腊喜剧，对于德国版的 Schnupfenius and Schnapsius① 作出不少于二十处修正。由于在宗教方面的**贡献**，他立即在教会步步高升，如今已是圣波尼弗斯学院院长，并差点当上法官。

克罗普把圣波尼弗斯视为世界的中心，觉得他作为院长在英国享有最高地位。他希望董事和教师们效忠于他，就像红衣主教效忠于罗马教皇一样。我敢肯定，当他昂首阔步走进礼拜堂时，**马屁精**会心甘情愿地替他端盛食物的木盘，或者听差会替他扶起长袍边。他在那儿高声应唱圣歌，好像上帝都因为圣波尼弗斯学院院长参加了礼拜式而感到荣幸，在其院长住宅和学院里只有君主才是他的上司。

当同盟国的君主们来到圣波尼弗斯并被授予博士学位时，学院招待了一顿早餐；克罗普让亚历山大皇帝走在他前面，但让普鲁士国王和布吕切尔②君主跟在自己后面。他原打算让哥萨克酋长普拉吐夫在一张墙边桌上与下级大学教师共餐；不过有人劝他宽厚一些，于是他仅用一个关于哥萨克人语言的谈话款待了这位杰出的哥萨克人——他在讲话中示意大家这位哥萨克人对于自己语言一无所知。

我们大学生对克罗普并不太了解，就像我们对美洲大蛇不太了解一样。有几个受到优待的青年偶尔被请到院长住宅去喝茶，但博士不先开口他们便不会说话；假如他们冒昧地坐下，克罗普的追随者马屁③先生就会低声说"先生们，站起来好吗？——院长要过去呢"，或者说"先生们，院长更喜欢大学生别坐着"，或

---

① 据德语专家讲，这两词是用德语词 schnupfen（流鼻涕）和 Schnaps（烧酒）加上希腊语词尾生造的，带讽刺意味，估计是什么人的绰号。
② 布吕切尔（1742—1819 年），普鲁士陆军元帅。
③ 原文为"toady"，有"谄媚者，拍马屁的人"的意思。

第十四章 大学中的势利者之一

者说些类似的话。

说句公正话,克罗普现在不对大人物阿谀奉承了,而是对他们以恩人自居。在伦敦时,他十分和蔼可亲地同一位在他的学院里成长起来的公爵说话,或者把一根手指伸给某位侯爵。他并不掩饰自己的出身,而是相当自满地予以吹嘘。"我曾是个受到施舍的孩子,"他说,"看我如今怎样了——世界上最伟大的帝国中最伟大的大学里最伟大的学院的最伟大的希腊学者。"他所要论证的是,对于乞丐们而言这是一个最优秀的世界,因为他过去就是一个乞丐,通过努力已经骑上了马背①。

休格比是靠坚忍不拔、令人愉快的长处身居高位的。他是个温和谦恭、从不冒犯谁的人,有足够的学识举行一个演讲,或者出一套考试卷子。他凭着和蔼可亲的态度爬上了贵族圈里。这个可怜的家伙曾在某位贵族,或贵族的侄子,或甚至某个叽叽喳喳、名声不好的自费生(但他是某贵族的朋友)面前,显得奴颜婢膝的样子,看见此种情景真是奇妙。他常常请小贵族们吃精心制作出来的早餐,表现出时髦高雅的神态,和他们谈论歌剧(虽然无疑显得严肃认真),或者最后一次带着猎犬狩猎。他站在一圈戴有金色帽缨子的年轻贵族中间,面带微笑,亲密的举止中不无卑微、热切、不安的成分,见到这种场面真是有趣。他常给他们的父母写去一些密信,进城时便登门拜访,把这当作自己的责任;当他们的家庭中有谁死亡、出生、结婚时,他就会去给予安慰,或一同喜庆;无论何时他们来到大学他都要宴请他们。我记得有一封信在他演讲室的桌上放了整整一学期,这封信是以"公爵大人"几个字开始的。他是要让我们看到他在与这样的显贵们通信。

现已故世的格伦里瓦特(Glenlivat)阁下——他二十四岁那么年轻时就在一次跳栏赛马中折断了脖子——那次来到大学,这个亲切友好的年轻人早晨去自己房间便看见休格比的靴子放在他门口的同一楼梯上,便开玩笑地把鞋匠用的蜡塞进靴子;当尊敬

---

① 其中的比喻不言而喻。

第十四章 大学中的势利者之一

的休格比先生当晚要去与圣克里斯平学院院长共餐前来穿走靴子时，可受了一番不小的折磨。

人人都把这个极好的玩笑归功于格伦里瓦特阁下的朋友鲍布·蒂兹（Bob Tizzy），他做这种事很有名气，以前曾把学院的泵杆偷走，用他的脸把圣卜尼法斯[①]的鼻子磨光，从烟草店将四幅黑人孩子的画像拿走，把高级学监的马漆成黄绿色等等。鲍布（他当然参与其中，也不会告密）正要被开除并因此失去为他储备的家产时，格伦里瓦勇敢地站出来，说是自己唆使开那个玩笑的，并向教师道歉，接受处罚暂时停学。

格伦里瓦特道歉时休格比哭了；假如那位年轻的贵族在庭院里踢了这个教师，我相信他会感到高兴的，因为他随之会得到赔礼，获得和解。"阁下，"他说，"你在此事和其他所有场合上的行为，是与绅士相称的；你是本大学的光荣，我肯定你也将成为贵族阶级的光荣——当你可爱的青春活力变得沉静一些后，你会受到召唤去参与对国家的应有的管理。"格伦里瓦特离开大学时，休格比送了他一册自己的《给一个贵族家庭的启示[②]》（他曾经是马佛波罗伯爵的儿子的家庭教师），格伦里瓦特又把它送给了威廉·拉姆先生作为回报——对某方面有特殊爱好的人都知道后者是"吐特伯里的宠物"[③]——那些启示如今出现在拉姆夫人的化妆室桌上，地点在牛津郡[④]伍德斯托克附近她的娱乐酒吧"斗鸡与距铁[⑤]"后面。

大学暑假开始时，休格比去到城里，在圣詹姆斯广场附近漂亮的出租房找到住处，下午在公园里骑骑马，很高兴读到自己的名字出现在早报里，上面列出了去马佛波罗官邸出席聚会和参加法里吐斯侯爵家晚会的人员名单。他是悉尼·斯克拉帕俱乐部的会员，无论如何他在那儿可喝上一品脱红葡萄酒。

有时你会在礼拜天看见他，那时酒店的门打开着，从里面走

---

① 圣卜尼法斯（675—754年），曾任主教，后升任大主教。
② 指精神万物在精神、道德、真理等方面给予人的启示。
③ 原文为"Tutbury Pet"。作者的另一部著作《名利场》提到过。
④ 英格兰郡名。
⑤ 指缚在斗鸡脚上的距铁。

第十四章 大学中的势利者之一

出提着装黑啤酒的大壶的小姑娘；受施舍的男孩们端着一盘盘褐色的冒烟连肩羊肉和烤塔吐尔斯①走过街上；只见犹太人们在"七转盘"②松松的百叶窗前抽着烟斗；一群面带微笑的人身穿干净的奇装异服和花哨醒目的长袍，头戴形状怪异的软帽，或者穿着光滑起皱的外套和绸服——它们是在抽屉里放了整整一周被弄皱的——列队走过大街。瞧，有时你会看见休格比步出圣伊莱斯户外教堂③，一个矮胖的贵妇人靠着他胳膊，她环顾周围所有的人时那张老脸显得无比骄傲和高兴；她面对副牧师本人走入霍尔波恩④，拉响一座房子的铃，房子上面铭刻着"男装经销商休格比"。这位就是 F. 休格比大人的母亲，为自己打着白色宽领带的儿子骄傲，正如罗马的科妮莉亚⑤为她的宝石骄傲一样。那位后面拿着祈祷书的是老休格比和他的女儿（老处女贝兹·休格比）——老休格比是男装经销商和教区区长。

在楼上的前屋里（正餐摆放的地方），一幅马佛波罗城堡的画；一幅马佛波罗伯爵作迪德塞克斯郡治安官时的肖像；有一幅历书上的牛津郡圣波尼弗斯学院的版画；还有一幅休格比年轻时穿戴着方帽长袍的、像药膏一般贴上去的肖像。他的一册《给一个贵族家庭的启示》放在书架上，旁边另有《人的整个职责》、《教士协会报告》和《牛津大学历法》。对于这些其中的部分老休格比已铭记在心；这儿的一切生活都与圣波尼弗斯有关，包括每个教师、同事、贵族和在校大学生的名字。

他常去参加集会并亲自讲道，直到他儿子接受了圣职；但最近这位老先生被指控参加皮由兹运动⑥，对反英国国教者毫不留情地予以反对。

---

① 原文为"taturs"，一种食物。
② 一家很不错的餐厅。
③ 伦敦西区的本地教堂（据因特网：London West-End's Local Church）。
④ 伦敦的一个地方。
⑤ 科妮莉亚（活动时期公元前 2 世纪），罗马改革家，一位文化修养极高的女性。
⑥ 被该派反对者视为含有贬义的用语。

第十五章

大学中的势利者之二

第十五章 大学中的势利者之二

我希望用几本书来记述各种各样的**大学中的势利者**,我对于他们的记忆之多,真是可喜。最重要的是,我想说说某些**教授势利者**们的妻子和女儿,说说她们的娱乐、习惯、嫉妒,她们的野餐、音乐会和晚会。不知那位曼丁哥语①教授布莱德斯的女儿埃米莉·布莱德斯怎么样了?我至今记得她那副肩膀,当时她坐在从科普斯和凯瑟琳霍尔②来的约七十名年轻绅士中间,向他们送着秋波,用吉他为其弹法国歌曲。你结婚了吗,长着一副美丽肩膀的埃米莉?她常披散在肩头上的卷发多么漂亮!——腰部多么好看!——海绿色的轻薄丝绸长袍多么迷人!——佩带的浮雕宝石多么非同寻常,像一块松饼那样大!大学里有三十六个青年同时爱上了埃米莉·布莱德斯:任何言词都不足以描写出遗憾、悲伤与深深的同情来——换句话说是愤怒、狂暴与无情,特罗普斯小姐(放血术教授特罗普斯之女)就是这样看待她的,因为她的**眼睛不斜视**,因为你看不到她脸上有天花疤痕③。

至于年轻的**大学中的势利者**,我现在已太老,无法把他们谈得很通俗。他们存在于我遥远的记忆中——几乎远到佩勒姆④那个时候。

我们那时常认为**势利者**都是些显得幼稚无知的小子,他们从不错过礼拜式;穿着缚带鞋,不扎鞋带;每天都要在特拉彭唐⑤路上走两小时;领走学院的奖学金,在讲堂里把自己估价过高。我们断言不扎鞋带但履行了天意和职责的人是青年的势利行为,还为时尚早。他让自己老爸、威斯特莫兰德(Westmoreland)的副牧师放心,或者帮助姐妹们建立起女子学校。他写了一本《词典》,或一篇《锥线论》的文章,那是其天性与才能使然。他获得一份奖学金,娶到一位妻子并有了一种生计。如今他负责一个教区的工作,觉得成为"牛津与剑桥俱乐部"一员是一件相当时

---

① 曼丁哥人是西非黑人。
② 两处都是学院或与学院有关的机构。
③ 作者在此讽刺特罗普斯小姐。
④ 佩勒姆(1696—1754年),英国首相(1743—1754年)。
⑤ 在剑桥附近。

第十五章　大学中的势利者之二

髦的事；教区居民们喜欢他，在他进行冗长的说教时打着鼾。不，不，他并非是个**势利者**。让人成为绅士的并非是鞋带，不让人成为绅士的也并非是缚带鞋，它们都太粗笨了。孩子①，假如你轻视一个尽职尽责的人，因为某个诚实的人戴着柏林针织手套就不与他握手，那么你才是**势利者**。

一群青少年三个月前还挨过鞭打，在家喝波尔图干葡萄酒不准超过三杯，如今却到彼此的房间里坐下来喝菠萝汁吃冰冻食品，并且狂饮香槟酒和红葡萄酒，而我们那时却常认为他们这样一点也不庸俗。

你回想到那种所谓的"酒会"时不免带着几分惊异。三十个青少年围着一张摆满坏糖果的桌子，喝坏葡萄酒，讲坏故事，一遍遍地唱坏歌。他们喝乳酒②——抽烟——头痛得厉害——次日早晨桌上乱七八糟地摆着甜食，一屋子的烟味，其情景真是可怕——这时那位牧师监护人走进去，以为会见到他们在专心学代数，却发现校役在拿苏打水给他们喝。

有的青年男子鄙视这些青少年沉溺于下等的殷勤好客酒会中，他们为请人吃具有异国风味的法国小吃而洋洋得意。无论举办酒会的人还是请客吃饭的人都是**势利者**。

有常被称为"讲究穿着"的**势利者**。五点钟时你可以看见精心打扮过的吉米，他纽孔里插一枝山茶花，穿着光亮的靴子，每天换两双山羊皮手套；以佩带"珠宝饰物"闻名的杰莎迈是个小笨蛋，他身上的项链、戒指和衬衣纽扣闪闪发光；而贾克每天都要一本正经地骑马穿过布莱尼姆路——上述三人都为引领了大学的服饰潮流而自鸣得意——他们是各种最讨厌的**势利者**。

当然有爱运动的**势利者**，他们总是——那些快乐的人，大自然让其爱说一些俚语行话；他们闲荡于马老板的马房周围，驾驶伦敦的四轮大马车——一种穿行于大街小巷的马车——你可看见他们在早晨穿着粉红色的猎狐服大摇大摆地穿过院子，晚上沉迷

---

① 原文为"son"，长者对年轻男子的称呼。
② 用牛奶、糖与酒调和的饮料。

第十五章 大学中的势利者之二

于骰子戏和盲霍克①，从不错过一场赛马或拳击；他们参加平地赛马②，养斗牛猱狗③。有些可怜卑鄙的人甚至成为比他们**更加糟糕的势利者**，这些人一点不喜欢狩猎，也负担不起其费用，但由于格伦里瓦特（Glenlivat）和森巴斯（Cinqbars）要狩猎，所以他们也要狩猎。在各种各样的**势利者**中还有台球势利者和船赛势利者，除在大学里外在其他地方也可以见到。

然后有**哲学上的势利者**，他们常在雄辩俱乐部模仿政治家们，认为事实上政府一眼盯着大学，希望从中为下议院挑选出雄辩家来。有些大胆的青年自由思想者，他们可能除了罗伯斯比尔④和《古兰经》外什么都不崇拜；他们渴望着有一天，当文明世界开始愤怒之前，牧师的那种苍白无力的名声应该消失。

但在所有**大学中的势利者**里面，最糟糕的是那些因一心仿效更优越的人而走向毁灭的不幸者。史密斯认识学院中的大人物后，就为自己作零售商的父亲感到了羞耻。琼斯有一些高雅的熟人，他像个快活自由的人那样模仿他们的生活方式，为了招待贵族大人，在约翰阁下旁边骑马，以此寻求开心，他把自己父亲给毁了，抢走姐姐的部分嫁妆，还把弟弟的生活一开始就给断送了。虽然罗宾逊或许觉得在家也像在学院里一样狂饮作乐，以及被那个他刚才极力打倒的警察带回家来非常有趣，可想想他那可怜的老母又有什么趣呢！——她是个只领得折扣薪饷的上尉的寡妇，一生勤俭节约，以便让那个快活的小子可以读到大学。

---

① 一种用纸牌玩的游戏。
② 指没有障碍的赛马。
③ 一种短毛犬。
④ 罗伯斯比尔（1758—1794 年），法国资产阶级革命时期雅各宾派领袖。

第十六章

文学中的势利者

第十六章　文学中的势利者

毫无疑问，公众常提出这样一个问题：关于文学上的势利者他①有什么话说呢？他怎能放开自己的职业不管？那个对贵族、牧师、军人和女士们不分青红皂白进行抨击的残酷无情的怪人，在面对自己的同类 EGORGER② 时会犹豫吗？

亲爱的、杰出的质问者，教师打谁会打得像打他儿子那样狠呢？布鲁图斯③不是砍掉了他后代的头吗？假如你们以为我们当中有谁会犹豫把匕首刺向他的朋友作家身上——如果后者的死会有助于国家——那么你们对于文学和文人的现状的看法实在十分糟糕。

但事实上，在文学职业中**根本没有势利者**。环视一下整个英国文人这支群体，我敢说你无法从中指出一个庸俗嫉妒或假装作态的例子。

就我所知，无论男女作家们都举止谦逊高雅，生活纯洁，对于世人和彼此都行为可敬。不错，你偶尔**可能**会听见某个文人骂同事，但为什么？丝毫不是出于恶意，也根本不是出于嫉妒，而仅仅出于一种真理感和社会责任感。比如，假定我好心指出朋友**笨拙先生**身体上的缺陷，说**笨拙先生**是个驼背，鼻子和下巴都不如阿波罗④或安提诺乌斯⑤（我们常把他们视为美丽的典范）的长得好，难道这会表明我对**笨拙先生**怀有恶意吗？一点没有。指出优缺点是评论家的义务，他总要以最礼貌坦诚的态度尽心尽职。

一个明智的外国人对于我们的行为之陈述总是不无价值，我想就此而言，有一个杰出的美国人 N. P. 威利斯（N. P. Willis）先生写的作品颇为可贵，十分公正。他在《欧纳斯特·克莱的生

---

① 指作者。
② 法语，本义为"割喉杀死，屠杀，杀害"，转义为"索高价，敲竹杠，使破产"。据此可理解在上下文中的含义。
③ 布鲁图斯（公元前85—公元前42年），罗马贵族派政治家，刺杀恺撒的主谋者。
④ 阿波罗，司阳光、智慧、预言、音乐、诗歌、医药、男性美之神。
⑤ 安提诺乌斯（约110—130年），罗马皇帝哈德良宠爱的娈童。

第十六章 文学中的势利者

活》中准确地介绍了一个优秀的杂志撰稿人，读者可从中读到一个很受欢迎的英国文人的生活情况。该杂志撰稿人一直是社会名流。

他走在公爵和伯爵们前头，所有的贵族都拥着去看他。我忘了有多少男爵夫人和公爵夫人爱上他。但对于这个问题咱们什么也别说吧。那些极度悲伤的伯爵夫人和可贵的侯爵夫人多么想念每个为《笨拙》周刊投稿的人，但出于谨慎我们不能透露出她们的名字。

如果谁想知道作家们与上流社会联系得有多么密切，他们只需读读那些时髦高雅的小说即可。巴纳比夫人（Mrs. Barnaby）的作品处处可见精美与雅致！你在阿米塔格夫人（Mrs. Armytage）身上会见到多么令人愉快的情谊！她很少把你介绍给任何头衔低于侯爵的人！我不知道还有什么比《每年十万》中那些关于优雅生活的描绘更怡人的，或许《年轻的公爵》和科林斯比①除外。他们身上有一种适度的雅气，一种潇洒时髦的神态，而这只与气质有关，亲爱的先生——真正的气质。

再说许多作家个个都是语言学者！布沃威尔女士（Lady Bulwer）、伦敦德里女士（Lady Londonderry）以及爱德华先生（Sir Edward）本人，都用极其高雅自在的法语写作，使得他们远远高于欧洲的对手，那些欧洲人（科克②除外）没有谁认识一个英语单词。

詹姆斯（James）的作品因简洁而令人赞美，安斯沃思③的作品幽默有趣，随和轻快，非同寻常，哪个英国人读它们时不为之欣喜呢？在一些幽默作家中，你不妨看看一个叫杰罗尔德④的人，那个对于英国保守党、教会和政府充满骑士精神的倡导者；一个叫贝克特（Beckett）的人，他笔调轻快，但写作意图却无比认真；一个叫杰梅斯的人，他的风格纯朴，机智中不带任何滑稽的

---

① 原文为"Coningsby"。伦敦西区中心有一"科林斯比画廊"。
② 科克（1793—1871年），法国多产作家，其小说当时在整个欧洲流行。
③ 安斯沃思（1805—1882年），英国通俗历史小说家。
④ 杰罗尔德（1803—1857年），英国剧作家，以航海闹剧《黑眼睛苏珊》闻名。

第十六章 文学中的势利者

东西,受到趣味相投的公众喜爱。

说到评论家,也许没有一份评论杂志像杰出的《季刊》那样为文学作出了巨大贡献。固然,它也有其偏见,因为我们谁会没有偏见呢?它会不恰当地辱骂伤害一个伟人,或者无情地攻击济慈①和丁尼生②这样的妄想者;但另一方面,它又是所有年轻作者的朋友,发现并培养了这个国家一切有前途和才能的人。人人都喜欢它。另外有《黑檀杂志》——以其得体的高雅与和蔼的讽刺著称,该杂志在玩笑中从来不会有失礼貌。它是行为举止的仲裁者;它温和地暴露出伦敦人的弱点(《爱丁堡才子》对此轻蔑是有其理由的),但玩笑绝不粗鲁。雅典娜神殿③火一般的热情众所周知,《文学报》表现出的机智多么强烈,让人太难接受了。《主考者》也许又太胆小,《旁观者》称赞谁时又显得太喧闹——但谁会吹毛求疵去找这些小缺点呢?不,不,英国的评论家和作家们作为一个整体是无与伦比的,因此我们不可能去对他们品头论足。

最重要的是,我从不知有哪个文人为其职业**羞愧**。凡知道我们的人,无不明白在我们所有人中存在着一种充满慈爱的兄弟情谊。有时我们当中的某人会鹤立于世,在这种情况下我们从不攻击或嘲笑他,而无一例外地为他的成功感到欢喜。假如琼斯与某位贵族共餐,史密斯绝不说他是个谄媚者和奉承者。另一方面,习惯于频频出入大人物们的上流社会的琼斯,也不会因为自己与那些人为伍而显得神气十足;他会在蓓尔美尔街放下某位公爵的胳膊,到另一边去和可怜的布朗——一个年轻的挣低稿酬的文人——说说话儿④。

作家队伍里的平等友爱的意识,总让我觉得是这个阶级中最可亲可爱的特性之一。由于我们相互了解尊重,所以世人也非常尊重我们,让我们在社会上有了相当不错的地位,这时我们便无

---

① 济慈(1795—1821年),英国浪漫主义诗人。
② 丁尼生(1809—1892年),英国诗人。
③ 古代雅典的神殿,诗人和学者集会之地。
④ 这种行为本身不是势利的表现吗?作者的讽刺手法真是太妙了!

可指责地作出屈尊的表现来。

国家对文人们如此尊重，已有两人在目前这个王朝期间无条件地被邀请到宫廷；大概本季末有一两人会被罗伯特·皮尔先生①邀请去与其共餐。

公众对他们喜爱有加，不断让他们照一些相出来发表；可以指出其中的一两个，国家一定要他们每年都有一幅新的肖像。这就证明了人们对于自己的导师怀着怎样深厚的敬意，而这样的证明是最令人满意的。

文学在英国获得如此大的殊荣，以至每年都要拨出近一千二百英镑作为对从事这一职业的有功人员的奖励。对于导师们这也是一种巨大的赞美，证明他们总体处于繁荣兴旺的状况。他们一般都很富有并且节俭，所以几乎不需要资助。

如果我说的话句句是真，那么我倒想知道，自己如何要写文学上的势利者呢？

---

① 罗伯特·皮尔先生（1788—1850年），曾任英国首相，保守党创始人。

第十七章

略谈爱尔兰的势利者

第十七章　略谈爱尔兰的势利者

你们固然不会想到，在爱尔兰除了希望对铁路设立收税关卡（一种不错的爱尔兰经济体系）和切断撒克逊人①入侵者之窄道的可亲可爱的一群人外，便再没有别的**势利者**了。这类人是狠毒的，假如他们在圣巴特里克②时代被发现，会连同其余危险的卑鄙小人被驱逐出王国。

我想在《爱尔兰历史问答》中，四主人③，或者欧劳斯·马格努斯④，或者是欧勒尔·东特⑤指出，在理查二世⑥到达爱尔兰时，爱尔兰的首领们跪下向他表示尊崇——真是低贱可怜的人！——面对英国国王和朝廷的纨绔子弟们现出崇拜和惊异的神情。英国的贵族们则嘲笑讥讽这些粗俗的爱尔兰崇拜者，学他们的谈话和姿势，扯他们可怜的老胡须，取笑其离奇古怪的服饰。

猖獗的英国势利者至今如此。也许在现有的**势利者**中没有人像**英国势利者**那样自以为是到百折不挠的程度：他们对你以及其他所有世人加以嘲笑，除了他自己的亲人外——不，除了他自己的一伙人外，对所有人都予以无法忍受、愚蠢至极的蔑视。"哎呀！"那些陪同理查国王的纨绔子弟回到蓓尔美尔街后，在"怀兹"⑦的台阶上抽烟时，一定会讲述出关于"爱尔兰人"的奇妙故事来。

爱尔兰人的势利行为，在傲慢方面不如在对邻国卑躬屈膝、无耻赞美和徒劳模仿上发展得好。托克维尔⑧、波蒙特（De Beaumont）和《泰晤士报》的专员在解释爱尔兰的势利时并未使其与我们的势利形成对比，令我吃惊。我们的势利是理查德诺曼

---

① 在5—6世纪曾征服英国部分地方的日耳曼人。
② 圣巴特里克（389—461年），在爱尔兰建立基督教会的英国传教士。
③ 原文为"FourMasters"，据查他曾写有《爱尔兰编年史》（*The Annals of Ireland by the FourMasters*）。
④ 欧劳斯·马格努斯（1490—1557年），瑞典历史学家。
⑤ 原文为"O'Neill Daunt"，据查他曾写有《爱尔兰民族的故事》（*The Story of the Irish Race By O'Neill Daunt*）。
⑥ 理查二世（1367—1400年），英国国王（1377—1399年），10岁继承王位。
⑦ 原文为"White's"，指伦敦绅士俱乐部，于1693年成立。
⑧ 托克维尔（1805—1859年），法国政治学家、历史学家。

第十七章　略谈爱尔兰的势利者

骑士的那种势利——高傲、蛮横、愚蠢和自负，而他们的势利则是可怜惊异、卑躬屈膝的首领们的那种势利。他们至今仍然拜倒在英国名流面前——真是些卑微而狂热的人们；对于他们幼稚无知的某些表现不置之一笑的确很难。

一些年前，当某位大雄辩家成为都柏林①市长时，他常穿着一身红长袍，戴一顶三角帽，其光彩照人的样子让他欣喜不已，犹如夸塞勒波女王（Queen Quasheeneboo）鼻子上戴着一只新的鼻环或脖子上戴着一串玻璃珠那么陶醉一样。他常穿着这身服饰去接见人们，并穿着红色的天鹅绒长袍到数百英里远的地方参加会议；爱听人们大声喊"是的，阁下！"和"不是的，阁下！"读报上关于阁下他的长篇大论的报道；仿佛他和人们都乐意被廉价的光彩欺骗似的。确实，这种廉价的光彩存在于整个爱尔兰，可被视为该国的势利之主要特征。

当那个杂货商的妻子莫霍里干夫人隐退到金斯敦时，她在自己的小屋门上漆着"莫霍里干屋"，并在一扇不会关闭的门旁接待你，或者从一扇用旧裙擦得光亮的窗口凝视着你。

假如店铺太简陋破旧，那么谁也不会承认自己开了一家店。某人在生意上的投入只是一块廉价的卷饼或一杯冰水，但他却把自己的小屋称为"美式面点店"，或"殖民产品大全"，或类似的名称。

至于**客栈**，这个国家根本没有；**旅店**倒是很多，布置得和"莫霍里干屋"差不多。不过也见不到男女房东这样的人，男房东带着猎犬打猎去了，女房东则在客厅里与上尉谈话或弹钢琴。

假如某位绅士每年给他的家人留下一百英镑，那么他们都成了绅士，都要养一匹马，带着猎犬骑马去打猎，在"法尼克斯"②大摇大摆地走着，像许多真正的贵族一样下巴上也蓄起胡子。

我的一个朋友被视为画家，离开爱尔兰去了别国生活，因在本国他选择那种职业被看作是让家人丢脸的。他的父亲是个酒

---

① 爱尔兰共和国首都。
② 原文为"Phaynix"，系都柏林市的一个显要地方。

第十七章 略谈爱尔兰的势利者

商,哥哥是个药剂师。

你在伦敦和欧洲大陆上会遇见大量这样的人,他们每年在爱尔兰都获得不多的二千五百镑的财产:这个人数已经很巨大了。而当某人去世后,每年将会从土地上获得九千镑的人更多。我自己就遇见过许多爱尔兰国王的后裔,他们真可以组建成一个旅了。

谁没有遇到过这样的爱尔兰人呢?他们模仿英国人,忘记自己的国家,并极力忘记自己的口音,或者说极力掩盖其味道。"嗨,来和我一起吃饭吧,朋友。"欧多兹唐(O'Dowdstown)的欧多(O'Dowd)说。"你会发现那儿都是英国人。"他这样说时带的土音①就像从这儿到金斯敦码头那么明显。难道你从没听到过凯普丁·马克曼斯夫人谈论"I-ah-land",讲述其"fawther's esteet"②吗?凡经历过世事的人,少有没听到和目睹某些爱尔兰现象的——那种廉价的光彩。

你对于爱尔兰社会的最高阶层——总督府③——有什么话说呢?那里有虚伪的国王,虚伪的侍臣,虚伪的效忠,虚伪的哈伦·赖世德④,他们做事都带着假面具,假伪地显得和蔼可亲,富丽光彩。那座总督府使势利达到顶峰。一份《宫廷公报》真够糟糕的了,用两个专栏讲述某个小婴儿接受洗礼命名的事——但是想想人们也喜欢一份虚伪的《宫廷公报》呀!

我感到爱尔兰的虚伪比任何国家的都更肆无忌惮。某人带你看一座山时会说"那是整个爱尔兰最高的山";一位先生会告诉你他是布莱恩·波罗⑤的后裔,每年有三千五百镑收入;或者马克曼斯夫人向你描述起她父亲的财产;或者老丹站起身说世界上爱尔兰女人最可爱,爱尔兰男人最勇敢,爱尔兰的土地最肥沃;

---

① 尤指爱尔兰人讲英语时的腔调。
② 两处指带有爱尔兰口音的英语,意思分别是"爱尔兰"和"父亲的财产"。
③ 爱尔兰历史上设于都柏林城堡之中。
④ 哈伦·赖世德(763—809年),阿拉伯帝国阿拔斯王朝第五代哈里发(786—809年)。此处比喻。
⑤ 爱尔兰过去的一位国王。

第十七章 略谈爱尔兰的势利者

但没有人相信别人说的话——后者既不相信他的故事也不相信他的听众——可是他们假装相信，对于那些骗人的废话还一本正经地给予敬重。

啊，爱尔兰！啊，我的国家！（因为我几乎相信我也是布莱恩·波罗的后裔）你何时会承认 $2+2=4$，称枪柄为枪柄呢？① ——那样你才能对枪柄加以充分的利用。那时候爱尔兰势利者就将渐渐消失，我们将永远不会听到世袭农奴这样的说法。

---

① 原文为"Call a pikestaff a pikestaff"。为成语，"是啥说啥，据实而言"的意思。

第十八章

举办社交聚会的势利者

第十八章 举办社交聚会的势利者

我们近期对**势利者**的选择太偏重于政治性。"给我们说说一些私人性的**势利者**吧,"亲爱的女士们叫道。(我面前就放着苏塞克斯郡①布赖塞姆士唐渔村的一位女性写来的信,她的吩咐能不服从吗?)"亲爱的**势利者**先生,再给我们讲一些你对于社会上的势利者的感受吧。"愿上帝保佑这些可爱的人!他们现在已习惯用这个词了——这个讨厌、庸俗、可怕、拗口的词,竟会从他们的嘴里最可能流利圆滑地溜出来。即使宫廷中女王的未婚侍女们用到这个词,我也不会惊奇。我知道它流行于精英人士的社交界当中。为什么不呢?**势利**是庸俗的——但仅仅这个词并不庸俗:我们用来称呼一个**势利者**的词,用任何别的词来代替仍然是**势利的**②。

唔,瞧。既然社交忙季③结束了,成百上千亲切友好的人们,无论是否势利,已离开伦敦;既然很多殷勤好客的地毯被卷起来;既然窗户被无情地用《晨报》糊上;一幢幢曾经居住着欢欢喜喜的主人的房屋,如今交给了那个沉闷无趣的临时代理看管——某个让人厌烦的老太婆,她听见响起让人失望的铃声时,先从那里窥视一下你,然后才慢吞吞地打开大厅的门,对你说夫人出城去了,或者"这家人去了乡下",或者"到里德去啦",或者诸如此类的情况;既然社交忙季和聚会都已结束,为何不考虑一下**举办社交聚会的势利者**呢,评论评论某些出城半年之久的人们?

有些可敬的**势利者**正假称要去驾快艇,他们带着望远镜,身穿水手服,在瑟堡④和考斯⑤两地间度假;有些则住在英格兰杂乱阴暗的小屋里,他们喝便于携带的罐装汤,吃牛肉罐头,在沼地上打松鸡过日子;有些在基森根(Kissingen)打瞌睡和沐浴,以

---

① 英格兰原郡名。
② 就是说只要是势利的东西,用任何词来称呼都不会改变其性质。
③ 指初夏的时候。
④ 法国西北部港口城市。
⑤ 英格兰一处地方,每年8月初举办"考斯周"划船赛。

第十八章 举办社交聚会的势利者

此消除社交忙季带来的影响，或者在霍姆堡①和埃姆斯②观看富有创造性的"30与40"③比赛。既然他们都走了，我们就可以对其狠一些。既然再没有聚会了，咱们就抨击一下举办社交聚会的**势利者**吧。举办宴会、舞会、早餐会、交流会的势利者——老天爷！老天爷！假如在繁忙的社交季节我们对其进行抨击，那么在他们当中会引起怎样的大混乱啊！那样我就不得不让一支卫队保护着，以免受到小提琴手和糕饼制作工的攻击，他们为自己的资助人遭受辱骂感到愤怒。我已经听说，由于一些轻率无礼，被认为有损于巴克街和哈利街④的言辞，使这些富有名望的地方的租金已下跌；人们已发出命令，至少不再邀请**势利者**先生参加各种聚会了。唔，瞧呀——他们现在**全都**离开了，就让咱们轻轻松松地乐一下吧，像公牛闯进瓷器店一样对所有东西发起攻击。他们在外不会听到这儿发生的事，即使听到了也不会怀恨半年之久。到了明年二月左右我们会开始与他们讲和，别的就让下一年自己去处理吧。我们将不再参加举办宴会的**势利者**的宴会，不再参加举办舞会的**势利者**的舞会，不再参加举办交流会（感谢玛塞！正如势利小人贾姆斯所说）的**势利者**的交流会：因此还有什么不让我们讲真话呢？

一旦在茶室里那杯淡淡的武夷茶⑤被递给你，或者一旦你在楼上集会，在让人窒息的混战中抓到泥一般的剩余冰冻食品时，**举办交流会的势利者**的那种势利很快就表现出来。

天哪！人们去那儿用意何在？那儿在干什么呀，竟让人人都往三间小屋子里挤？难道那座加尔各答式的黑牢⑥被视为一个惬意的聚会处，这儿处于淡季中的英国人试图去仿效它？你被挤到

---

① 一德国城镇。
② 在德国北部。
③ 原文为法语，其中的数字为输赢数。
④ 两处为伦敦的街名。
⑤ 一种红茶。
⑥ 源于印度的加尔各答黑牢。据说1756年曾有146名欧洲人被禁闭于此，次日清晨仅存活23人。

第十八章　举办社交聚会的势利者

门口一个软弱无用的人身旁（在这里你感到自己的脚穿过巴巴拉·麦克白斯夫人饰有花边的衣裙，那个形容枯槁、涂脂抹粉的老女妖盯你一眼，相比之下乌哥利诺那种凝视的目光却颇令人愉快）；你把肘部从气喘吁吁、十分可怜的鲍布·加特勒唐的白背心上抽开，但因其衬垫你却不可能抽开，尽管你知道自己把可怜的鲍布挤得中风——这之后，你才终于来到接待室，并极力引起**交流会举办者**波蒂波尔夫人的注意。当她注意到你时，你就应该投去一笑，而她也要露出这晚上的第四百次微笑；假如她很乐意见到你，她就会将小手在脸前摆动，如人们常说的给你一个飞吻。

波蒂波尔夫人究竟为什么要给我一个飞吻？我是无论如何都不会吻她的。我看见她时为什么要投去一笑，好像我高兴似的？真的吗？我对波蒂波尔夫人才毫不在乎呢。我明白她怎么看待我。我知道她对于我最近那本诗集说了什么（从我们的一个亲爱的共同朋友那里听说的）。唉，瞧，总而言之，难道我们就以这种**愚蠢疯狂**的方式彼此眉来眼去、相互交流？——因为我们双方都在进行着**势利者大社会**的种种礼节，其指令我们所有的人都要服从。

唔，此时见过了面——我的嘴又现出英国人通常遭受压抑的苦恼和极度的忧愁时的那种表情，而波蒂波尔又在对着另一人发笑和飞吻，那人正挤过我们刚才进来的窄道。来人是安·克拉特巴克夫人，她将在星期五举办晚会，正如波蒂波尔（我们称她为波蒂）在星期三举办的这样。那一位是克莱门蒂娜·克拉特巴克小姐，她是个面色苍白的年轻女人，身穿绿色衣服，赤褐色的头发经过精心装饰；她已出版了自己的诗集（有《死亡的尖叫》、《达米安①》和《贞德②的柴把》，此外当然有《德国译诗》）。那些举办交流会的女人们会互相致意，彼此称"我亲爱的安夫人"和"我亲爱的好埃莉扎"，心里却彼此憎恨，正像举办星期三和

---

① 达米安（1840—1889年），比利时天主教教士。
② 贞德（1412—1431年），法国民族英雄，被火刑处死。

第十八章 举办社交聚会的势利者

星期五晚会的女人彼此憎恨一样。亲爱的好埃莉扎怀着难以形容的痛苦，看见安走上前去花言巧语地哄骗阿波·哥什（他刚从叙利亚到达）并请求他光临自己的星期五晚会。

在一片混乱的人群当中始终充满着嗡嗡声和喋喋不休的谈话声，烛光炫人眼目，一种带麝香味的气体让人难受——可那些写作时髦浪漫故事的可怜的**势利者**们却称之为"珠宝在闪烁，香味扑鼻，无数灯光熠熠生辉"；而在这整个期间，有一个显得矮小面黄的外国人戴着洁净的手套，在另一人的伴奏下于一角处隐隐约约地唱着。"他是了不起的卡卡弗哥（The Great Cacafogo），"波蒂波尔夫人从你身边走过时低声说，"奏乐器的是个不平凡的人，叫莎彭斯特鲁普夫——哥萨克首领普拉托夫（Platoff）的钢琴演奏家，你知道。"

为了听到卡卡弗哥和莎彭斯特鲁普夫这两人演唱和伴奏，上百人聚集在一起——有一群继承亡夫爵位的遗孀，她们或肥胖或瘦弱；有少数几个姑娘；有六个显得忧郁阴沉的贵族，非常谦恭庄重；有一些令人惊奇的外国伯爵，他们长着浓密的胡须，面容呈黄色，佩戴着许多让人可疑的珠宝；有年轻的妙龄女郎，她们个个柳条细腰，脖子敞得很开，露出自我满足的假笑，纽扣上别着花儿；有年老僵硬、肥胖秃头的**交流会享乐者**，这样的人你处处都能遇见——他们从不错过一晚上这种使人愉快的享乐；有最后引人注意的本季社交名流——旅行家希格斯、小说家比格斯以及为了奉承而赶来的托菲；有佛拉希上尉，他因自己美丽的妻子和欧格勒比大人（她走到哪里他都跟着）而被邀请参加。

我知道什么呢①？谁是那一切炫耀的披肩和洁白的围巾的主人？——问问小汤姆·普里格吧，他在那儿多么荣耀，无人不认识，对每个人的故事都清楚。他步履轻快地回到自己在杰姆恩街的住处，头戴折叠礼帽，脚穿光滑小巧的轻软舞鞋，自以为是本城最时髦的小伙子，认为自己确实度过了一个极其快乐的夜晚。

你走上前去（带着我们通常那种从容优雅的姿态），与角落

---

① 原文为法语："QUE SCAIS-JE？"

第十八章 举办社交聚会的势利者

处的史密斯小姐谈话。"啊,**势利者**先生,你把人挖苦得真够厉害呀。"

她所说的话仅此而已。假如你说天气不错,她就会突然笑起来;或者你提示说天气太热了,她就会发誓说你是最滑稽可笑的家伙!与此同时波蒂波尔夫人又在对新来者露出假笑,门口的那人大声叫出他们的名字,可怜的卡卡弗哥在音乐室里用颤声唱着,觉得他这种几乎听不见的歌声,将使他成为世界上的兰西①。这时从门口挤到街上去会是一件多么可喜的事呀,那儿有五十辆马车等候着,在那里执火把人②提着并不需要的灯,一见人出来就扑过去,一定要替尊贵的阁下找到马车不可。

想想看,有些人参加了波蒂波尔星期三的晚会以后,还将参加克拉特巴克星期五举办的晚会!

---

① 原文为"LANCE",待考。
② 旧时受雇在夜晚为行人照明者。

第十九章

外出进餐的势利者之一

第十九章　外出进餐的势利者之一

在英国**请客吃饭的势利者**的社会地位颇高,要描述他们可相当不易。曾有一段时间,我意识到受过别人的款待之后对于其缺点就变得哑口无言了,心想这时再说他的坏话便行为可恶,破坏友情。

但是为何一块羊脊肉就蒙住了你眼睛,或者一条比目鱼和一点龙虾酱就永远让你闭嘴了呢?随着年龄的增长,人们越来越看清自己的责任。我将不再为一片野味而受蒙蔽,尽管它如此肥嫩;至于说因为吃了比目鱼和龙虾酱就闭嘴,我当然是要那样的,为礼貌起见我应该如此——到我吃完那一大堆东西为止(而不是以后)①。一旦大家讨论起那些食物,约翰②把餐盘拿走,我的舌头就开始喋喋不休了。如果你有一个快活的邻居——比方说一个大约三十五岁的有趣可爱的人,她的女儿们并不经常出来,她们十分健谈——难道你不也会喋喋不休吗?至于你的那些年轻小姐们,她们只让在餐桌旁边看着,像置于中央的花儿。她们年幼腼腆,天生端庄,难以**无拘无束**、从容亲密地进行交谈——而正是**无拘无束**使她们从与亲爱的母亲的交流中获得了快乐。假如**外出进餐的势利者**想在本职工作上取得成功,他就要对她们加以注意。设想一下你坐在其中一个势利者旁边,于宴会进行的过程中,你居然对食物以及款待你的人予以毁谤,那是多么令人惬意的事!在某人的眼皮底下取笑他,会让你加倍地开胃的。

"什么是请客吃饭的势利者呢?"某个天真的青年会问,他在世上不是 REPANDU③;或者某个未能获得伦敦的生活经历的单纯的读者会问。

亲爱的先生,我将向你指出几种——不是所有的,因为那是不可能的——**请客吃饭的势利者**。比如,假定你属于中等阶级,习惯吃羊肉,星期二吃烤羊肉,星期三吃冷羊肉,星期四吃碎羊肉等;虽然你的收入不多,住房不大,但你却大肆挥霍,花费过

---

① 作者指自己在吃东西时,出于礼貌会闭嘴不说话。吃完后,还是会讽刺势利者。
② 见前注,仆人的意思。
③ 法语词,意为"交游广阔的"、"经常出入社交界的"。

第十九章　外出进餐的势利者之一

多的金钱招待客人，把房子弄得一团糟，那么你也立即加入了**请客吃饭的势利者**之行列。假定你从糕饼制作工那里弄来一些廉价的盘子，请来一些蔬菜水果商或专门拍打地毯的人①充当仆役，而把平时侍候你的诚实的莫里开除，还用二点五便士的那种伯明翰②盘子俗气地装饰餐桌（通常是用有垂柳图案的陶器装饰的）；假定你装扮出更加富有高贵的样子，那么你便是一个**请客吃饭的势利者**。啊，想到有很多很多人会读到这些文字我就发抖！

凡以此种方式招待的人——哎呀，不这样做的人太少了！——就像一个借邻居的衣服穿在身上炫耀的家伙，或者一个从隔壁借来的钻石饰物进行炫耀的小姐——一句话是个骗子，应当列入势利者的行列。

一个人如果偏离自己正常的社交领域，去邀请那些贵族、将军、市参议员和其他名流，而招待与自己条件相当的人却吝啬小气，那么他便是个**请客吃饭的势利者**。比如我亲爱的朋友杰克·吐夫桑特认识某位在海滨胜地遇到的贵族——年老的马姆布尔，他像三个月大的婴儿一样没有了牙齿，像殡仪员一样沉默寡言，呆板得像——唔，咱们别讲得太具体了吧。现在只要吐夫桑特吃饭，你必然就会看见他右边坐着那位板着面孔、牙齿掉光的老贵族——吐夫桑特是一个**请客吃饭的势利者**。

老里弗莫尔、老索伊、东印度公司③董事老查特勒、外科医生老卡特勒等——总而言之都是那帮老守旧，他们一轮又一轮地相互请客吃饭，只为了能狼吞虎咽地吃喝——这些人也是**请客吃饭的势利者**。

我朋友玛克斯克罗夫人请三个佩有饰带的掷弹兵，让这几个势利小人围坐在餐桌旁，叫人把羊颈肉放在银餐具里给他们端过去，为其斟上极少的劣质雪利酒和波尔图葡萄酒——她也是另一种类型的**请客吃饭的势利者**。我承认，就本人而言我宁愿与老里

---

① 指男管家。
② 在英格兰中部。
③ 英国政府于 1600 年特许成立对东南亚从事殖民事业的组织，于 1874 年解散。

第十九章 外出进餐的势利者之一

弗莫尔或老索伊共餐也不愿与夫人共餐。

小气吝啬是势利的；卖弄摆阔是势利的；铺张浪费是势利的；趋炎附势是势利的。但我承认有些人比一切具有上述缺点的人更势利，即能够请客吃饭而从不那样做的人。凡不好客者永远也别想和我一起吃饭。让那种卑鄙的家伙独自去嚼他的骨头吧！

再者，什么是真正的好客呢？唉，亲爱的朋友和**势利者**同胞们！这种好客我们毕竟遇见得太少了！朋友请你吃饭的动机纯正吗？我经常想到这个问题。款待你的人想从你身上得到什么吗？比如说吧，我并非是个多疑的人，但当霍克发表一篇新作时，他**的确**请周围所有的评论家去吃饭；当沃克将图片准备好拿去展出时，他不知怎的变得极为好客，把新闻界的朋友们请去好好吃一顿炸肉排，喝一杯塞勒雷（Sillery）酒。吝啬鬼老洪克斯最近去世（把钱财留给了女管家），多年来他都过着奢侈的生活，而采取的办法仅仅是在一切朋友的家中，记下所有孩子们的姓名和教名。不过，虽然你或许对于朋友的好客有自己的看法，虽然请你吃饭的人怀着可鄙的动机——毫无疑问是**请客吃饭的势利者**——但你最好对其动机别太寻根究底了。别对礼物吹毛求疵。毕竟，请你吃饭的人对你并无恶意。

可是就此而论，我知道本城周围就有一些人，如果请他们去吃的饭菜或一同用餐的人不合自己胃口，他们真的会自认为受了伤害和侮辱。有个叫加特勒唐的人，在家吃着花一先令①从小餐馆买来的牛肉，但假如请他去某家吃饭，那儿五月末吃不到豌豆，或三月份吃不到黄瓜和比目鱼，那么他就自认为因被邀请而受到侮辱。"天啊！"他说，"这福克斯一家请我去吃饭究竟用意何在？我在家里可以吃到羊肉呀。"或者说，"斯普勒士一家真是无礼得可恶，竟然从糕点制作工那里买点小菜，以为我会相信他们所说的关于法国厨师的那些谎话！"然后又有杰克·普丁唐——有一天我看见那个诚实的家伙非常气愤，因为事情太巧，约翰·卡维尔先生请他去吃饭时，他又见到了前一天在克兰勒上

---

① 说明很便宜。

第十九章 外出进餐的势利者之一

校家时遇见的那些人，而卡维尔先生仍然用那番谎话来款待他们。可怜的**请客吃饭的势利者**！你们如此辛苦，花了那么多钱，却不知道别人并不怎么感谢你们！我们这些**外出进餐**的**势利者**是怎样在嘲笑你们的烹调技术，对你们那些并不鲜嫩的腿肉发出呔呔声，并不相信你们买的香槟要四点六便士，也明白这天的配菜都是前一天正餐的剩菜，还注意到有些菜如何没尝一下就被匆匆端走了，以便在次日的家宴上重新端上餐桌。我个人无论何时看见领班特别急于要把炖牛肉或牛奶冻 ESCAMOTER① 时，总是大叫起来，坚持用调羹把它们彻底弄坏。所有这类行为使你大受**请客吃饭的势利者**的欢迎。我知道自己有个朋友在上流社会轰动一时——只要有什么菜给他端去时，他就宣称说自己只在提塔普大人家才吃肉冻，说在伦敦只有杰米夫人家的**厨师**才懂得如何做 FILET EN SERPENTEAU 或 SUPREME DE VOLAILLE AUX TRUFFES②。

---

① 法语，指"弄走，拿开"等。
② 作者用这些法语词也是为了表现那些人的势利行为。前者意思指"蛇肉片"，后者指"块菰烧家禽胸脯肉冻"。

第二十章

对请客进餐的势利者进一步的思考

第二十章　对请客进餐的势利者进一步的思考

只要朋友们遵循目前这种流行的时尚，我想他们就应该对我正在写的论**请客吃饭的势利者**的文章予以推荐。你现在觉得如下东西如何呢：一副既美观又让人舒适的西餐具（不要银餐具，我认为银餐具太奢侈了，几乎马上想到要银茶杯），一对整洁的茶壶，一只咖啡壶，一些碟子等——在上面有我的妻子**势利者**夫人题的一点词——再给斯纳布林①十只大啤酒杯，让这些东西在他们每日吃羊肉的餐桌上闪闪发光。

倘若按照我的方式，倘若我的计划能够实现，一方面请客吃饭的事会增加，另一方面请客吃饭的**势利行为**却会相应减少。依我之意，最近我尊敬的朋友（如果在很短暂的认识后他允许我这样叫他），改革者阿勒克斯·索伊尔——所发表的最可亲可爱的那部分——他（以其高尚的作风）所谓的最生动有趣、高雅悦人的章节——并非是关于盛大宴会和正式宴请的，而是关于其"家宴"情况的。

"家宴"应该成为请客吃饭这整个体系的中心部分。你用餐通常的那种方式——丰富舒适，尽善尽美——应该是你用来欢迎朋友们的方式，你自己也享受着这种用餐的方式。

这是由于，我对于世上哪个女人所怀有的敬意，能超过我对于自己生活中心、爱的伴侣**势利者**夫人所怀有的敬意呢？除了她的六个兄弟（其中有三四个无疑会在七点钟时前来陪伴我们）或她天使般的母亲——我自己尊贵的岳母，还有谁会让我产生更多的好感呢？为了他们而非为了鄙人，即你们眼前的作者，我最终也会希望慷慨大方地办出酒席来。现在，谁也不会认为需要把伯明翰产的餐具拿出来，只用经过乔装打扮的专门拍拍地毯的人而不用衣着整洁的客厅女侍②，从糕点制作工那里预订糟糕的小菜，把小孩打发到托儿所去（假定如此）——实际上只让他们到楼梯上去，大人用餐的时候他们一次次从上面滑下去，见有菜端出来就抢上去吃一口，碰碰果子冻上圆圆的突出部分和做在汤里的肉

---

① 原文为"Snobling"，考虑到后面译文的需要特音译。
② 侍候用餐、负责开门的女侍。

丸子。瞧，谁也不会认为家宴要具有举行盛大社会活动时十分显著的可怕的仪式、愚蠢的凑合、可鄙的炫耀卖弄这些特征①。

这样的想法真是怪异。我会很快想到让最亲爱的贝茜坐在我对面，戴着饰有极乐鸟的无檐帽，穿着上等绸缎红袍，浅色的衣袖里露出好看的白里透红的胳膊。当然，或者每天让穿上白背心的吐尔先生在我后面大叫道，"让法沃安静，主席！"

瞧，假定情况如此，假定用那种廉价而华丽的餐具来炫耀，并让一队队仆从乔装打扮起来的这些行为在日常生活中显得愚蠢，令人讨厌，为何总是要这样？为什么同属于中等阶级的琼斯和我，为了取悦于我们的朋友——他们（如果我们还值得尊重，本质上是诚实正直的人）也是中等阶级的人，丝毫不会为我们一时的荣耀所欺，当他们请我们吃饭时，也同样会玩弄那种可笑的把戏——要改变自己的生活方式，显示出并不属于我们的那种光彩来呢？

假如与朋友共餐感到快乐——凡是胃口好心地和善的人都会如此——我便认为最好与其共餐两次而不是一次。收入不多的人，不可能老把二十五先令或三十先令花到坐在自己餐桌旁的每个朋友身上。人们会吃花钱越来越少的东西。我在自己最喜欢的俱乐部（高级联合士兵俱乐部），就曾看见威灵顿公爵大人相当满足于那块一点三先令的羊腿肉和九先令的半品脱雪利酒；既然大人如此，为何你我不行呢？

我定下这样的规则，发现不无益处。只要我请某几位公爵和某位侯爵共餐，我就让他们坐下吃一块羊肉，或羊腿肉和花色配菜。这些贵族会为此种简朴的做法向你表示感谢，并予以赏识。亲爱的琼斯，问问那些你有幸认识的人情况是否如此。

但我远不会希望大人们也以类似的方式款待我。光彩显赫与他们的身份地位不可分离，正如舒适得体（咱们对此相信吧）与我们的身份地位不可分离一样。命运轻易地让一些人获得了金盘，而吩咐另外的人安心穿上饰有垂柳图案的衣服。一方面我们

---

① 作者认为家宴不用像某些势利者那样，用伯明翰产的餐具那样虚伪排场。

第二十章 对请客进餐的势利者进一步的思考

要心安理得地穿上普通衣物（的确要谦恭地怀着谢意，因为看看周围，啊，琼斯，你就会发现尚有无数的人不如我们这样幸运呢）；另一方面世上的达官贵人们的衣物又饰以细纺织品和针绣花边。如此，我们当然应该觉得社会上那些喜欢修饰的时髦男人是些可怜嫉妒的愚蠢家伙了——他们只有一件饰以花边的仅有前胸的假衬衫拿去炫耀，身后拖着一根孔雀羽毛，想模仿一下那种外表华丽的鸟儿，这鸟天生就是要大摇大摆地走在宫殿的台阶上，于阳光下炫耀其艳丽的扇形尾巴！

这些身上有孔雀羽毛的时髦男子便是社会上的**势利者**：自从伊索①那个时代以来，无论在任何地方他们的数量都没有目前在这个自由的国家多。

这最古老的寓言怎么也适用于眼前**请客吃饭的势利者**这一题目呢？模仿大人要人在本市十分普遍，从肯宁顿到贝尔格莱维亚区，甚至到最远的布伦威克广场都有此种现象。

多数家庭的尾部都插着孔雀羽毛。在两个国人当中，总有一个家伙要去模仿那种孔雀似的高视阔步，那种假斯文的尖叫声。啊，你们这些误入歧途的**请客吃饭的势利者**，想想为了显示出可笑的堂皇和伪善来，你们失去了多少欢乐，遭遇了多少伤害！你们让对方饱食不得已而要吃下的异常肉食，如此相互的款待却毁了友谊（更不用说健康），毁了热情与融洽——要不是为了孔雀羽毛的缘故，你们本来会聊得非常自在、开心和快乐的！

当某人加入到一大群**请客吃饭和被请客吃饭的势利者**当中时，假如他理性达观的话，他便会认识到整个事件是一个大骗局：那些一道道的菜、酒、仆从、金银餐具、男女主人、谈话，以及来客们——包括这个理性达观的人在内。

男主人面带微笑，亲切地在餐桌旁上上下下地交谈着，不过他心里却暗自害怕、焦虑，唯恐从酒窖里拿上来的酒不够喝，唯恐有瓶塞味的酒会破坏他的计划；或者我们的朋友，那个专门拍打地毯的人，由于某种差错，会把自己菜贩的真实身份泄露出

---

① 约6世纪的古希腊寓言作家，有《伊索寓言》传世。

来，让人看到他并非是这个家庭的男管家。

女主人面对所有的菜都坚定不移地面带微笑，尽管她心中苦恼，尽管她的心在厨房里；她正盘算着，唯恐那儿会发生什么灾难。如果蛋奶酥①脱落，或者如果威格斯没有按时把冰冻食品送上来，她就觉得好像自己要自杀似的——那个微笑快活的女人！

楼上的女孩们大声叫着，因为女佣在用烫发钳卷着她们可怜的卷发，把埃米小姐的头发连根拔起，或者用杂色的肥皂擦波妮小姐粗短的鼻子，直让小家伙一阵阵尖叫起来。如上所述，家中的男孩们在楼梯平台上表现出海盗般的英勇行为。

仆从不再是仆从，而是前面提到的零售商。

餐具不再是餐具，而仅仅是光亮的伯明翰漆器，热情好客以及其他任何事物均如此。

谈话是伯明翰似的谈话。聚会中那个爱说笑打趣的人——尽管他心中苦恼，因洗衣女工向他讨账，刚被辞退了——正在大肆讲着美妙的故事；而那个与之抗衡的另一个爱说笑打趣的人却为没有显示身手的机会狂怒不已。那个极为健谈的贾肯斯对他们两人既蔑视又愤怒，因大家对他不屑一顾。年轻的马斯卡德尔，即那个卑劣的花花公子，在谈着《晨邮报》中提到的时尚和阿尔马克歌剧院，并对自己的邻居福克斯夫人感到讨厌，她心想自己以前从未去过那儿。这寡妇很伤脑筋，已失去耐心，因她女儿玛丽亚在身无分文的副牧师、年轻的卡姆布里克身边得到一席之地，而不是在来自印度的有钱鳏夫哥尔德莫上校身边。那位博士的妻子很生气，她没能在那位律师的夫人之前被作为舞伴带入场；老科克博士正抱怨酒不好，加特勒唐则在取笑烹调技术。

想想吧，假如所有那些人都不装模作样地在一起聚会，倘若没有那种热衷于英国的孔雀羽毛之不幸，那么他们将会多么幸福快乐啊。他们都是马拉②和罗伯斯比尔③高贵的幽灵！当看见一切

---

① 一种用打稠的蛋白做成的点心。原文为法语。
② 马拉（1743—1793 年），法国大革命时期雅各派领导人之一，被刺杀。
③ 罗伯斯比尔（1758—1794 年），法国大革命时期雅各派领导人之一，被逮捕处死。

第二十章 对请客进餐的势利者进一步的思考

社会上的诚实正直如何在我们当中被崇尚时髦的糟糕行为所腐蚀时,我像刚才提到的福克斯夫人一样感到愤怒,甘愿下令对孔雀进行一场大屠杀。

第二十一章
某些欧洲大陆的势利者之一

第二十一章 某些欧洲大陆的势利者之一

此时九月已到，我们议会的所有职责已完成，也许任何一种**势利者**都不像欧洲大陆的**势利者**那样精神饱满。他们开始从福克斯通①海滩出发，我每日观察着其举动。我看见他们一群群地离开（或许天生并非不渴望着同那些快乐的**势利者**一道离开此岛）。瞧，再见了，亲爱的朋友们：你们几乎不知道，那个在海滩上注视你们的人是你们的朋友、史官和兄弟。

今天我去送我们杰出的朋友斯罗克士登上"法国女王号船"；有许许多多的**势利者**都在那儿，在那艘豪华轮船的甲板上自豪而堂皇地走着。四小时后他们将抵达奥斯坦德②，下周将遍布欧洲大陆，把英国**势利者**的那种著名形象带入遥远的地方。我将见不到他们了——不过精神上却是与其在一起的：的确，在这人人皆知的文明世界里，几乎没有一个国家的人不会注意到他们。

我曾见过一些**势利者**，他们穿着红色上衣③和猎靴，急速穿行于罗马平原；在罗马教廷的画廊里，在罗马圆形大剧场幽暗的拱门下，我曾听见他们诅咒发誓，讲一些有名的行话。我在沙漠上遇见一个骑着单峰骆驼的**势利者**，他在基奥普斯④金字塔下野餐。我乐于认为，在我此刻写作的时候那儿就有多少英勇的**英国势利者**啊，他们把一个个头从里沃利⑤街的麦里塞庭院的每扇窗户伸出来，或者大声叫道，"庞家的小子""杨家的小子"⑥，或者大摇大摆地走过那不勒斯⑦的托莱多；或甚至于有多少人将去到奥斯坦德码头守候期待斯罗克士，因为斯罗克士和其余的**势利者**们在"法国女王号船"上。

看看那位卡拉巴斯家族的侯爵和他的两辆马车。侯爵夫人从

---

① 英格兰肯特郡城镇，通铁路后发展成为跨英吉利海峡客运港和第一流海滨胜地。
② 比利时西北部港市。
③ 猎狐者穿的一种衣服。
④ 胡夫（Khufu）的希腊名，活动时期公元前 26 世纪，埃及第四王朝第二代国王。
⑤ 意大利埃蒙特区城镇。
⑥ 意大利语。作者这里都是在反映一种势利行为。
⑦ 意大利西南部港市。

第二十一章　某些欧洲大陆的势利者之一

船上下来，现出快活的神态环顾四周，这种神态包含着夫人所特有的可怖与无礼；她向自己的马车冲过去，因为要想与甲板上的其他**势利者**一起是不可能的。她坐在那儿，暗自感到难过。马车面板上的那些草莓叶冠饰①被铭刻在夫人的心头。假如她要去的是天堂而非奥斯坦德，我颇会认为她将期待**把位置给她留着**，并且订到最好的房间。一个旅行仆从把做事用的钱袋绕在肩头上；一个高大的男仆显得闷闷不乐，他那黑色的夹花条纹号衣饰有卡拉巴斯家族的纹章徽标，闪闪发光；一个黄铜肤色的俗丽的法国 FEMME-DE-CHAMBRE②（只有女性作家才能恰当地描写出那个旅行贴身侍女俗丽奇妙的装扮）；另有一个可怜的 DAME DE COMPAGNIE③——这些人都在尽力服侍好夫人及其玳瑁獚④。他们拿着科龙香水和毛巾手帕跑前跑后（那些东西全都有缘饰和拼合字⑤），并在马车的前后及每个凡可触及的角落，砰砰地拍打着令人觉得神秘的软垫。

她的丈夫，那位个子矮小的侯爵正不知所措地在甲板上踱来踱去，他的一只胳膊上靠着一个瘦瘦的女儿：这个饰有橘红色缨子、在家庭中被寄予希望的人，已经在前甲板上抽起了烟，他穿一件全身是格子花纹的旅行服、一双不大的漆头牛仔靴和一件绣有粉红色王蛇⑥的衬衫。这些旅行**势利者**们为什么要如此急于把自己弄成那样一种特定的装束呢？干吗不能穿上平常的衣服之类去旅行？而要把自己打扮得像个服丧的小丑才觉得恰当？瞧，即使那个年轻的油脂商阿德曼布雷——他刚走到船舷上来——也弄了一身遍体裂着口袋的旅行服；年轻的汤姆·特普沃姆，那个才出城去三周的律师书记员，此时也打上绑腿穿着崭新的狩猎服出现在人们面前，他一定会让自己显得傲然的小小的上嘴唇蓄起小

---

① 通常用作爵位的象征。此句反映出夫人的势利与虚荣。
② 法语，指"贴身女用"。
③ 法语，指贵妇人、小姐等雇用的"女伴"。
④ 一种黑、褐杂色小猎犬。英王查理二世豢养这种猎犬作珍玩，因而得名。
⑤ 指姓名、公司名称等首字母的拼合字，花押字。
⑥ 一种大蟒。

第二十一章　某些欧洲大陆的势利者之一

胡子来的，一定是！

庞培·希克斯在煞费苦心地吩咐他的仆从，高声问道："戴维斯，梳妆盒呢？"然后又说，"戴维斯，你最好把手枪套拿到船舱里去。"年轻的庞培带着梳妆盒旅行，而他却连胡子也没有。究竟哪个能知道他带着手枪要打谁呢？庞培除了把那个仆从唤来使去外，我真想不出还会拿他做什么。

看看那个坦然的纳桑·霍兹迪奇、他的夫人和他们的小儿子吧。在那几个东方**民族**的势利者身上闪耀着多么满足的高贵神气呀！霍兹迪奇打扮得太出奇了！这个无赖戴着怎样的戒指和项链，拿着怎样的金头手杖，佩戴着怎样的钻石，下巴上留着怎样的髭须（这个无赖！再廉价的享乐他都不会放弃！）。小霍兹迪奇有一只镀金头的小手杖和一些镶嵌式小饰物，完全表现出一副非同寻常的神气。至于说夫人，她简直就像彩虹一般！——粉红色的阳伞，白色内衬；黄色的无边女帽，鲜绿色的披肩，闪色绸的外衣；土褐色的靴子和大黄色的手套；杂色的玻璃纽扣，从四便士到一克朗①的大小不等，它们在她华丽的服饰前面闪闪发光，晃来晃去。我曾说过，我喜欢看到节日中的"各个民族的人们"，那时他们显得多么别具一格，欢乐有加。

布尔上尉从那边出现了，他穿着一身崭新的衣服，紧凑而整洁；他每年要旅行四个月或半年；他虽然不追求奢华的服饰，举止也不傲慢，但我想他像船上的任何人一样是个不一般的**势利者**。布尔在伦敦度过社交季节，骗得一顿顿白食，在其俱乐部附近的一个阁楼里睡觉。出来后他无所不在，他知道欧洲每个首都的每家旅店里最好的是什么，与那儿地位最高的英国人住在一起，见过从马德里②到斯德哥尔摩③的所有宫殿和画廊，讲着数种语言的，让人讨厌的一点点行话——而他却什么也不懂。布尔在欧洲大陆上极力去追寻那些英国贵族大学生，去当某种业余的导

---

① 英国旧制五先令硬币。
② 西班牙首都。
③ 瑞典首都。

游。在老卡拉巴斯到达奥斯坦德前他一定要和他认识，并提醒大人说二十年前他们在维也纳①见过面，或者在去里吉（Righi）时请他喝过一杯荷兰杜松子酒。我们说了布尔什么也不懂，可他知道所有贵族的出身、纹章和家谱，一双小眼窥探过船上的每辆马车——注意到它们的面板并观察过其顶饰；他知道关于英国人在欧洲大陆上的一切流言飞语——汤罗斯基伯爵如何在那不勒斯与巴格斯小姐跑掉，史密格士玛夫人如何在佛罗伦萨②与法国公使馆的青年科尔尼谢**满怀深情**，杰克·多塞士在巴登究竟赢了鲍布·格林哥斯多少钱，斯塔格斯为何在欧洲大陆定居，奥哥卡蒂的财产抵押了多少金额，等等。假如他无法抓住一位勋爵，那么从男爵也要钩上一个，或者这个老家伙会抓住某个嘴上无毛的时髦青年，让他看到各种各样、亲切可爱但难以接近的方面的"生活"。呸！这个老畜生！假如最喧闹的青年的缺点他都无不具有的话，那么他至少因毫无良心而得到安慰。他愚蠢之极，可是他性情乐观。他自认为在社会上是颇受尊敬的一员：不过也许他生活中唯一的善行，是他在无意中树立了一个应予避免克服的榜样，让人看到在社会的画面里这个堕落的老人之形象多么可憎——他的一生颇像个彬彬有礼的西勒诺斯③，某一天会独自死在他的阁楼里，显得朴实无华，无人注意——除了他那些惊讶的继承人外，他们发现这个放荡的老吝啬鬼身后竟留下了钱财。瞧呀！他已经向老卡拉巴斯走去了！我告诉你他会的。

你瞧那边是老夫人玛丽·马克斯库和她那些已到中年的女儿们；她们会在比利时及莱茵河④一带讨价还价，直至遇到一个廉价的寄宿处，在那儿她们付给仆从的伙食费会比夫人付给家中男仆们的还少。不过她一定会受到海滨胜地（她把这里选做自己的避暑处）的英国**势利者**们极大的关注，因为她是哈杰斯唐（Haggistoun）伯爵之女。那个肩头宽宽的家伙长着浓密的连鬓胡子，

---

① 奥地利首都。
② 意大利都市。
③ 森林之神。
④ 源出瑞士境内的阿尔卑斯山，贯穿西欧多国。

第二十一章 某些欧洲大陆的势利者之一

戴一双洁白的山羊皮手套,他是波多迪斯镇的菲里姆·克兰士先生。但他自称叫德·克兰士先生①,用英国人最浓重的叠音极力掩饰自己本土的口音。假如你与他玩台球或埃卡泰牌②,你可能第一局会赢他,而随后的七八局都会输掉。

那个长得过于肥胖的女人带着四个女儿和一个儿子——大学里的年轻的花花公子——她是丘斯太太,名律师的夫人,宁可死掉也要时髦。你可以肯定她会在毯制旅行包③上面弄上"贵族"字样;但是她却完全被那位代理人的妻子科德太太给排挤掉了,因科德太太的马车上有尾座④、驾车人座位和车顶,其堂皇程度几乎不比卡拉巴斯侯爵自己的旅行车逊色,并且她的旅行仆从的连鬓胡子甚至比侯爵自己的旅行缙绅⑤的更浓密,其摩洛哥皮钱包也更大。仔细注意她吧:她正与斯波特先生谈话,斯波特先生是乔波罗(Jawborough)的新成员,将要外出去检查商业同盟的运作情况,并在下一次官方会议上就英国和它与普鲁士蓝⑥贸易、那不勒斯肥皂贸易和德国火绒贸易的关系,向帕默斯顿⑦阁下提出一些十分严厉的问题。斯波特还会资助布鲁塞尔⑧的利奥波德国王,从国外写信给独立的乔波罗,并凭借英国议员的身份期待着被邀请去参加每位君主的家宴——他在旅行期间光临其领地,对于他们是一种荣幸。

下一个人是——不过听!上岸的铃声响了,我们与斯罗克士热情地握过手后便急忙走到码头上去,向他挥手告别;这时那艘高贵的黑色轮船敏捷地穿过阳光普照的蓝色大海,把一船势利者们载向了远方。

---

① 原文为"Mr. De Clancy",其中的 De 一般用于法国、西班牙等的人名中,表示籍贯。一点变化可见所表现的势利。
② 一种两人对玩的 32 张纸牌戏。
③ 19 世纪时曾流行于美国。
④ 马车背部供仆从乘坐或放置行李的地方。
⑤ 地位高于自由民。
⑥ 一种蓝色颜料。
⑦ 帕默斯顿(1784—1865 年),英国外交大臣。
⑧ 比利时首都。

第二十二章
某些欧洲大陆的势利者之二

第二十二章　某些欧洲大陆的势利者之二

　　我们习惯于嘲笑法国人爱自吹自擂，嘲笑他们对于法国、法国的荣耀和法国皇帝等怀着无法忍受的虚荣心；然而我心里却觉得就自负、自满和自诩而论，**英国势利者**的那种方式是无与伦比的。法国人的自负总是带着某种不安的东西。他吹嘘时显得如此狂暴，既大喊大叫又手舞足蹈，咆哮说法国处于文明的前头，思想的中心等，以致让人不能不看到这可怜的家伙暗自起了疑心，感到他并非是自己声称的那种奇才。

　　相反，就英国势利者而论，他们通常会默不作声，只是平静地怀着深深的自信。我们优于所有的世人，对这一看法毫无疑问，这是一条公理。当一个法国人大声叫道，"LA FRANCE, MONSIEUR, LA FRANCE EST A LA TETE DU MONDE CIVILISE!"① 我们便对这个狂暴的可怜家伙给予温和的嘲笑。我们在世界上才是一流的：我们心中对这一事实非常清楚，而其他的主张都简直荒唐可笑。瞧，亲爱的读者兄弟，作为一名君子，难道你不这样认为吗？难道你认为法国人可与你相提并论？你不会那样想——你这个英勇豪侠的**英国势利者**——你明白自己不会：也许鄙人即你的**势利者**兄弟也同样不会。

　　我倾向于认为正是这种自信——英国人因此对他所屈尊访问的外国人表现出相应的举止——这种使从西西里岛②到圣彼得堡③的拥有每个英国帽盒的人高昂起头的优越感，让我们像眼前这样在整个欧洲深受憎恨；而这一点——它超越了我们所有小小的胜利，这些胜利许多法国人和西班牙人对此从未听说——这种令人震惊、不屈不挠、超然物外的骄傲，使得无论坐在旅行马车里的大人还是坐在尾座里的约翰④都露出精神昂扬的样子。

　　倘若你读读关于法国战争过去的历史，你一定会发现与英国

---

①　法语，意为"法兰西，先生，法兰西处于世界文明的前头！"
②　在意大利南部。
③　俄罗斯西北部港口城市圣彼得堡。
④　此处泛指仆从。

第二十二章 某些欧洲大陆的势利者之二

人相同的特性，发现亨利五世①统治下的人民也像法国和半岛地区②那些英勇老练的军人一样，厚颜无耻，作威作福。难道你没听见卡特勒上校和斯拉谢尔餐后谈论战争吗？或者波德尔上尉描述他与"不屈不挠的人"展开战斗的情景？"该死的家伙，"波德尔说，"他们的战斗经验太好了。我拿下他时被击退了三次。""米约的那些卡宾枪手真该死，"斯拉谢尔说，"瞧他们是怎样对待我们的轻骑兵的！"他指法国人竟然会抵抗英国人的某次奇袭：其温和的言谈中不无惊讶，因为那些盲目疯狂、自负虚荣、勇猛可鄙的家伙竟然胆敢抵抗英国人！大量的英国人此时正在光顾欧洲，他们要么对罗马教皇亲切友好，要么对荷兰国王仁慈善良，要么屈尊对普鲁士人进行检阅。当尼古拉斯（Nicholas）来到这儿时——他每天早餐时都要检阅二十五万蓄着一对八字须的军队——我们便把他带到温莎去，让他看看整整有两个军团的英国人（每个军团有六百人或八百人），那神态仿佛在说，"嗨，朋友，看看那儿。那些是英国人，他们任何时候都是你的主子，"正如童谣中所说。英国的势利者早已不再怀疑，可以相当开心地取笑那些自以为是的美国佬，或愚弄自称为人类楷模的可鄙的法国人。他们确实如此！

我在布伦③的诺德旅店曾听见一个老者谈话，从而得知这些言论的；他显然是斯拉谢尔那种人。他走下来坐在早餐桌旁，粉红色的脸上充着血，满面愁容，脖子被领结紧紧地勒着。他的亚麻服及其一身装束非常挺直，一尘不染，人人立即认出他是一位亲爱的同胞。只有我们的波尔图葡萄酒和其他值得赞美的机构才会培养出如此愚蠢无礼、看似绅士的人物。一会儿后他"啊"的一声发出极其狂暴的咆哮，把我们的注意力吸引到他身上。

听见那"啊"的一声每个人都掉过头去，从上校的脸色上

---

① 亨利五世（1387—1422年），英格兰国王（1413—1422年），曾大败法军。
② 美国弗吉尼亚州东南部一地区。
③ 法国北部港市。

第二十二章　某些欧洲大陆的势利者之二

看以为他极度痛苦；不过侍者们却更明白，他们并不惊慌，而是把水壶给上校提过去。好像法国人说"啊"是要热开水的意思。上校觉得自己把此种语言说得相当好（尽管他对之十分鄙视）。他饮着冒气的热茶，茶水汩汩地从他喉咙里流下去，在这个可敬的老兵的"热锅"里嘶嘶作响①，这时一个朋友坐到他身边——朋友面容干瘪，戴着一副颇黑的假发，显然他也是个上校。

这两个年老的勇士相互不断地摆动着头，不久便一起用早餐，谈起话来，我们于是得以听到过去那场战争的情况，以及对下一场战争某些惬意的推测——他们认为这场战争即将来临。他们对于法国的舰队轻蔑地发出哼声，对法国的海上贸易嗤之以鼻；他们说明在一场战争中，沿我们的海岸要有一条由轮船组成的警戒线，并随时准备在另一岸的任何地方登陆，像上次战争一样给予法国人以沉重打击。事实上，在这两个老兵整个的谈话期间，他们诅咒发誓着，声音像隆隆的炮声一样发射出来。

屋子里有个法国人，不过他在伦敦的时间尚未超过十年，当然也就不会讲这种语言，因而未能从那谈话中获得益处。"可是，啊，我的祖国！"我心想，"难怪你那么受到热爱！假如我是一个法国人，我会多么憎恨你呀！"

在欧洲的每个城市你无处不见到那个蛮横无知、暴躁欺凌的英国人。他是天底下一个最愚笨无趣的家伙，却踏遍了欧洲，穿着僵硬的制服挤入画廊、大教堂以及宫殿。无论在教堂还是剧院，在庆祝节日时还是在画廊里，他的面容始终是那副样子。上千种可喜的情景出现在他那双充血的眼前，而他却无动于衷。无数光辉灿烂的生活与风俗场面出现在他面前，可他从不为之动心。他去教堂做礼拜，说那儿的宗教活动既低劣又迷信，仿佛只有他的祭坛才受欢迎。他虽然去画廊，但对于艺术还不如一个法国的擦鞋匠懂。艺术与自然呈现在眼前，可从他那双愚蠢的眼里

---

① 此处是比喻。

第二十二章　某些欧洲大陆的势利者之二

却看不到一点赞美：什么也感动不了他，除非某个大人物来到他跟前，此时这个刻板骄傲、自负顽固的英国**势利者**便会变得像仆从一样卑微，像小丑一样顺从。

第二十三章

欧洲大陆上的英国势利者

第二十三章 欧洲大陆上的英国势利者

"罗马君王的望远镜有何用处呢?"某天我的朋友潘威斯基大声问道。"它只能让你看到几十万英里以外的地方罢了。人们以为纯粹是星云的东西,结果却是可以见到的星系;超过这些星系你会见到其他星云,而用更高倍的望远镜看它们仍然是星星——它们就那样不停地闪烁着,直至永恒。"朋友潘说完后长叹了一口气,好像承认自己难以直接看到**无限的空间**,顺从地坐回去,喝下一大杯红葡萄酒。

我(也像其他的大人物一样,只有一个念头)心里想到,星星如此,**势利者**也相同,并且有过之而无不及。你注视那些发光体吧,越是注意观察,就会发现它们时而模模糊糊地聚在一起,时而隐约可见,时而明亮可辨,直至它们闪烁于无尽的光辉里,消失于无限的黑暗中。我不过是一个在海边玩耍的孩子。① 某位能高瞻远瞩的哲学家有一天会出现——他是某种伟大的势利者研究家——从而发现我们如今只是在玩弄的伟大的科学规律,并对目前仅为模糊的理论进行解释、确立和分类,而放弃哪怕是高雅的主张。

是的,一只眼睛只能在庞大的**势利者**当中发现很少几个简单几种而已。有时我想到求助于公众,在南安普敦②召集一个由学者参加的大会,每人带上论述这个**重大课题**的稿子并在会上宣读。因为即便是眼前这一课题,寥寥几个可怜的家伙能够做什么呢?**欧洲大陆上的英国势利者**,尽管比在他们本土上的**势利者**少十万倍,也仍然为数众多。我们发现的只是一些零星的个体,而数以千计的却没有发现。今早我漫步穿过这座令人愉快的布伦海城时,只记下了三名遇见到的势利者。

有一个叫拉弗③的英国势利者,他经常出入 ESTAMINETS④ 和有音乐、歌舞表演的酒店,人们会听见他叫嚷"咱们明早才回

---

① 牛顿名言:"我不过是一个在海边玩耍的孩子,偶尔捡到几个漂亮的贝壳而已。"表示谦虚。

② 英国英格兰南部港口城市。

③ 原文为"Raff",即 riffraff,指 disreputable persons(名声不好的人,可耻的人)。

④ 法语,小酒吧,小餐馆。

第二十三章　欧洲大陆上的英国势利者

去！"他说着英国人的俚语，让欧洲大陆上那些宁静的城镇于午夜时分回荡起他的尖叫声。邮船到达的时候，你可见这个满脸胡子、喝得酩酊大醉的家伙游荡在码头，并在可以赊账的酒吧里不停地喝酒。他讲法语时熟练地用着俚语：他和欧洲大陆上与自己颇为相像的因债务而被关押的人一起。他在台球室里玩赌注式台球①，你还会看见他上午忙着玩纸牌和西洋骨牌。在无数的汇票上可见到他的签名——这签名很可能一度属于某个体面的家庭，因为这个英国的拉弗大概最初还是一位绅士，如今大海那边的父亲却耻于听到他的名字。他在光景比较好的时候一次次欺骗"老爸"，又骗走姐妹们的嫁妆，夺走属于弟弟们的东西。现在他靠着妻子的寡妇授予产②生活：她被隐藏在某个阴暗的顶楼里，既为自己缝补过去那些本来美丽但现已褴褛的衣服，又为孩子们修补着一件件旧衣——她真是一个最可怜邋遢的女人。

或者有时这个可怜的女人和她女儿们胆怯地出去讲讲英语和音乐课，或者暗地里做点刺绣和其他活儿，以便赚到钱买POT-AU-FEU③吃；而拉弗却大摇大摆地在码头上游荡，或在酒吧里把一杯杯上等白兰地一饮而尽。不幸的女人每年还要生一个孩子，她总是怀着虚伪，极力让女儿们相信父亲本来是一位可敬的男人，尽管在这个畜生喝醉酒回家时会让他躲到一边去。

这些被毁灭的人聚在一起，她们有自己的交往群体，看到这样的人太让人同情了——她们俗气地假装文雅，拙劣地显示出快乐的样子；她们会突然说出可怜的俏皮话来，弹奏起那架叮当响的旧钢琴。啊，看见、听到这些，会使人心情难受。拉弗夫人和她那一群面色苍白的女儿用廉价的茶点招待迪德勒夫人时，她们谈论着过去所拥有的时光和美好的上流社会。她们唱着破旧的音乐书中那些柔弱无力的歌曲，而就在这样娱乐的时候，拉弗上尉头上歪戴着油腻腻的帽子进来了，于是整个阴暗的屋里立即散发

---

① 指赢者独得全部赌注。
② 指结婚时丈夫指定的、自己死后由妻子继承的遗产。
③ 法语，炖牛肉。

第二十三章 欧洲大陆上的英国势利者

出混合着烟酒的气味。

在国外生活过的人谁不曾遇见拉弗上尉呢？郡长先生的下属官员黑姆普时常提到他的名字；在布伦、巴黎和布鲁塞尔有许多像他那样的人，我敢打赌本人由于把他揭露出来而将受到粗鲁的人身攻击。有很多不那么难于改造的无赖被流放，又有很多更可敬的人目前正干着苦力①。虽然我们是世上最高尚、最伟大、最虔诚和最道德的人，但我仍然乐于知道除了在联合王国②以外，还有何处把债务当作玩笑而已，让商人"忍受"绅士所开的那种玩笑呢？在法国欠钱是不光彩的事。你绝不会在欧洲其他地方听见人们吹嘘自己的诈骗行为，或者在那里的某座大城市的监狱里或多或少地看不到一些英国无赖。

有一位势利者，他比上述那位明显而消极的无赖更讨厌、更危险，他经常出现在欧洲大陆上，我应该对正在那儿旅行的年轻**势利者**朋友们提出特别警告防备他。勒格上尉也像拉弗一样是个绅士，虽然或许档次更高一些。他也向家里敲诈钱财，只是数额大得多，并且厚颜无耻地拒绝承兑数千英镑的账单，而拉弗对于是否支付一张十英镑的票据都犹豫不决，显得不够圆滑。勒格总是住最好的旅店，穿最精美的背心，蓄最漂亮的胡子，或者坐最光彩夺目的四轮马车到处狂奔，而可怜的拉弗却喝烈酒把自己给灌醉，或者抽廉价的烟。勒格经常抛头露面，无人不知，可他却混得很不错，想到这一点就让人吃惊。**英国势利者**的一个显著特点便是始终热衷于假体面、假斯文，若非这个原因他也许会被彻底毁了。很多中等阶级的青年一定知道勒格是个无赖和骗子，但由于他渴望追求时髦，钦佩头面人物，一心要在某位大人的儿子身旁炫耀自己，他们因此愿意让勒格从自己身上有所获益，只要能享有那样的上流社会他们就乐于替他付钱。许多家庭中的可敬的父亲，当听说自己儿子与勒瓦特阁下的儿子勒格上尉一道出去骑马时，便为自己有前途的孩子与这样好的伙伴在一起高兴不已。

---

① 这里指惩罚囚犯的劳动。
② 大不列颠及北爱尔兰联合王国的简称，即英国。

第二十三章 欧洲大陆上的英国势利者

勒格和他的朋友马塞少校在欧洲从事职业性的旅行①，你可以在恰当地方和恰当时间见到他们。去年我听说自己那位牛津的年轻熟人马福先生，在去巴黎参加一场小型的狂欢舞会社交活动时，有一个对那种语言一窍不通的英国人如何向他打招呼；此人听见马福法语说得那样好，便请他向一个侍者翻译，他当时为饮料的事在和侍者争论。那个陌生人说，看见一张诚实的英国人的面容真觉得安慰，他问马福是否知道哪儿有个好地方吃晚饭。于是两人就去用晚餐，正在这时，他们恰好碰上了马塞少校。因此勒格介绍了马塞，大家变得有些亲密起来，玩着三牌②卢牌戏等。一年又一年，在世界各地会有许多像马福那样的人成为勒格和马塞的牺牲品。这个故事已是陈词滥调，那种诱骗的伎俩也十分陈腐笨拙，然而真是奇怪仍有人会受骗。不过那种恶习与假体面的诱惑力，对于年轻的**英国势利者**来说是太强烈了，所以每天都有头脑简单的青年上当受骗。虽然只会被那些时髦的人踢来骗去，但那个忠实的**英国势利者**也会为了面子而到场的。

我这儿用不着提到那位极其普通的**英国势利者**，他千方百计地要与那些欧洲的贵族建立亲密关系，比如那个老罗尔斯——这个面包师将其住处设在**圣热尔曼郊区**，只接待西班牙王室正统派成员和有侯爵以上头衔的法国绅士。大家可以对那个自命不凡的家伙大加嘲笑——我们这些是面对本国的大人物时会哆嗦的人。但正如你——勇敢忠实的**势利者约翰·布尔**——所说，一位第二十代的法国侯爵与一位英国贵族是大相径庭的，一群乞丐似的、德国和意大利的弗尔斯腾和普里西皮（Fuersten and Principi），会让一个诚实的英国人产生藐视心理。可是我们的贵族呢！——这完全又是另外一回事了。他们是世界真正的领头人——真正最早的和毫无错误的贵族。

摘下你的帽子吧，**势利者**；双膝跪下吧，**势利者**，然后开始讨好奉承。

---

① 意指两个骗子为专门行骗外出旅行。
② 以三张纸牌进行赌博的牌戏。

第二十四章

某些乡下的势利者之一

第二十四章 某些乡下的势利者之一

由于对城市感到厌倦了——朋友们，在这儿散步时看见贵族们紧闭的百叶窗，我心里就不舒服；又由于几乎害怕坐在蓓尔美尔街那些让人觉得荒凉的俱乐部里，让俱乐部的侍者们心烦——我想，若非为了我的缘故他们会去乡下打猎的——我因此决定离开伦敦出去小小旅游一番，到早就应该去的乡下看看。

我首先拜访的是甜菜郡（Mangelwurzelshire）的朋友蓬特少校（水兵骑手的半折薪饷领取者①）。少校坐在他那辆不大的四轮马车里，正在车站上等着接我。车子当然不算华丽，但对于一个平民（如蓬特自称的那样）和许多家庭是适合的。我们乘车经过美丽清新的田野和绿色树篱，穿过一片令人惬意的英国式风景区；公路犹如贵族园林中的道路一般平坦整洁，时而阴凉爽快时而金光灿烂。农夫们穿着雪白的长罩衣②，见我们经过便立即微笑着脱帽致意。脸颊红得像果园中的苹果一样的孩子们，在一座座村舍门口向我们行着屈膝礼。呈蓝色的教堂尖塔零星地在远处升起。只见园丁的体态丰满的妻子把少校那座覆盖着常春藤的林中小屋外围的白色大门打开，我们穿过由冷杉和常绿树组成的优雅园林，来到房前，这时我心里充满了欢喜，这种喜悦的心情我想在烟雾笼罩的城市里是体会不到的。"这里，"我心中叫道，"充满了宁静、富足和快乐。这里，我将见不到**势利者**。在这片迷人的阿卡迪亚③式的地方根本不会有**势利者**。"

少校的随从斯特里普士（先前曾是他那个英勇军团里的下士）接过我的旅行皮箱和雅致的小礼物，这是我作为谢罪之礼从城里给蓬特夫人带去的——格罗夫产的一只鳕鱼和一些牡蛎，我把它们装在棺材一般大小的有盖篮子里。

蓬特的家（蓬特夫人已将它命名为"常绿"）真是一个完美的天堂。只见它被匍匐植物所覆盖，有不少圆肚窗和阳台。周围是如波浪般起伏的草坪，并有一些形状美妙的花圃、蜿蜒曲折的

---

① 原文为："H. P. of the Horse Marines.""水兵骑手"指骑马执行陆上任务的水兵。
② 欧洲等地农民穿的一种衣服。
③ 古希腊一山区，以其居民过田园牧歌式淳朴生活著称。

第二十四章　某些乡下的势利者之一

砾石路和由桃金娘科植物及发亮的棉毛荚蒾构成的美丽而湿润的灌木林，正是这些东西使这个家的名称得以改变。老蓬特博士在世的时候它曾被叫做"小公牛栏"。我被蓬特带到一间卧室，从它的窗口观赏着这片可爱的场所、马厩和邻近的橘子和教堂，以及那边的一个巨大园林。这是一间呈黄色的卧室，也是最为清爽愉快的；写字台上有一大束花，芳香四溢；亚麻布纸搁在熏衣草花里，散发出其香味；如果说印花布床幔和大沙发没有花香，它们至少全都印着花儿；桌上的揩笔器①仿效一束重瓣的大丽菊制成；壁炉架上放了一只向日葵，让我看着它觉得赏心悦目。一根深红色的匍匐植物伸过来盘绕在窗户上方，落日的金色阳光正透过它们充分泻入室内。处处是花儿和清爽的空气。啊，它们与伦敦的圣阿尔班寓所那些黑色的烟囱管帽多么截然不同，而我这双厌倦的眼睛已经对那种烟囱习以为常了。

"这儿一定太让人愉快幸福了，蓬特。"我说，忽地坐进舒适的围手椅②里，深深地呼吸一口乡村的清新惬意的空气，即使把阿特金桑先生商店里所有的 MILLEFLEURS③ 用上也难以使最昂贵的手帕散发这种气味来。

"是个好地方，不是吗？"蓬特说，"宁静并且朴实自然。凡宁静的地方我都喜欢。你没有把仆从带来吗？斯特里普士会给你安排好衣物的。"正在这时那个雇员走进来，着手替我取出皮箱里的东西，把黑色的短绒大衣呢、"华丽的热那亚④丝绒背心"、白色领带和其他高雅的晚礼服，极其认真迅速地放好。"要参加一个隆重的盛宴吧。"看见这样的准备我心想（想到附近一些最上层的人士要来看我，也许不无喜悦）。"听，第一道铃声响起来了。"蓬特说罢离开。实际上这是从那座稳固的塔楼发出的叮当声，预告要开饭了，它向大家宣布这样一个愉快的事实：盛宴将在半小时后举行。"如果宴会也像这预告宴会的铃声一样隆重，"

---

① 常用小布片等制成。
② 尤指 18 世纪法国式藤条椅子。
③ 法语，指"百花精"，一种香料。
④ 意大利西北部的州及其首府。

第二十四章 某些乡下的势利者之一

我想,"那么我的确是到了一个好地方!"我趁着这半小时的余暇,一方面为了能受人欢迎尽量把自己打扮得雅致一些,欣赏着悬挂在烟囱上方的蓬特的家谱和装饰在洗手盆及水壶上面的蓬特家族的各种纹章;另一方面对于这种幸福的乡村生活、对于乡下人交往中所表现出的纯洁友谊和真诚思绪万千。我多么渴望也像蓬特那样,有机会隐退到属于自己的田地,回到自己的葡萄树和无花果树旁,古老的住宅里有自己的好妻子,一大群可爱的孩子在我这个做父亲的膝边嬉戏。

当、当、当!半小时过去后,宴会的铃声再次从邻近的塔楼响起。我赶紧下楼,以为会在起居室见到很多面容健康的乡下人。但那儿只有一人,一位个子高大、长着高鼻梁鹰钩鼻的女人,她浑身闪耀着长圆形玻璃珠饰物,显得十分悲哀。她站起身,向前走两步,这时她那让人敬畏的头饰上所有的珠子开始转动颤抖起来,然后她说:"**势利者**先生,见你来到'常绿'我们非常高兴。"随后她长长叹了一口气。

这么说她就是蓬特夫人了,于是我向她深深鞠躬,回答说,能认识她并见到她这座如此漂亮的"常绿"家园,我真是太荣幸啦。

她又叹一口气。"我们还是远亲呢,**势利者**先生。"她说,忧郁地摇摇头,"可怜的、亲爱的罗巴都布大人!"

"噢!"我说,不知蓬特夫人是啥意思。

"蓬特告诉我你是属于莱斯特郡①的**势利者**:那是一个相当古老的家族,与斯罗宾唐大人沾亲,该大人娶了劳拉·罗巴都布,他是我的表哥,正如劳拉那个可怜的、亲爱的父亲一样——我们现在哀悼的正是他。他那疾病发作得真厉害!才六十三岁,再说那种中风在我们家族以前是从来没听说过的!我们活着真是难受死了,**势利者**先生。那个损失没把斯罗宾唐夫人给打垮吧?"

"唔,真的,夫人,我,我不知道。"我回答,越来越摸不着头脑。

---

① 英格兰郡名。

第二十四章　某些乡下的势利者之一

就在她说话的当儿我听见一种"砰"的声音,这熟悉的声音让我明白谁正在开一瓶酒;这时蓬特进来了,他打着一条宽大的白领带,穿着一套相当破旧的黑色衣服。

"亲爱的,"蓬特夫人对丈夫说,"我们在谈表哥的事——那个可怜的、亲爱的罗巴都布大人。他的去世让英国某些一流的家庭感到悲哀。你知道罗巴都布夫人还留着希尔街的那座房子吗?"

我并不知道,但却冒昧地说:"我想还留着吧。"我低头看着起居室的桌上,发现那本不可避免、令人憎恶、疯狂可笑的《贵族姓名录》被打开搁在那儿,其中夹着一些注解,所翻到的那一条目正是"斯罗宾唐"。

"正餐准备好了。"斯特里普士说,一下把门推开,于是我将胳膊伸给蓬特夫人。

第二十五章
对某些乡下势利者的拜访之一

第二十五章　对某些乡下势利者的拜访之一

对于我们坐下来要用的这顿餐,我可不会太吹毛求疵。那一桌菜我认为是神圣不可亵渎的,此外我要说的是,如果能办到的话我更喜欢雪利酒①而不是马沙拉白葡萄酒②,后者无疑就是刚开饭前我听到"砰"地被弄出声响来的那种酒。并且它在本身那个品种当中也不是特别好的;然而蓬特夫人显然不知道其差别,在整个用餐期间一直把这种酒叫做阿蒙提拉多酒③,自己只喝了半杯,剩下的留给了少校和我这个客人。

斯特里普士身穿蓬特家族的号衣——虽然有点破旧,但却是相当富丽的——饰有不少华贵的精纺花边,以及大得特别引人注目的号衣纽扣。我注意到,这个忠实的人的双手又大又黑,他来来去去服侍我们时,屋子里散发出马厩里那种极不好闻的气味。我倒更喜欢一个干净的女佣,不过在这些问题上伦敦人也太敏感了,毕竟,一个忠实的约翰④更有教养一些。

这顿餐吃的是猪头假甲鱼汤⑤和炸烤猪肋,由此看来,在我到达前不久蓬特家的一只黑汉普夏猪⑥便成为牺牲品。饭菜的确不错,我们吃得很舒服,当然只是太单调了。次日我发表了类似的看法。

用餐当中蓬特夫人问了许多有关我那些贵族亲戚的情况,诸如"安吉莉娜·斯克格斯小姐何时出来?伯爵夫人即她母亲仍然用那种独特的紫色染发剂吗?加特勒伯雷大人除了雇用他的法国厨师和一名负责烘烤的英国高级厨师外,是否还雇用一名负责制作甜食的意大利人?"

她还提出了如下的问题:"谁参加了克拉佩科罗夫人的学术谈话会?约翰·查皮格隆先生的'星期四早晨'是否令人愉快?想把钻石拿去典当的卡拉巴斯夫人,真的发现它们是人造的吗?

---

① 原产于西班牙南部的一种烈性白葡萄酒。
② 产于意大利西西里岛的一种酒。
③ 一种西班牙产的白葡萄酒。
④ 同前一样此处泛指。
⑤ 指用猪头等加香料做成的甲鱼汤,不是真甲鱼汤。
⑥ 美国肯塔基州鲜肉用种,肩部和前腿有白条。

侯爵是否已预先将其转让了呢？大烟草商斯拉芬怎么中断了他和他们二女儿正讨论着的婚姻？真的是某个从哈瓦那①去的黑白混血的小姐阻止了这个婚配？"

"说实在话，夫人，"我开始道，正要说对于所有这些似乎让蓬特夫人如此感兴趣的事我一无所知，这时少校用他那只大脚在桌下踩或踏了我一下，说："嗨，嗨，**势利者朋友**②，我们这儿都很闭塞，你知道。我们**晓得**你是城里的一位上流人士，曾看见你的名字出现在克拉佩科罗夫人的晚会和查皮格隆的早餐的名单上；至于说鲁巴杜布斯，当然，作为亲戚……"

"哦，毫无疑问，我每周要去那儿用两次餐。"我说，然后我记起自己中殿律师学院③的表哥哈姆菲雷·斯罗布，他经常出入于上流社会，我曾看见他的名字出现在《晨报》上几份聚会名单的尾部。于是我不无惭愧地说，我利用这个线索对蓬特夫人讲了英国一流家庭的许多情况，假如那些名流们知道了会惊讶的。我极其准确地向她描述上季在阿尔马克歌剧院的三位压倒群芳的大美人，悄悄告诉她某某大人在竖起自己雕像的次日就将结婚，某某大人也将把斯特芬大公的四女领向举行婚礼的圣坛：总之，我完全用格雷夫人（Mrs. Gore）最后那部流行小说的语言风格向她讲述了这些。

我这番美妙的谈话让蓬特夫人大为着迷。她开始讲出一些零星的法语，与小说中的那些人物没有两样；接着她十分优雅地在自己手上对我做了一个飞吻，让我不久去咖啡馆喝咖啡，去沙龙听听音乐，然后像个中年仙女一般轻快地走了。

"开一瓶波尔图葡萄酒好吗？或者你喝荷兰杜松子酒和白水不？"蓬特问，有些沮丧地看着我。这种情况十分异常，与我们在俱乐部的吸烟室里我所期待的情形大不一样：在那儿他大肆吹嘘自己的马匹和酒窖，常拍着我的肩膀说，"到甜菜郡来吧，**势**

---

① 古巴首都。
② 因作者自称为"势利者先生"。
③ 英国伦敦四个培养律师的组织之一。

第二十五章 对某些乡下势利者的拜访之一

利者朋友，我会让你在那里好好打一天猎，喝一杯最好的红葡萄酒。""唔，"我说，"我很喜欢喝荷兰杜松子酒而不是波尔图葡萄酒，加有调味的甚至更好。"真是有幸，我们喝的是加有调味的荷兰杜松子酒。这时斯特里普士把热开水放在一只华丽的镀金盘上端进来。

不久传来竖琴和钢琴的声音，宣布蓬特夫人的音乐会开始；餐室里再次散发出斯特里普士身上那种马厩的气味，他是来叫我们去咖啡馆听小型音乐会的。她露出迷人的微笑示意我坐到沙发上，并为我腾出位置，我们在此正好能看到为大家演奏乐器的小姐们的背部。严格按照目前的时尚而论，她们的背部显得太宽大了，因为穿裙衬或其代用品并不昂贵奢侈，乡下的年轻人不用花多少钱就能够赶时髦。埃米莉·蓬特小姐在弹钢琴，妹妹玛丽亚则在弹那架有些破旧的竖琴，她们穿着似乎全是荷叶边的淡蓝色衣裙，衣裙像格林先生吹胀了的气球一般展开。

"埃米莉弹得太好啦！玛丽亚的胳膊真好看！"蓬特夫人愉快地说，一边指出女儿们的优点一边挥动自己的胳膊，好像以此在表明她对于这个美丽的女儿非常满意。我注意到她身上大约有九副手镯和脚镯，还有一些项链和挂锁、少校的微型像以及各种黄铜做的蛇——它们闪动着火红的红宝石或柔和的绿宝石眼睛，几乎缠绕到了她的肘部，千姿百态地扭动着。

"你看出那些波尔卡舞[①]了吗？7月23日盛大的节日那天，人们在德文郡[②]剧场跳过的。"于是我说看出了——我对它们非常熟悉；我又开始点头，仿佛认出了那些老朋友一般。

表演结束后，我有幸被介绍给两位高瘦的蓬特小姐并与她们谈话；然后家庭教师维尔特小姐坐下来，为我们弹奏一支叫做"上楼"的变奏曲。他们一心要赶时髦。

至于所弹奏的"上楼"曲，我只能说它真是**妙不可言**。维尔特小姐不慌不忙地弹奏出最初那段时髦的曲调，把每个音符弹得

---

① 一种起源于捷克民族的轻快舞蹈。
② 英国英格兰郡名。

十分响亮、清晰、尖厉，我敢肯定在马厩里的斯特里普士也一定听到了。

"瞧她那双手指！"蓬特夫人说，那的确是一双什么样的手指呀，像火鸡的鸡腿一样有不少疙瘩，在钢琴上大大地张开着。在缓慢地、重重地击打出曲调来后，她弹奏"上楼"一曲的风格完全变了，其疯狂和速度简直令人难以置信。她仿佛飞快地旋转着冲上楼，直奔楼顶平台，随即好像又尖叫着猛然冲下楼底，在那儿发出砰的一声，似乎由于没命地冲下来而给累垮。然后维尔特小姐又以最哀婉动人的庄重情调弹奏"上楼"，使琴键上发出悲伤的呻吟和啜泣——好像你上楼时在哭泣和颤抖着。维尔特小姐的双手似乎于变奏曲中昏倒、悲叹和死去，之后她再次猛然弹出巨响，好像要冲出一个缺口来。虽然我不懂音乐，但我仍坐着张开嘴听这一奇妙的演奏，咖啡都凉了；这时我真感到吃惊，不明白为什么这支如地震般的乐曲没有把窗户震裂，把枝形吊灯从梁上震下来。

"了不起的家伙！不是吗？"蓬特夫人说，"她是斯奎尔兹最喜欢的学生——这样的孩子真是无价之宝。连卡拉巴斯夫人都会盯上她两眼！一个富有造诣的奇才！谢谢你，维尔特小姐。"两个小姐不断喘息着发出钦佩赞美之声——一种带着深深呼吸的、充满感情的声音，正如你在教堂里的讲道彻底结束时所听到的那样。

维尔特小姐用她两只关节颇大的大手搂着两个学生的腰，说："亲爱的孩子，我希望你们不久弹得和你们这个糟糕的小小老师一样好。我住在邓斯纳勒士家的时候，深受公爵夫人喜欢，芭芭拉小姐和简小姐都知道。我记得，亲爱的卡斯特吐迪大人在听简小姐演奏时一下爱上了她；尽管他不过是个爱尔兰贵族，年收入只有一万五千英镑，但我仍说服简嫁给他。你认识卡斯特吐迪吗，**势利者先生**？——那里有着圆圆的城堡——是个可爱的地方——在梅奥郡①。老卡斯特吐迪大人（目前的君主是艾里休瓦

---

① 爱尔兰西北部一郡。

第二十五章 对某些乡下势利者的拜访之一

大人)是一个相当古怪的老头——人们说他疯了。我听到殿下——那个可怜又可爱的苏塞克斯郡①公爵(哎呀,亲爱的,这样一个男人竟然吸烟成瘾!)——我听到殿下对安格尔西郡②侯爵说,'我肯定卡斯特吐迪疯了!'但艾里休瓦并不是要娶那个可爱的简,虽然这个亲爱的孩子总共仅有一万英镑!"

"真是最可贵的人。"蓬特夫人对我耳语道,"她曾生活在最最上流的社会。"我对于看见女家庭教师们在世上受到欺凌的事已习以为常,所以发现这一个竟像主人一样支配着别人,想到连高贵的蓬特夫人都要屈从于她,我不无喜悦。

至于我抽的烟斗,可以说随即熄灭了。一个对《贵族名鉴》③中的每位公爵夫人了如指掌的女人,我还有什么话可说呢。她不是那种初入社交界的少女,而是已经来到它边缘。她与那些大人物们擦肩而过,我们一晚上都在不停地谈论他们,谈论时尚和宫廷,直到就寝时间。

"在这个极乐世界里有**势利者**吗?"我大声问,跳到散发出熏衣草花香味的床上。从隔壁卧室传来蓬特隆隆的鼾声,算是对我的回答。

---

① 英格兰原郡名。
② 在英国威尔士西北部。
③ 指19世纪的贵族名鉴,缙绅录。

第二十六章

某些乡下的势利者之二

第二十六章 某些乡下的势利者之二

《笨拙》周刊的外国读者，是很想知道一个英国绅士家庭的生活习惯的，因此他们对这个"常绿"家庭的活动或许感兴趣。而现在时间不少，可以充分记录下他们的活动。早晨六点钟即开始弹钢琴，直到用早餐，中间只在埃米莉小姐替换妹妹玛丽亚小姐时才有片刻的间断。

事实上，一旦两个小姐开始上课，维尔特小姐重重地击打出让人震耳欲聋的变奏曲，并让自己妙不可言的手指弹奏起来时，那架讨厌的乐器就响个不停。

我问这个了不起的人她另外教给学生什么知识？"现代语言。"她谦逊地说，"有法语、德语、西班牙语和意大利语，如果需要还得教拉丁语和希腊语基本知识。英语当然少不了，另外要对演说术、地理学和天文学加以实践，对地球仪和代数学（只限于二次方程）加以运用，因为对于一个可怜无知的女人，你知道，**势利者**先生，你是不能期望她什么都懂的。任何年轻女子都必须懂得古代和现代历史，所以我让自己可爱的学生对它们烂熟于胸。我把植物学、地质学和矿物学视为消遣的学科。有了这一切，我敢说我们在'常绿'的日子是过得很愉快的。"

可是我觉得——那是怎样一种教育啊！我看了看蓬特小姐的一本歌曲稿，发现四个单词中就有五处法语错误，便开玩笑地问维尔特小姐但丁·阿尔及尔（Dante Algiery）之所以被那样称呼，是否因为他出生在阿尔及尔①；她微笑着给予了肯定的回答，这让我对于她的知识的准确性大为怀疑。

在上述早晨的短暂活动结束后，不幸的年轻女子们便在花园里开始做所谓的**健美操**。这天我看见她们没有穿那种胀鼓鼓的衬裙，拉动花圃滚压器②。

亲爱的蓬特夫人也在园里，身子像女儿们的一样柔软。她系着褪色的发带，戴一顶破旧的无边女帽，穿着荷兰围裙和西洋套鞋，坐在一把破椅上修剪葡萄叶子。蓬特夫人的身材在晚上看有

---

① 阿尔及利亚首都。
② 用来碾压土地的一种工具。

好几码①宽大，可是老天爷！她穿着那件颇显身材的晨衣变得多么苗条啊！

除斯特里普士外他们还雇了一个叫托马斯或吐木斯的男孩。吐木斯要么在花园里干活，要么在猪圈和马厩里；而托马斯则穿一件纽扣突出的听差服。

当有客人来而斯特里普士又不在时，吐木斯便飞快地穿上托马斯的衣服，再次出现的时候就像哑剧中的小丑一样完全变了一个人。这天，蓬特夫人在修剪葡萄叶，小姐们又在花圃滚压器那里，只见吐木斯像咆哮的旋风一般冲过来，一边大叫着："太太，太太，有客人来了！"于是小姐们赶紧离开滚压器，蓬特夫人急忙从那把旧椅上下来，吐木斯飞奔着去更换衣服，在难以置信的短暂时间内约翰·霍巴克先生、霍巴克夫人和休·霍巴克少爷便被托马斯厚颜无耻地引进花园，托马斯说："请约翰先生和夫人这边来，我知道太太在玫瑰园里。"

瞧，毫无疑问她在那儿！

这个让人惊异的女人戴一顶花园小帽，披着美丽的卷发，穿一件最漂亮的围裙和戴一双最鲜艳的珍珠色手套，一下投入最亲爱的霍巴克夫人的怀抱。"最亲爱的霍巴克夫人，你真是太好啦！我总是要呆在鲜花当中才行！离开它们我就活不了！"

"这是最最香的花儿！哈哈——嚛！"约翰·霍巴克先生说，为自己那样献殷勤而得意，说什么都离不开"哈哈——嚛！"

"你的围裙呢？"霍巴克少爷叫道。"**我们在墙那边看见你穿着的，对吧，爸？**"

"哈哈——嚛！"约翰先生相当吃惊地脱口而出。"蓬特呢？他为啥没到季审法院②去？他今年的鸟儿如何，蓬特夫人——那些卡拉巴斯野鸡对你们的麦子有损害吗？哈哈——嚛！"这期间他一直在对自己年轻的继承人打着最强烈最厉害的暗号。

"哎，她刚才是穿着围裙的，不是吗，妈？"休恬不知耻地

---

① 1码等于0.914米。
② 一年开审四次的法院。

第二十六章 某些乡下的势利者之二

问,这个问题使霍巴克夫人突然转过身去,用询问的眼光看着蓬特夫人亲爱的女儿们,而那个使大人难堪的孩子则被父亲弄开了。

"希望你们没有让音乐给打扰吧?"蓬特说,"我女儿们,你们知道,每天要练四小时琴,你们知道——必须这样,你们知道——绝对有必要。至于我,你们知道我是个早起的人,每天早晨五点钟就在农场里了——不,我绝不是个懒汉。"

事实如下。蓬特一吃完饭走进起居室就开始睡觉,直到小姐们十点钟停止练琴时才醒来。从七点到十点,从十点到五点,一个自称不是个懒汉的人睡睡觉是很可以得到宽容的。我心中觉得,蓬特回到他称为"书房"的地点后也在睡觉。他带着报纸进去,每天把自己锁在那儿达两小时之久。

我从书房看见了霍巴克一家人的情景。书房俯视着花园,它真是个奇怪的地方。在蓬特这个藏书室里大多放着些靴子。他和斯特里普士每天早上要在这儿进行重要会晤,讨论马铃薯的问题,或决定牛崽的命运,或对猪作出判决,等等。少校所有的票据都被贴上标签放在书桌上,像律师的辩护状一样展开。这儿还陈列着他的吊钩、刀子和其他园里的铁具,他的口哨以及一串串备用纽扣。有一个抽屉装着没完没了的包装纸,另一个抽屉则装着一大堆无穷无尽的线绳。我简直想不出一个男人拿如此多的马车鞭来干啥。这些东西,加上钓鱼竿、抄网、马刺、靴楦、给马服用的大药丸、同样给马用的手术器具、用光亮的黑色涂料漆成的十分讨人喜欢的水壶——他还以最佳的办法用这种涂料漆自己的靴子——他的饰领、腰带、水上骑兵①用的马刀——下面的靴钩已变质、家庭医药箱,放在房角处的那根他过去常用来抽打小儿子威尔兹利·蓬特的鞭子(除了因为这个可怕的原因,威尔兹利从不进"书房")——所有这一切,加上《莫格道路指南》、《园丁史》和一副西洋双陆棋盘,构成了少校的藏书室。在那个战利品下面还有一张蓬特夫人的像,她穿着没有腰围的淡蓝色衣

---

① 指在船上执勤的一种骑兵。

第二十六章 某些乡下的势利者之二

裙,那时她刚结婚;一只狐狸尾搁在相框上方,以免那件艺术品沾上灰尘。

"我的藏书不多,"蓬特说,厚颜无耻得惊人,"不过却是精心选择过的,朋友——精心选择过的。我一上午都在读《英国史》。"

第二十七章

对某些乡下势利者的拜访之二

第二十七章　对某些乡下势利者的拜访之二

我们吃了鱼——友好的读者可能记得，那是我为了向蓬特夫人献殷勤特意给她带去的，以便改变一下次日的伙食。第二天的菜单中有一部分是鳕鱼、牡蛎汁（弄了两层）、咸味鳕鱼和涂上酱汁后烘烤过的牡蛎，这让我开始觉得蓬特一家人也像已故的君主乔治二世①一样喜欢吃陈鱼了。此时大概猪肉已被吃光，我们便吃起羊肉来。

而上第二道菜时那种庄重堂皇的场面我怎么会忘记，斯特里普士用一只银盘和小水湾一样的餐具神气十足地把它们端上来，他并不干净的拇指上缠着餐巾；这道菜有一只长脚秧鸡，比一只肥麻雀大不了多少。

"亲爱的，你吃野味吗？"蓬特一本正经地问，把餐叉插入像银海般里的小岛一样的长脚秧鸡上，它小得一口就能吃下去。斯特里普士也时时喝下一点马沙拉白葡萄酒②，那种一本正经的样子让公爵的男管家也会脸上有光。这些庄重的盛宴与巴米赛德③请沙卡巴克赴的那种宴席也相差无几了。

虽然乡村附近有许多可爱的地方：有一个舒适的乡镇，那儿社会地位较好的人住着上等房子；在我们去的教堂（卡拉巴斯家族在此竖立着祖传的哥特式雕刻靠背长凳）旁边，有一座漂亮的牧师住宅，并且周围一切看起来都很不错，可是"常绿"的一些邻居们所显露的那种神态却并不让我们感到高兴，我对此大为意外，问及他们的情况。

"处在我们这样的位置，你想想看，怎么能很好地与律师一家人交往呢。"蓬特夫人悄悄告诉我。"当然不可能。"我回答，尽管并不知道为什么。"医生呢？"我问。

"他是个相当优秀可敬的人。"蓬特夫人说，"他救了玛莉亚的命，真是一个有学问的人。不过你处在自己的位置能做啥呢？

---

① 乔治二世（1683—1760年），曾为英国国王。为英国最后一个亲临战场的国王。
② 产于意大利西西里岛。
③ 《一千零一夜中》的波斯一王子（原文误为"Bamnecide"，应为"Barmecide"），佯请乞丐赴宴，但不给食物，仅仅以想象画饼充饥。

第二十七章 对某些乡下势利者的拜访之二

你当然可以请医生吃饭,但至于他的家人,我亲爱的**势利者先生**!"

"半打小药罐。"家庭教师维尔特小姐插话道。"他,他,他!"另外的小姐们一齐笑起来。

"我们只与郡中世家生活在一起。"维尔特小姐①继续说,把头一甩。"公爵到国外去了;我们与卡拉巴斯家族的人又不和;林沃德一家要圣诞节才回乡下来:事实上在狩猎季节前这儿什么人也没有——确实什么人也没有。"

"镇外旁边那座巨大的红房子是谁的?"

"什么!那座卡里科特别墅吗?他,他,他!那个财大气粗的前亚麻布商雅德勒先生,就是仆从穿黄色号衣、夫人穿红色丝绒的那个吧?亲爱的**势利者先生**,你怎么会如此好挖苦人?那些人太鲁莽无礼了,真让人受不了。"

"唔,那么,还有牧师克里索斯托姆博士。不管怎样他是一位绅士。"听到这话蓬特夫人看着维尔特小姐,在两人的视线对上后她们相互摇了摇头,望着天花板。两个小姐也跟着这样做。她们显得胆战心惊的样子。显然我说了什么可怕的话。难道是教会中的又一个败类?我有点悲哀地想到,因我不介意承认自己是尊敬教士的。"我——希望没出啥差错吧?"

"差错?"蓬特夫人说,紧握双手,现出可悲的样子。

"啊!"维尔特小姐说,接着两个姑娘也啊了一声,同时喘息着。

"瞧,"我说,"很对不起。我以前从没见过看起来那么好的老绅,或者那么好的一些人,或者听到过那么好的讲道。"

---

① 我后来听说这位贵族小姐的父亲是圣马丁巷的一个号衣纽扣生产商,他在那儿遭遇不幸。女儿也学会了像他一样喜欢纹章。但可以说她是值得赞扬的,用自己的一部分收入让关在彭托维尔监狱的、卧床不起的破产老父过得很舒适,也很隐秘;同时她还为弟弟提供了作为一名军校学员的全套装备,那种学员的资格是她的资助人斯威格勒比格尔大人在管理委员会时给她的。我从一个朋友那里得到了这个情况。如果听维尔特小姐自己说,你会以为她爸爸是一位罗特希尔德家族(欧洲著名银行世家——译注)的人,心想一旦他的名字出现在《政府公报》上就会震动欧洲市场。——原注

第二十七章　对某些乡下势利者的拜访之二

"他经常穿一件白色法衣作那些讲道。"蓬特夫人发出嘘声地说，"他是一个皮由兹①的信仰者，**势利者先生**。"

"真是些掌权天使②啊！"我说，赞赏这些女性神学家们纯洁的热情。此时斯特里普士端着茶水进来。茶太淡了，难怪蓬特并没因它而睡不着。

早上我常出去打猎，地点就在蓬特自己的领地上（我们在这儿打到了那只长脚秧鸡），以及在霍巴克的非禁猎区。一天傍晚在卡拉巴斯的林地周围属于蓬特的领地里，我们来到一些野鸡当中，收获实在不小。我明白自己打到一只母鸡，高兴不已。"快装进袋子里，"蓬特说，显得十分慌忙，"有人来了。"于是我把鸡装入袋中。

"你们这些可恶的盗贼！"一个身穿猎服的男人从树篱那边咆哮道，"要是能在树篱这边把你们抓住就好了。我会把你们塞进两个大桶里，会那样的。"

"那个斯纳伯尔该死。"蓬特说着一边离开，"他老像间谍一样盯住我。"

"把那些鸡弄走吧，你们这些小偷，拿到伦敦去卖掉。"那个男人吼着，他看起来是卡拉巴斯大人的管家。"你们会把它们卖到六先令一对。"

"你和你主人对它们的价格够了解呀，你这个无赖。"蓬特说，仍然在退开。

"我们在自己的领地里捕杀它们。"斯纳伯尔先生说，"我们才不去诱捕别人的鸡呢。我们可不是诱骗别人的家伙。我们决不是偷猎者。我们不像那个伦敦人去射杀它们，他的口袋里都露出一只鸡的尾巴来了。只要你翻过树篱来……"

"我告诉你，"斯特里普士说，他这天是作为看守人与我们一道出去的（实际上他集看守人、马车夫、园丁、贴身男仆和土地管家于一身，管着吐木斯一人），"如果你翻过树篱来，约翰·斯

---

① 皮由兹（1800—1882年），英国圣公会神学家，牛津运动领袖。
② 9级天使中的第6级。

第二十七章　对某些乡下势利者的拜访之二

纳伯尔,并且脱掉衣服,我会狠狠揍你一下——自从上次我在加特勒伯雷市场揍过你后就再没有对你动过手了。"

"去和你自己那般大小的人打吧。"斯纳伯尔先生说,对他的那些狗吹着口哨,消失在林里。这样我们便从这场论战中大获全胜;不过对于乡村的幸福生活我却开始改变了预先的看法。

第二十八章
对某些乡下势利者的拜访之三

第二十八章　对某些乡下势利者的拜访之三

"你们那些贵族该死，"我们在谈到卡拉巴斯家族时蓬特说，"常绿"家的人与之存在着世仇。"我最初来到这个郡时——那是在约翰·布弗（John Buff）为了英国保守党进行竞选前的一年——那位当时是圣迈克尔大人的侯爵（他当然完全属于奥兰治世家①），对我和蓬特夫人极为关心，我确实承认自己受了那个老家伙的欺骗，还以为我遇到一个难得的邻居呢。哎呀，先生，我们常从卡拉巴斯那儿弄到松树和野鸡，他们说——'蓬特，你什么时候过来打猎呢？'又说——'蓬特，我们的野鸡需要减少一些。'他夫人还一再让蓬特夫人到卡拉巴斯那边去睡觉，使我为了打扮妻子不知花了多少钱去给她买穆斯林头巾和丝绒长袍。瞧，先生，选举开始了，虽然我一直是个自由党人，但出于私人友谊我当然竭力支持圣迈克尔，他得到的选票最多。次年蓬特夫人一定要到城里去——我们每周花十英镑寄宿在克拉杰斯街，租了一辆布鲁厄姆车，她给自己和女儿们买了一些新衣，花掉不少的钱。我们首先把名片给卡拉巴斯家送过去，有一个子高大、身穿制服的仆役却将我夫人的名片退回来了；你想想，那个寄宿处的女佣接过名片，圣迈克尔夫人却乘车离开了，尽管她实际上在起居室的窗口看见了我们——此时我那可怜的贝兹多么难堪啊。你相信吗，先生？虽然我们后来又去拜访了四次，但那些可恶的贵族却从未理睬我们；虽然圣迈克尔夫人那个季节举办了九次宴会和四次 DEJEUNERS②，可她从未请过我们一次；虽然在歌剧院贝兹一晚上都在向她点头，可她却装着没看见。我们写信给她希望弄到阿尔马克歌剧院的票，她却回信说所有的票都答应给别人了；她还当着贴身女仆维金斯的面说——维金斯又把话传给了我妻子的女佣迪金斯——她无法想象我们这种生活处境的人怎么能如此忘乎所以，竟然想出现在任何那样的地方！去卡拉巴斯城堡！我死也不会踏进那个鲁莽无礼、破产垮台的人家里——我才看不起他呢！"之后，蓬特对我讲了一些关于卡拉巴斯大人在金

---

① 欧洲的一个贵族世家。
② 法语：早餐，午餐。

第二十八章 对某些乡下势利者的拜访之三

钱上的鲜为人知的情况：他如何在整个郡欠下别人的钱；木工贾克斯如何连一先令的账都从他那里收不到，给彻底毁了；屠夫比金斯也由于同样的原因如何去上吊；那六个高大的男仆如何连一几尼的工资也得不到，高贵的马车夫斯纳弗尔如何真的脱掉他那顶吹制成的、追求礼节的玻璃假发，把它狠狠地甩在城堡前的台阶上卡拉巴斯夫人的脚旁。这一切有关私人的事情，我认为不宜泄露出来。然而这些细节又并未阻止我要看看那座闻名的卡拉巴斯城堡的想法，不仅如此，也许它们还激发了我要更多地了解那座颇有气派的房子及其主人们的兴趣。

在庭院的入口处，有两座荒凉发霉的大门房——像那种旧式的、有黑色烟囱管帽的多利斯①寺庙，极具古典风格；大门上方无疑可见"查兹·波特斯"（CHATS BOTTES）字样，他们是卡拉巴斯家族有名的支持者。"给门房一先令钱吧。"蓬特说（他用自己的四轮大马车把我载到门旁）。我敢说这是门房很久以来得到的第一块现钱。她行一下屈膝礼收下赏钱，把门打开让我进去，我却对此加以嘲笑，尽管并不知道这样做是否有根据。"可怜的老门房啊！"我心里说，"你根本不知道自己放进去的是个**势利者史学家！**"我经过了大门。只见院内一片潮湿的绿地在左右两边无限地延伸，一堵阴冷的灰墙将其与外界隔离，一条潮湿笔直的长道通向城堡，道路两旁是一长排潮湿阴暗的欧椴树。庭院的中央有一大片暗淡的水池或湖泊，中间长着一些灯芯草，时时笼罩着一片片黄色浓雾。在这宜人的湖水里有一座破旧的寺庙从一座岛上升起，要坐一只停放在残破的船棚里的朽船才可到达那儿。在这一大片绿色平地上点缀着丛丛榆树和橡树，若不是不让侯爵砍这些树木，它们早已全部倒下了。

我这个**势利者专家**②孤独地走在那条长长的林荫道上。我来到左边第七十九棵树，这便是那个无钱赏付债务的屠夫上吊的地

---

① 古希腊一地区。
② 原文为"Snobographer"，是作者自造的词，"Snob"指"势利者"，"grapher"指"写（或描述、记录）的人（或专家）"。

第二十八章 对某些乡下势利者的拜访之三

方。我对于他那凄惨的行为几乎不感到意外,因为那种如此可悲不幸的印象与这里是紧密相连的。我就这样独自走了一英里半路程,与此同时对死亡进行思考。

我忘了讲一下,那座房子一路都完全呈现在眼前——只偶尔被湖中那座可怜的岛上的树木挡住——那是一座巨大的红砖官邸,呈正方形,又大又暗。其两侧是四座设有风标的石塔。雄伟的正面中央有一个爱奥尼亚①式门廊,从一个宽阔、孤寂、阴森的楼梯即可到达。左右两边的石框里有一排排阴暗的窗户——每排三层十八扇窗。你在《英国与威尔士风景》中可看见这座官邸和楼梯的图画,画上有四辆经雕刻镀金的马车等候在砾石路旁,几群女士、先生戴着假发和戒指,零星分布于一段段让人疲乏的梯子上。

可这些建造在大房子里的楼梯并非用来让人攀登的。那第一位卡拉巴斯夫人(它们属于这个贵族家族不过八十年时间),假如遇上阵雨时从那辆镀金的马车下去,还没到达有雕刻的爱奥尼亚式门廊,她就会全身湿透;在门廊那儿有四尊象征和平、**富足**、**虔诚和爱国**的阴郁的塑像,成了仅有的看守。你得从后门进入这官邸。"卡拉巴斯家族的人就是这样获得他们贵族身份的。"吃过饭后愤世嫉俗的蓬特说。

瞧——我按响了一扇位置略低的边门的铃子,它叮叮当当地回响了很久很久,最后才有一张像是女管家的面孔从门缝向外窥视,她看见我把手插在马甲口袋里便打开了门。一个孤独不幸的女管家,我想。难道克鲁索小姐②在她的岛上会比这更孤独吗?门砰的一声关上,我进入了卡拉巴斯城堡。

"这是边门和大厅。"女管家说,"壁炉向(上)的那个恶(鳄)鱼皮是圣迈克尔桑(上)将带回来的,那时他是个上伟

---

① 曾是古希腊工商业和文化中心之一。
② 网上查有"鲁滨逊·克鲁索小姐的生活与冒险"(*The Life and Adventures of Miss Robinson Crusoe*)的故事。此处大概由此而来。

(尉),跟着汉桑大人。衣直(椅子)上的那些问账(纹章)① 是卡拉巴斯家族的。"门厅非常舒适。我们迅速登上一段干净的石头后楼梯,然后走进后面的一段通道——"它上面铺着粗糙的、淡绿色的基德明斯特地毯②——接着来到

大　　厅

大厅有七十二英尺长,五十六英尺宽,三十八英尺高。严冲(烟囱)上的雕刻象征着维纳斯、埃尔库勒斯(Ercules)和埃纳斯(Eyelash)的粗(出)生,作者是范·切斯勒姆(Van Chislum),而这些雕刻品在他所属的诗(时)代和国家是最有名的。天花板是由卡里曼科(Calimanco)制作的,它形象地表现了绘画、简(建)筑和音乐(拿着手摇风琴的裸体女性),这些东西将底(第)一位卡拉巴斯大人乔治引入缪斯女神③庙。螺旋形阶梯上的那些饰物是由范德普蒂制作的。地板为巴塔哥尼亚④大理石。中间的枝形吊灯是鲁已(路易)十六⑤送给第二个侯爵里罗勒尔的,那个君主在法国大给(革)命中被砍头。我们现在仅(进)入

南　　廊

这儿长四十八英尺宽三十二英尺,用了很多哈特(Hart)最精美的作品进行壮(装)饰。有凯勒尔(Kneller)作的安德鱼·卡兹(Andrew Katz)阁下的画像,他是卡拉巴斯家族的创始人和

---

① 女管家语言不规范,译文用错别字表现出来。不规范的语言会给阅读带来较大困难,如文中的"hover, harms, Capting"分别应为"over, arms, Captain",即"在……上方,纹章,上尉"。后面也有不少类似情况。
② 一种双面提花地毯,因产于英国的基德明斯特而得名。
③ 掌管文艺和科学的九位女神。
④ 南美洲东南部高原。
⑤ 路易十六(1754—1793年),法国大革命前封建王朝的最后一代君主。

第二十八章 对某些乡下势利者的拜访之三

'霍兰杰王子'的银行老板。有劳伦斯（Lawrence）作的现任夫人的画像。有同一作者作的圣迈克尔大人的画像——他穿着丝绒裤坐在一块石头上。有保罗·坡特尔（Paul Potter）作的摩西①穿着纸纱草②的画像——那是非常精美的纸纱草。有凡塔斯基（Fantaski）画的《维纳斯的盥洗室》。有范·杰纳姆斯③（Van Ginnums）作的佛勒米希·波雷斯（Flemish Bores）在喝酒的画。有德霍恩（de Horn）作的《朱庇特④与欧罗巴⑤》。有凯德勒蒂（Candleetty）作的《大运河威尼斯》，和斯拉瓦塔·罗莎（Slavata Rosa）作的《意大利班迪克斯⑥》。"

可敬的女人就这样不断讲述着，从一个房间走到另一个房间，从阴郁的屋子走到草坪，再从草坪走到大客厅，从大客厅走到饰有织锦的密室，喋喋不休地说着一大串绘画和珍品；她还诡秘地翻起褐色的亚麻布一角，让我看到那些已经破旧褪色、发霉暗淡的幔帐的颜色。

最后我们来到夫人的卧室。在这个沉闷的房间中央有一张床，其大小与出现在一出哑剧中的守护神⑦所在的圣堂差不多。要从梯级爬上这个巨大的镀金物，它太高了，甚至可以在地板上分隔成数间，作为寝室供卡拉巴斯家所有人睡。真是一张可怕的大床！有可能在这床的一头发生了凶杀，睡在另一头的人会全然不知。啊呀！想想吧，小卡拉巴斯少爷吹灭蜡烛后戴着睡帽爬上那些梯级时，会是怎样一种情景啊！

看见这幅虽然堂皇壮观但却破旧寂寞的场面我简直受不了。假如我是那个孤独的女管家我会发疯的——只呆在那些巨大的长廊里——在那间人迹罕至的藏书室中，里面满是谁也不敢读的令

---

① 《圣经》故事中犹太人古代领袖。
② 即《圣经》中所说的纸纱草。
③ 本书中所涉及的一些人名有的无法查到，而他们在当时或许是众所周知的人物。这便是文化背景的差异，所以译本尽量作了一些注释，以便于理解。
④ 统治诸神主宰一切的主神。
⑤ 希神，腓尼基王 Agenor 之女。
⑥ 原文为"Bandix"，待考。
⑦ 指古罗马神话中的守护神。

人恐怖的四开本书，桌子中间放着一只像婴儿棺材般的墨水瓶，阴森的墙上那些忧愁的肖像严肃地睁着使人厌烦的眼睛直盯住你。难怪卡拉巴斯的人很少到这里来。

要让这个地方欢快活泼起来得需要两千名仆从。难怪那个马车夫会丢掉他的假发，主子们会破产，仆从们会被毁灭在这座破旧凄凉的巨大城堡里。

仅仅一个家庭并没有权力为自己修建一座那样的圣堂，正如它没有权力修建一座巴别通天塔①一样。如此住所是不宜于一个凡人的。但是我想，可怜的卡拉巴斯毕竟毫无选择。命运把他放到了那儿，正如它把拿破仑放到了圣赫勒拿岛②一样。假如大自然要让你我成为女侯爵呢？我想我们也是无法拒绝的，而只能接受卡拉巴斯城堡等——虽然得负债累累，被人催讨，采取卑劣的权宜之计，表现出可鄙的自尊，以及虚假的堂皇。

在下一个季节，当我在《晨邮报》上读到有关卡拉巴斯夫人充满光彩的招待会的报道，看见这位可怜的老破产者骑着马慢跑在公园里，我对于这些大人物们的关注会更审慎。可怜卑鄙的老**势利者**！一边骑在马上，一边想象着世人仍然拜倒在卡拉巴斯家族面前！你这样装腔作势，可怜破产的老权贵呀，你还欠着仆从们的债呢；你得弯腰曲背，以便欺骗那些可怜的商人！至于我们，啊，我的**势利者**兄弟们，假如我们生活的道路更加平坦，我们与那种惊人的傲慢自大与异常的卑鄙行为——这个不幸的老牺牲品只得在其中爬上爬下——毫不沾边，难道我们不应该觉得幸福吗？

---

① 巴别是《圣经》中的城市名，诺亚的后代拟在此建通天塔，上帝怒其狂妄，使建塔人突然操不同的语言，塔因此终未建成。
② 在南大西洋，属英国，1815—1821年拿破仑一世被放逐至此并死于此。

第二十九章

对某些乡下势利者的拜访之四

第二十九章 对某些乡下势利者的拜访之四

尽管我受到的接待也算勤勉（因为蓬特夫人犯了一个不幸的错误，以为我与斯罗宾唐大人沾亲，而我对此又是不能更正的），但是当有一位真正的贵族和贵族的儿子到来时女管家却又点头又叩头，表现出一阵狂喜和慌张，与这样的欢迎相比我所受到的待遇不足挂齿。那位贵族和科尔勒特·威尔兹利·蓬特都是第一二零轻骑兵团的军官，他与这位年轻的科尔勒特从加特勒伯雷赶来，因他们那支著名的军团就驻扎在那里。这就是加尔斯阁下，索泰尔的孙子和继承人：一个十分年轻矮小、头发棕色、爱抽烟的贵族，他离开托儿所也不可能有多长时间；虽然他用一个小学男生的笔迹写了一封信——其中拼写错误连篇——表示接受真诚的少校邀请要到"常绿"来，但就我所知，他或许已是一个很不错的古典文学学者，因他在伊顿接受过教育，在那儿与年轻的蓬特形影不离。

不管怎样，如果说他不会写的话，那么他也掌握了许多其他对于他那般年龄和身材的人而言算是相当不错的技能。他是英国最优秀的射手和骑手之一。他骑自己那匹名叫阿布拉卡达布拉的马，在有名的加特勒伯雷越野赛马中获胜。在乡下举行的赛马中，有一半比赛都有他的马参加（以别人的名义，因为这个老练的贵族是个严厉的家伙，他不愿听到别人之间对自己的马打赌的事）。他自己输赢的钱数额之大，连乔治大人（Lord George）自己也会为之得意。他知道所有的马厩，所有的职业赛马骑师，拥有一切"信息"，可以与纽马克特①最好的骑手媲美。无论在比赛时还是在马厩里，人们从未听说有谁是他"对付不了"的。

虽然他祖父也给予他适当补贴，但凭借死后清偿的协约与近便的朋友的帮助，他也可以过上与自身地位相称的光彩生活。他未能把警察狠狠击倒而使自己出名，因他的身材不够高大。但作为一个轻量级的人，他的本领是属于最高级的那种。据说他玩台球是一流的。他喝酒抽烟之厉害，可以和军团中任何两位最高级的军官相比。有了如此高超的本领，谁能说他有什么达不到的

---

① 英格兰东南部城镇，著名的赛马中心。

呢？他从事政治也许是作为一种 DELASSEMENT①，并且继乔治·本廷克②之后成为首相。

我年轻的朋友威尔兹利·蓬特是个憔悴瘦小的青年，他苍白的脸上有许多斑点。他老是扯着下巴上的什么东西，我因此觉得他以为自己那儿长着所谓的帝髯③呢。顺便说一下，那可不是他们家唯一追求的髭须。当然，他无法纵情于那些使他那位贵族朋友大受尊敬的享乐：在有现钱的时候他也相当大方地赌博，有谁替他备好马时他也骑骑（因为他并没有多少支付能力，就像自己那些普通的军马一样）。喝酒的时候他可绝不比谁差。你认为他为什么要把那位贵族朋友加尔斯阁下带到"常绿"来呢？——为什么？因为他打算叫母亲劝说父亲替自己付债，而当着这样一位尊贵的人她是不能够拒绝的。年轻的蓬特以极其可爱的坦率把这一切情况告诉了我。我们是老朋友。他上学的时候我经常给他小费。

"老天爷！"他说，"我们君（军）团的凯直（开支）太大了。必须要打猎才行，你知道，不然就无法在君（军）团里生活。伙食费太贵了。又非得在食堂吃饭不可。只能喝香槟酒和红葡萄酒。我们不像轻步兵，喝的是波尔图葡萄酒和雪利酒。制服也让人可怕，是我们上校菲兹吐兹要那样的。一定要有特色，你知道。菲兹吐兹自己掏钱把军帽上的羽饰更改了（你们把它叫做修面刷，**势利者**朋友：顺便说一下，你们这样攻击是非常可笑、很不公正的），仅仅这种更改就花了他五百英镑。前年他给君（军）团倍比（配备）马匹也花了很多钱，我们从那天起就被叫做'女王花马队'啦。你坎（看）见过麻（马）列队行进吗？尼古拉黄迪（皇帝）在温莎坎（看）见它们也会羡慕得流泪的。你瞧，"年轻的朋友继续说，"我把加尔斯也带来了，因为**老爸**说到付钱的事就很生气，我带朋友来是想说服母亲，她让父亲做什

---

① 法语，指"消遣，娱乐"。
② 乔治·本廷克（1802—1848 年），英国政治家。
③ 指蓄于下唇下面的一小绺胡须，因拿破仑三世蓄此须而得名。

第二十九章　对某些乡下势利者的拜访之四

么都能办到。加尔斯告诉她我在整个君（军）团中最受菲兹吐兹宠爱，老天爷！她以为骑兵卫队会白白地把部队交给我呢。加尔斯欺骗**老爸**说我在部队里是最吝啬小气的家伙。这难道不是一个很好的把戏吗？"

说罢威尔兹利离开了我，与加尔斯阁下一起到马厩里抽烟去了，在斯特里普士的监管下于牲畜那边尽情地寻求开心。年轻的蓬特同他朋友一起嘲笑那辆古老的四轮大马车，但他又觉得吃惊，因为后者竟然对一辆1824年制造的古车嘲笑得更加厉害——这辆车饰有不少蓬特家族和斯勒里家族的纹章，而蓬特夫人则出生于后者那个著名的家族。

我发现可怜的蓬[①]呆在他书房的那些靴子当中，显得十分悲哀沮丧，这不能不引起我的注意。"瞧瞧吧！"可怜的人说，递给我一份材料。"他参军后这是第二次更改制服了，这孩子是一点也不奢侈浪费的。加尔斯阁下对我说他是军团中把钱看得最紧的年轻人，上帝保佑他！可是瞧瞧吧！天哪，**势利者**，瞧瞧那个，说说一个收入只有九百英镑的人怎么能不受审呢？[②]"他把材料从桌上递给我时抽泣了一下，说话时那副年老的面容、陈旧的裤子、皱缩的猎服以及瘦削的腿部，看起来更加可悲枯槁，破败陈朽。

寄：伦敦渠道街，克罗普和斯特克纳德尔
第一二零轻骑兵团，女王花马队，威尔兹利·蓬特中尉

项　　目	镑	先令	便士
饰有不少金边的礼服上衣………………	35	0	0
饰有黑貂皮的同料同色皮衣…………	60	0	0
饰有金边的便装………………………	15	15	0
同料同色皮衣…………………………	30	0	0

---

① 即蓬特。
② 由于钱少便可能欠下债务，因而有可能受到审判。

第二十九章　对某些乡下势利者的拜访之四

项目			
礼服灯笼裤	12	0	0
两侧饰有金边的同料同色紧身裤	6	6	0
同料同色的便装	5	5	0
蓝色镶边上衣	14	14	0
军便帽	3	3	0
礼帽、金线、羽饰及链条	25	0	0
金边筒装腰带	11	18	0
剑	11	11	0
同料同色皮带军刀挂套	16	16	0
弹药袋和腰带	15	15	0
剑柄带圈	1	4	0
斗篷	13	13	0
小提箱	3	13	6
普通马鞍	7	17	6
同料同色全套缰绳	10	10	0
全套马用礼服	30	0	0
两只手枪	10	10	0
一件黑色有边羊皮袄	6	18	0
共计	347	9	0

那晚蓬特夫人和她的家人们让自己心爱的威尔兹利详细、真实、具体地讲述了在菲兹吐兹大人的部队里发生的一切情况：用餐时有多少仆从侍候，斯勒德家族的小姐们是如何穿着的，殿下去打猎时都说了些什么以及有谁在场。"这孩子给我带来了多大的福分啊！"她说，这时我那个脸上有斑点的年轻朋友离开了，又和加尔斯去此时没有人的厨房抽烟；而可怜的蓬特显露出的那种忧郁绝望的神态，难道我会忘记吗？

啊，你们这些父亲和监护人！啊，你们这些英国的有见识的男女！啊，你们这些将要聚集在议会的议员们！看看上述那份裁缝的账单吧，看看那份荒唐的目录吧——它记录着华而不实的愚蠢玩意儿以及疯子的无聊之举——说说看，当社会大肆宣扬**势利**

第二十九章　对某些乡下势利者的拜访之四

行为的时候，你如何能将它摆脱呢？

一个小子的马鞍和马裤需要三百四十英镑！我宁愿作霍屯督人①和高地人②也不愿作乔治③。我们嘲笑穿着制服跳舞的黑猩猩，或嘲笑可怜的势利小人贾姆斯——他穿着豪华的紧身衣，腿肚直哆嗦——或嘲笑黑鬼马尔马拉德侯爵，他佩戴着马刀和肩章，把自己打扮得引人注目，装出一副陆军元帅的模样。瞧呀！女王的一匹花马穿着盛装，它不也是一个愚蠢的大怪物吗？

---

① 在非洲南部。
② 指英格兰高地地区的人。
③ 大概指圣乔治，英格兰主保圣人。

第三十章

某些乡下的势利者之三

第三十章　某些乡下的势利者之三

有幸的日子终于在"常绿"来临,这天我要与一些只有蓬特那种地位的人才屈尊交往的"郡中世家"认识。现在,尽管可怜的蓬特因儿子的新制服刚被弄得痛苦不堪;尽管他因存折透支、穷困潦倒而变得极其悲惨,深为不幸;尽管他的餐桌上通常放着十便士一瓶的马沙拉白葡萄酒,显得过分节俭,然而这个可怜的人不得不装出最坦诚快乐的样子。帘子幔帐上的所有遮盖物都被弄开了,小姐们穿上了新衣,家中的金银餐具从锁着的地方被取出来摆放好,房子里里外外呈现出乐善好施的节日面貌。厨房燃起熊熊炉火,好酒从地窖里拿上来,一个实际上从加特勒伯雷来的自称的厨师安排着厨房那些令人讨厌的事情。斯特里普士穿上一件新衣服,意想不到的是连蓬特也这样,而吐木斯则老是穿着他那件奴仆制服。

而这一切都是为了炫耀那个小贵族,我想。所有这些都是为了一个愚蠢年幼、烟不离嘴的骑兵掌旗官,他只会写自己的名字——而一个像——某人——的既有名又有造诣的道德家,却被用冷羊肉和一次次端上来的猪肉随意打发掉了。唔,唔,牺牲掉冷羊肉倒是可以忍受的。我打心眼里原谅蓬特夫人,尤其是我并不愿意离开那间特好的卧室,虽然她给了那么多暗示;我仍呆在印花华盖里,发誓年轻人加尔斯阁下也太小气鲁莽了,难以在别处让自己这么舒适。

蓬特家的这场大聚会显得非常威严的样子。霍巴克家的人乘坐他们的家用马车来了,整个车上都布满了血红的饰带:他们的仆从身穿黄色号衣,按照乡下的方式来侍候进餐;其光彩堂皇程度只有与之相对的、身穿淡蓝色服的从男爵希普斯勒才能超越。菲扎格家的老夫人们则乘坐由肥壮的黑马拉着的古老小马车赶来,其马车夫和男仆也都长得很肥壮(为啥受有亡夫称号的寡妇的马匹和男仆总是长得很肥壮呢?)在这些名流到达后不久——他们现出赤褐色的面容,红红的鼻子,戴着头巾——里勒尔・佩蒂波斯牧师与莎哥将军和夫人到了,这样参加聚会的人便都已来齐。"我们本来邀请了弗雷德里克阁下和夫人,但他们在艾维布什有一些朋友。"蓬特夫人告诉我;就在这天上午卡斯特哈加兹家送来一张字条，说夫人又患了扁桃炎。我们私下说说吧，每当"常绿"举行家宴时卡斯特哈加兹夫人总是要患上扁桃炎的。

假如拥有高雅的朋友能让一个女人幸福，那么我这位和蔼可亲的女主人蓬特夫人这天无疑是个幸福女人了。在场的每个人（除了那个假称与斯罗宾唐沾亲的冒充者和莎哥将军——我不知他从印度带回了多少卢比），都与贵族或从男爵称号有关。蓬特夫人这下心满意足了。假如她自己是个伯爵的女儿，还会期望拥有更加高雅的朋友吗？她的家人在布里斯托尔①从事着石油生意，朋友们都很清楚这点。

我心中所抱怨的倒不是用餐的问题——这一次的餐非常丰富，令人愉快——而是在款待当中的谈话太单调乏味了。啊，亲爱的城市的**势利者**兄弟们，假如我们并不比乡下的弟兄们更互相喜爱对方，至少我们更让彼此觉得开心；如果我们感到厌烦，也就不会应邀赶十英里路程去赴宴了！②

比如，希普斯勒家的人从"常绿"以南十英里远的地方赶来，而霍巴克家的人则从北边十英里远的地方赶来，他们是甜菜郡两种不同类别的要人。希普斯勒是个老从男爵，财产状况令他担忧，但他并不在乎对霍巴克表示出轻蔑的态度；而霍巴克则是一位刚被授予爵位的人，很有钱。霍巴克呢，他又俨然以恩人的态度对待莎哥将军，莎哥将军则认为蓬特一家比叫花子好不了多少。"我希望，"蓬特说，"老布兰奇夫人会给她的教女——我的二女儿——留下点什么——我们服了她的药后都给毒得半死了。"

布兰奇夫人天性爱好医学，而罗斯·菲扎格夫人则天性爱好文学。在我有幸遇见布兰奇夫人的那个时候，我觉得她身上绕着一条湿湿的外科敷布。她为邻近的每个人治病——她是给这里增光添彩的人——并且在自己身上作一切试验。她到法庭上公开证明自己对于圣约翰·朗（St. John Long）的信任；她极其信赖巴肯（Buchan）医生，服用了不少"加姆波格万应药"以及整箱的

---

① 英国西部的一个港口。
② 作者的话中不无讽刺意味。

第三十章　某些乡下的势利者之三

"帕尔生命丸"。她用"斯昆士托眼药"治愈了各种各样的头痛，手镯上有哈内曼①的肖像，胸针里有一绺普雷森兹（Priessnitz）的头发。她接连向屋子里的每一位夫人——从我们的女主人到维尔特小姐——谈着眼下自己和知己女友所患的一些疾病，把她们带到角落处，低声说着有关支气管炎、肝炎、圣维斯特舞蹈病、神经痛、头痛等的情况。我注意到，可怜肥胖的霍巴克夫人在交谈过有关她女儿露西·霍巴克小姐的身体状况后，显得极度惊慌；莎哥夫人脸色颇为发黄，她见布兰奇夫人警告地瞥了自己一眼，就赶紧放下第三杯马德拉酒。

罗斯夫人谈论着文学和加特勒伯雷的读书俱乐部，她特别擅长于航海游记和一般游记。她对婆罗洲②很感兴趣，显示出自己仍然记得有关旁遮普③和卡菲尔④的历史知识。老莎哥将军默不作声地坐着，像患了多血症似的，当听见提到前一地区时忽然从睡梦中醒来一般，向大家讲述了他在拉姆贾格尔（Ramjugger）猎猪的故事。我注意到夫人她对待邻居里勒尔·佩蒂波斯牧师显得有些轻蔑，你可凭借那些半克朗就能买到一百份的"励志"小册在乡下找到他的踪迹，无论他走到哪里它们都会从衣兜里散落出来。我看见他把一扎《洗衣小女工谈普特尼—科曼⑤》递给维尔特小姐，把几十份《盘中肉，或获救的小屠夫》递给霍巴克小姐。在参观加特勒伯雷监狱时，我看见两个臭名远扬的家伙在那儿等待审判（还临时玩着克里比奇牌戏⑥）；牧师大人走过克拉克森—科曼时递给他们一份册子，而他们却抢走了他的钱包、雨伞和细纺手帕，让他把那些册子散发到别处去。

---

① 哈内曼（1755—1843 年），德国有名医师。
② 一半属马来西亚，一半属印尼。
③ 南亚次大陆西北部一地区。
④ 在南非。
⑤ 大概是伦敦一地名。
⑥ 一种二到四人玩的纸牌戏。

第三十一章

对某些乡下势利者的拜访之五

第三十一章　对某些乡下势利者的拜访之五

"唉，亲爱的**势利者**先生，"一个既有地位又时髦的年轻夫人说（我向她表示最诚挚的敬意），"如果你发现'常绿'的一切都很**势利**，如果猪肉让你觉得厌烦，羊肉不受你喜欢，而且蓬特夫人又是个骗子，维尔特小姐是个讨厌的家伙——她的钢琴练得真令人反感——为啥你又在这儿呆了很久呢？"

啊，小姐，这是怎样一个问题！难道你从未听说过英勇的英国士兵冲锋陷阵，医生在瘟疫蔓延的传染病院度过夜晚，以及其他以身殉职的事例吗？你认为是什么让那些绅士们走两英里路程到炮火连天的莎布罗恩（Sabroan）去，其中数以百计的人被一百五十门隆隆的炮火击倒？——肯定不是为了好玩。你可敬的父亲干吗吃过饭后要离开自己舒适的家到法官议事室去，面对那些最乏味的法律文件苦苦思索到午夜都过了很久为止？小姐，是因为责任，无论军人、法官还是文学家都必须一样地履行它。在我们的职业中有一种献身的力量。

你不相信？你那红润的嘴唇露出一种怀疑的微笑——这在一张小姐的脸上便显得十分讨厌与不妥。唔，瞧，事实上，我在坦普尔庞普法院街第二十四号的那些房间被**体面的朋友们**装饰一新；但我的洗衣女工斯拉姆金有理由要去达拉谟郡①看望女儿，她的女儿已结婚，并给她生下一个最可爱的小外孙——所以在乡下度过几周是再好不过的了。可是，哈，当我重临庞普法院街看到那些有名的烟囱管帽时，它显得多么可爱啊！欢迎，欢迎，啊，烟雾与煤尘！

但假如你认为蓬特家的上述情况毫无寓意，夫人，那你就大错特错了。就在本章里我们将要谈及其中的寓意——唉，我所有这些文章除了包含寓意还有什么呢，它们向大家阐明了**势利者们**的愚蠢行为。

你会说在对于**乡下势利者的描述**中，几乎只让大家注意到了我可怜的朋友蓬特——为什么呢？因为我们没有去别人家？因为其他家庭不欢迎我们去吃饭？不，不。霍思的约翰·霍巴克先

---

① 英格兰郡名。

生、布莱尔雷庄园的约翰·希普斯勒先生，都并不关闭他们殷勤好客的大门；我还可以凭亲身体会说说莎哥将军的咖喱肉汤①呢。还有加特勒伯雷的那两位老夫人，她们就无关紧要吗？你以为一个虽让人愉快但将不会出名的年轻家伙不会受到欢迎？难道你不知道人们在乡下太乐于见到**任何人**了吗？

但我并不计划把那些高贵的人物收入本书当中，他们不过是我们这出**势利者**戏剧中的小人物；这正如在戏剧里，国王和皇帝还不及许多卑微的人一半重要一样。比如**威尼斯的总督**就并不及奥赛罗重要，而后者只是一个黑人；**法国国王**也并不及法科布雷奇重要，而后者完全是个出身卑微的先生。上面提及的那些高贵的人物同样如此。我还十分清楚地记得霍巴克家的红葡萄酒无论如何也没有希普斯勒家的好，而另一方面，霍思家的某种法国罗纳白葡萄酒（顺便说一下，每次管家只给我半杯）又好得无与伦比。我也记得他们的那些谈话。啊，夫人，夫人，那是多么无聊呀！什么深耕深挖，野鸡与偷猎，对于郡代表的争论，甜菜郡伯爵如何与他的亲戚和被提名为候选人的、与尊敬的马默杜克·汤姆罗迪不和。如果我要亵渎别人的隐私，这一切都是可以记录下来的。他们还谈了很多关于天气、甜菜郡的狩猎情况以及新发现的肥料，当然也谈到了吃喝的事。

但是 CUI BONO② 呢？在这些愚蠢之极的体面家庭里并不存在我们打算揭露的那种**势利**。公牛就是公牛——成了一头庞大笨重、肋肉肥壮、嗷嗷直叫、大嚼大吃的牛。它按照自己的本性反复咀嚼，大吃着分配给它的一份芜菁甘蓝或油渣饼，直至从牧场上消失，被其他声音洪亮、肋条肥壮的动物取代。也许我们并不尊重一只公牛，只是对它默许而已。亲爱的夫人，**势利者**就是极力要让自己壮大得像一只公牛的**青蛙**。让咱们把那种愚蠢的兽性从他的荒唐行为中赶走吧。

而看看我这位不幸的朋友蓬特的情形，他是个心地慈善温和

---

① 源自印度。
② 拉丁语：为何呢？

第三十一章 对某些乡下势利者的拜访之五

的英国绅士——不是很聪明,但也很过得去——喜欢波尔图葡萄酒、他的家庭、野外活动①和农艺,热情好客,有一座令人心满意足、漂亮可爱的祖传小乡邸,年收入一千英镑。这并不算多,可是,ENTRE NOUS②,人们是可以靠较少的钱生活的,也并非过得不舒适。

比如有那么一个医生,蓬特夫人可不会屈尊俯就去拜访他:此人培养教育出一个极好的家庭,为方圆数英里的穷人所喜爱——他把波尔图葡萄酒当作药剂免费送给他们。正如蓬特夫人所说,他们凭着那点微薄的薪俸怎么能生活下去,这对于她来说真是一件怪事。

另外,有个叫克雷索斯唐博士的牧师,蓬特夫人说他们之间就皮由兹运动进行过争论,但我倾向于认为那是因为克③夫人在霍思家里比她更优越一些——你任何时候都可以在《牧师指南》里看到什么是他的生活价值观,不过他所丧失的是什么你并不知道。

甚至佩蒂波斯也承认这点,在他眼里博士的白色法衣就是一件邪恶的东西;佩蒂波斯也以自己的方式尽着职责,不仅给人们散发小册子,发表谈话,而且也给他们钱财。顺便提一下,作为一名贵族之子,他竟然任意娶了一个连加尔斯阁下都不屑一顾的姑娘为妻。

瞧,虽然蓬④的收入和这三位知名人士的加起来差不多,唉,亲爱的夫人,看看这位可怜的人生活处在怎样一种无望的贫困之中吧!哪个佃户能指望他延长债务偿还期?哪个穷人能指望得到他的施舍?"主人是最好的男人,"忠实的斯特里普士说,"我们在军团里时他可是世上最大方的人了。不过太太对待人的那种方式让人受不了,我真奇怪她家的小姐们怎么活下去的!"

她们靠的是一位不错的女总管和一些名人要员生活着,衣服

---

① 尤指打猎、骑马、钓鱼等。
② 法语:"你知我知,只限于咱俩之间"的意思。
③ 即克雷索斯唐。
④ 即蓬特。

是由卡拉巴斯夫人自己的女裁缝做的；她们的兄弟骑马时有伯爵们保护；在这个郡只有最上等的人才去拜访"常绿"，蓬特夫人也自以为是妻子和母亲的楷模，是世界的奇才——竟能够每年花一千英镑就对付了那一切可悲的处境，那一切欺骗和势利的行为。

斯特里普士把我的旅行皮箱放进四轮马车，并且驾车把我送到加特勒伯雷的"卡拉巴斯纹章"处，我们在此分手，亲爱的夫人，这时我所得到的安慰多么难以形容啊。在那儿的"商用房间"里有一些行商，一人谈着他所代表的公司，另一人谈着他的正餐，第三人谈着途中的客栈，等等——这样的谈话虽然不是很英明，但却是真诚中肯的——与那些乡下绅士们的谈话相比并不逊色：啊，比起听维尔特小姐在钢琴上炫耀卖弄，以及蓬特夫人对于时髦风尚和郡中世家喋喋不休地发表的高雅谈话，就要令人愉快得多啦！

第三十二章

各种各样的势利者

第三十二章　各种各样的势利者

　　我看见这些文章对于明智的公众产生了巨大影响时，便强烈希望不久我们在报上也开辟一种定期的**势利者**①专栏，正如我们目前有"治安法庭"和"法庭新闻"这些专栏一样。在世上出现毁灭性的破坏或者滥用《济贫法》这种不能容忍的事件时，谁能像《泰晤士报》那样以雄辩的言辞指出来呢？当发生一种庸俗不雅的**势利行为**时，愤怒的新闻记者又为什么不应该也让公众对这种不良行为引起注意？

　　比如，以**势利**的观点来看，可以对那位甜菜郡伯爵与其兄弟的奇特案例作出怎样的审查呢？咱们更别提虚张声势、恃强凌弱、夸夸其谈、滥用语法、揭短欺骗和挑动违约这类事了，这些问题在他们两兄弟的争执中大量存在——咱们对之不予涉及，因为它牵涉到那位贵族和他亲戚本身，而我们与其私事毫不相干——想想看，整个郡就只能找到如此水平的两位绅士做长官或领导，它必定腐败得多么隐秘，卑躬屈膝、卑鄙无耻得多么习以为常。"我们并不希望，"那个甜菜大郡的人似乎在说，"一个人应该能够写出不错的语法，或他头脑中应该时刻拥有一种正派的语言，或他应该有一种最普通的庄重性格，甚至要有恰当的判断力，以便能够在议会中代表我们。"

　　我们唯一的要求是，一个人应该得到甜菜郡伯爵的推荐。而我们对于甜菜郡伯爵的唯一要求又是，他应该有五万英镑的年收入，应该去乡下狩猎。啊，你们整个**势利之乡**②引以为豪的人！啊，你们这些阿谀奉承、自我承认的马屁精和寄生虫！

　　然而这也变得太粗俗了吧：咱们可别忘了自己通常的礼节，以及那种幽默与情感的品质——至今可爱的读者与作者正是以此进行了共同的反思。嗨，无论在小小的**社会闹剧**还是在重大的**政府喜剧**中**势利行为**都普遍存在，完全相同的寓意都存在于两者当中。

---

　　①　原文为"SNOBBIUM GATHERUM"。在网上查到如下文字：Thackeray's "snobbium gatherum" includes the snob royal, city snobs, military snobs, clerical snobs……因此译成"各种各样的势利者"。

　　②　原文为"Snobland"，作者自造的一个词。

[一本独特的世界散文经典]

势利者脸谱

第三十二章 各种各样的势利者

例如，报上有一则报道说有个小姐由于受到某个算命先生的误导，真的赶了一段路程去印度（我想已远至巴格里格—威尔士了吧），为的是在那儿寻找一个许诺给她的丈夫。你认为一个受到迷惑的可怜家伙，会放下自己手头的事去寻找一个地位更低的男人吗，或者绝不会要一个戴着肩章、身穿红制服①的上尉呢？是她的**势利**情感误导了她，使虚荣的她成了那个算命骗子的牺牲品。

第二个案例是德莎格雷勒小姐遇到的事，"这个头发乌黑浓密、年轻有趣的法国女人"，她在戈斯波特②的一座寄宿公寓里吃住不花一分钱，后来又被免费送到费勒姆③：这位亲爱的姑娘到了那儿，躺在款待她的善良老夫人的床上，趁机撕开床垫，偷走一个现金盒后便逃到伦敦去了。你如何解释这个有趣的法国小姐所受到的如此仁慈的待遇呢？是因为她乌黑的卷发还是她迷人的脸蛋？——呸！女人们会因为迷人的脸蛋和乌黑的头发而喜爱别人吗？——是因为她说她是法国人德莎格雷勒的一个亲戚，并谈着自己的贵妇姑妈和本身作为一名德莎格雷勒人的她。寄宿公寓那些诚实的人便立即拜倒在她脚下。**势利之乡**这些善良、诚实、天真、钟情于贵族的人啊！

最后谈谈约克④的"维尔农阁下"那个案例吧。这阁下是一位贵族的儿子，他对一个老夫人进行了利用。他从她那儿得到美餐、金钱、衣服、调羹⑤和绝对的信任，以及一整套改装的亚麻织品。然后他把网撒向这个有父亲、母亲和女儿们的家庭，还打算娶其中的一个姑娘为妻。这家的父亲借钱给他，母亲为他做短裤睡衣穿，做腌菜吃，女儿们则争着要为这位阁下做饭——结果如何呢？一天这个背信弃义的人逃跑了，还带走了一只茶壶和一篮子冷食品。所有这些贪婪、天真的**势利者**都把鱼钩狼吞虎咽地

---

① 尤指美国独立战争时期的英国兵，因其所穿红制服而得名。
② 英格兰南部港口城市。
③ 英格兰汉普郡的一个区。
④ 英格兰北部城市。
⑤ 原文为"Spoons"，从下文看应为银制调羹。

第三十二章 各种各样的势利者

吃下去,而给鱼钩装上的诱饵却是"阁下"两个字。难道他们会被一个平民欺骗吗?亲爱的先生,假如我们的情况显得非常不好,那位老夫人会怎么样呢,她会接纳你我,给我们安慰,拿衣服给我们穿,还给我们钱,并把她的银制餐具也送给我们?哎呀!哎呀!哪个讲真话的凡人能指望遇到这样一位女主人呢?然而,这一切痴心愚蠢、盲目轻信的势利事例却都出现在同一张周报上,谁知道还有多少数十倍类似的事例呢?

正当我们结束上述言论时有人送来了一张可爱的小字条,它用一只可爱的小蝴蝶图案密封,并盖着北部的邮戳,其大意如下:

笨拙先生,我们对你的《势利者随笔》颇感兴趣,很想知道你会把我们归入那个有名团体中的哪一类。

我们是三姐妹,最小的十七岁,最大的二十二岁。我们的父亲**的的确确**出生于一个相当不错的家庭(你会说这样提出来就是**势利**的,但我希望讲出明白无误的事实);我们的外公是一位伯爵。①

你的插图版的书,以及所有狄更斯的作品一旦出版我们都买得起,只是家中还**没有**一本《贵族姓名录》或甚至《从男爵姓名录》这样的书。我们过得十分舒适,还有一个极好的酒窖……但我们却不太请得起男管家,只是有一个灵巧的女侍服侍我们用餐(虽然父亲是个军人,到过很多地方,曾经置身于最上流社会……)。我们**有**一个马车夫和一个帮手,但没有让后者穿上仆役制服,也没有让他们像斯特里普士和吐木斯那样侍候我们用餐。②

对于有头衔和没有头衔的人我们的态度都一样。我们穿的裙子有得体的衬架③,早上从不精神不振④的。我们用**陶瓷**

---

① 这样介绍自己外公就是势利。——原注
② 随你们的便吧。我并不反对适当地穿上仆役制服。——原注
③ 很不错。——原注
④ 上帝保佑你们!——原注

餐具吃丰盛的美味佳肴（尽管我们有餐盘），独自用餐时也和与朋友们共餐时吃得一样好。①

哦，亲爱的**笨拙先生**，**请**你在下一期周刊里给我一个简短的答复好吗，我会非常感激你的。谁也不知道我们在给你写信，甚至我们的父亲也不知道；只要作出一个答复我们就再也不会**取笑**②你了——只是为了开开玩笑，现在就办吧！

假如你不同意——这倒并不一定——你大概会把信丢进火里烧了。假如你这样做，我也没有办法；但我是一个乐天派，总怀着一个难以消除的希望。无论如何，我会耐心地等到下个礼拜天，等你在那天来到我们这里；我不无羞愧地承认，在你乘坐马车从教堂赶回去时，我们会**情不自禁地**把车打开看看你。③

为了我自己和姐妹们，我会一直等着的。

原谅我写得这么潦草吧，我总是写得很仓促。④

又——上周你太让人生气了，不是吗？⑤ 我们并没有一个猎场看守人，而总是让朋友们打到很多的猎物，尽管有那么一些偷猎者。我们从不在香水纸上写字——总之，我禁不住觉得，如果你认识我们的话你就不会认为我们是**势利者**了。

9月19日

我对这封信作出如下回答：

亲爱的小姐们，我知道你们那个设有邮局的镇子，下下

---

① 势利，并且我也怀疑你们独自用餐是否与朋友们共餐吃得一样好。有朋友一起共**餐**你们的伙食要好得多。——原注
② 我们乐于受到取笑；告诉你们爸爸吧。——原注
③ 唉呀呀！戈登上尉和埃克斯特·霍比对此会说什么呢？——原注
④ 亲爱的小狂热者！——原注
⑤ 你有生以来这可是最不正确的一回了，小姐。——原注

第三十二章　各种各样的势利者

个礼拜天我会去那儿的教堂；那时请你们在帽上别一枝郁金香花或什么小玩意儿好吗？这样我就会认出你们。你们会认出我来的——一个显得文静的青年，穿一件白色轻便大衣，打一条深红色的绸缎领带，穿一条淡蓝色的裤子，脚上穿一双顶部有装饰的靴子，别着一只翡翠胸针。我还将在白色帽子上绕一条黑绉纱，拿着通常那只把柄镀得相当金黄的竹手杖。很遗憾从现在到下周我都没有时间把胡子修饰一下了。

最小的十七岁最大的二十二岁！上帝啊！多么美妙的年龄！亲爱的姑娘们，我可以见你们仨姐妹。十七岁的与我相称，因为和我的年龄最接近；不过注意，我并没说二十二岁的太大了。没有，没有。还有中间那个可爱淘气、假装害羞的姑娘。安静，安静，你这个愚蠢可笑、躁动不安的小家伙！

年轻的小姐们，你们是些**势利者**！哪个男人这样说我会扯他鼻子的。出身于名门世家又没任何害处。这也是没办法的事，可怜的宝贝。名字是什么呢？它所具有的头衔又是什么呢？我公开承认我并不反对自己也成为一名公爵；你我私下说说吧，也许你会看到一个获得嘉德勋位①的人却连我都不如呢。

你们这些势利者，亲爱和善的小东西们，不是那样的，我希望不是——我想不是的——我不会太自信了——我们任何人都不应该——以致认为自己不是**势利者**。正是这种自信具有傲慢自大的性质，而傲慢自大即**势利**。从告密者到专制君主，在所有的社会等级中大自然都设置了一种最奇特多样的**势利者**之追随者。不过难道就没有善良的天性，温柔的心灵了吗，不存在谦逊朴实、热爱真理的人了吗？仔细想想这个问题吧，可爱的小姐。假如你们能够对此作出回答——无疑能够的——那你们真幸运——你们的爸爸先生真幸运，那三位英俊的、将彼此成为内兄内弟的年轻绅士真幸运。

---

① 英国爵士的最高勋位。

第三十三章

势利者与婚姻之一

第三十三章　势利者与婚姻之一

每一位行进在今生今世旅途中的中产阶级者，都对同一条道路上的同伴怀着同情——至少，他们每一位曾为了三四次的光彩荣耀而一直在世上争夺着——对上流社会亦即**势利**每天所毁灭掉的人之命运，一定满怀无尽忧思。在爱情、纯真与天生的善良中**势利**始终处于斗争状态。人们由于害怕**势利者**而不敢追求幸福。人们在**势利者**暴君的控制下孤独地憔悴下去。真诚友善的心灵变得干枯继而死亡。勇敢大方的小伙子本来焕发青春活力，如今变成身体发胖的老单身汉，因崩溃而倒塌。温柔的姑娘凋谢衰败，孤独地消亡，大自然赋予每个人的幸福和友爱的共同权利都被**势利**从她们身上剥夺了。看见那个犯下大错的暴君的所作所为时，我的心越来越悲哀。我注视着那些行为，不难对**势利者**充满愤慨，心中燃烧着怒火。嗨，住手吧，你这个偷偷摸摸、呆头呆脑的家伙！住手吧，你这个恃强凌弱的蠢人，快抛弃你那个无情的幽灵！我带上了剑与矛，告别家人，要去同那个可怕的怪物和巨人①、那个"势利者城堡"中的残酷暴君搏斗，他使众多温和善良的人蒙受折磨和奴役。

当笨拙先生成为国王时，我断言将绝不会存在老处女和老单身汉这样的事。每年要烧死的将是尊敬的马尔萨斯先生②而不是盖伊·福克斯③那样的人。那些不结婚的人将送到济贫院去。最贫困的人如果没有被一个可爱的姑娘所爱，那将是一种罪过。

我同一位名叫杰克·斯皮哥特的老朋友散了一回步后，便产生出上述想法来；在我的记忆中他是那么富有男子气概，充满青春活力，可此时却成了一名老单身汉。我们一起进入布弗斯高地（Highland Buffs）的时候，杰克可是英国一位最英俊的男人，后来我较早地离开了卡蒂基兹军团，从此多年没见到他。

啊！从那些日子以后他的变化太大了！如今他扎上了腰带，已开始染胡须。他过去红润的面颊现在变得斑斑点点；一度十分

---

①　指神话或想象中的巨人。常喻指身材、能力、力量等特别大的人。
②　马尔萨斯（1766—1834年），英国经济学家，以所著《人口论》知名。
③　盖伊·福克斯（1570—1606年），英国天主教教徒。

第三十三章 势利者与婚姻之一

明亮坚定的眼睛,也变成去了壳的珩鸟蛋的那种颜色。

"你结婚了吗,杰克?"我问,记得大约二十年前他与自己表妹莱蒂·娜维勒斯曾爱得多么深,当时卡蒂基兹军团驻扎在斯特拉士波哥(Strathbungo)。

"结婚?没有。"他说,"没有足够的钱。一年五百英镑养活我自己都很困难,养活一家人就困难得多了。到狄肯森酒店去吧,那儿有一些伦敦最好的马德拉酒,朋友。"于是我们去了那儿,交谈着往昔的时光。吃饭喝酒的账单数额不小,杰克喝了太多的低度白兰地,由此可看出他是个经常痛饮的人。"一几尼或两几尼,吃饭花了多少钱又有什么关系呢?"他说。

"莱蒂·娜维勒斯怎么样?"我问。

杰克的脸沉下来。然而他随即却突然大声发笑。"莱蒂·娜维勒斯!"他说。"她仍然是莱蒂·娜维勒斯呀,不过上帝,已经变成一个皱巴巴的老妇人了!她瘦得像一张裹线的薄软纸(你记得她以前的身材多好),她的鼻子发红,牙齿发紫。她老是生病,老是与家人们争吵,老是唱圣歌,老是服药丸。老天爷,我好不容易才逃出了那儿。请把酒推过来一下吧,老伙伴。"

我立即回想到过去那些日子,当时莱蒂成了富有青春活力的小伙子们的最爱:那时听她唱歌你的心都会跳出来,看见她跳舞比芒特苏或罗布勒特(她们是当时的"芭蕾皇后")都跳得好;那时杰克经常戴着一个装有她头发的金质小匣①,脖子上戴着一条小金项链;他喝棕榈酒喝得兴高采烈,在对卡蒂基兹军团的伙食大大谈论一番后常取出那个纪念品吻它,对它号啕大哭,让长着瓶状鼻子的老少校和餐桌上其余的人大为开心。

"我父亲和她父亲无法取得一致意见。"杰克说,"她的上将父亲不愿拿出超过六千英镑的钱,而我老爸说低于八千英镑都不行。娜维勒斯就对他说去死吧,这样我们就分手了。人们说她在衰败了。胡说!她才四十岁,像这块柠檬皮一样坚韧和酸溜溜

---

① 通常挂在项链下用以珍藏亲人头发、照片等。

第三十三章 势利者与婚姻之一

的。别把太多的柠檬皮放到你的潘趣酒①里,我的**势利者**朋友。喝过葡萄酒后又喝潘趣酒谁也受不了的。"

"你们所追求的对象呢,杰克?"我问。

"老爸去世时就不存在了。母亲住在巴思②。我每年去那儿呆一周。太乏味无聊了。老爱玩先令惠斯特③。四个姐妹——只有最小的一个才结了婚——真糟糕。我八月份在英格兰,冬天在意大利。这该死的风湿。三月份来到伦敦,在俱乐部荡来荡去,好家伙;我们总是不到次日找称(早晨)天亮了不回家。"

"这不是两个身心严重受到损害的人儿吗!"本**势利者**专家离开杰克·斯皮哥特后这样沉思着,"美丽欢乐的莱蒂·娜维勒斯丢失了船舵,四处漂流,而英俊的杰克·斯皮哥特也像个酒醉的特林库罗④一样搁浅了。"

是什么将**本性**(不用更高级的名称)玷污,使它对于这对青年男女不怀好意呢?是什么该死的寒霜将两人怀有的爱情摧残,致使姑娘不能生儿育女,小伙子成为自私的老单身汉?是那个支配我们大家的可恶**势利暴君**,他说:"你没有贴身女侍就不要谈情说爱,没有马匹马车就不要结婚;没有穿号衣的侍者和法国BONNE⑤心里就别想着要老婆,膝上也不会有孩子;你必须有一辆浮华的布鲁厄姆车,否则就滚蛋;假如你和穷人结婚,社会就将你抛弃;亲属们会把你当作一个罪犯避而远之,伯母伯父们会不屑一顾,为你那种十分糟糕的行为哀叹。"你,年轻的女人,可以不知羞耻地把自己出卖,嫁给老克罗伊斯⑥;你,年轻的男人,为了得到寡妇授予产可以放弃自己的感情和生命。假如你没有钱,那可就遭殃了!社会这个残忍**势利**的独裁者会让你在孤独中毁灭。可怜的姑娘会在自己阁楼里凋谢,而可怜的单身汉则会

---

① 一种用果汁、香料、茶、酒等掺和的甜饮料。
② 英格兰西南部城市,以其温泉著称。
③ 一种四人玩的牌戏。
④ "Trinculo":莎士比亚的戏剧《暴风雨》中的小丑。
⑤ 法语:女佣,女仆。
⑥ 公元前6世纪小亚细亚吕底亚国极富的国王。喻指"富翁,大财主"。

第三十三章　势利者与婚姻之一

在俱乐部中枯朽下去。

当看到那些堕落的隐士——那些圣别卜西①一类的僧侣修女们②时，我对于势利者及其崇拜和偶像的憎恨便忍无可忍。瞧，让咱们砍掉那个食人的世界主宰③吧，那个可怕的大衮④；我满怀着汤姆大拇指将军⑤的英勇精神，要与巨人势利者展开搏斗。

---

① 《圣经》中的鬼王。
② 当然，大家知道这只适用于那些未婚的人——他们由于对金钱所怀有的某种卑鄙势利的担忧，而无法实现其自然的天命。那儿很多人都无可奈何地过着独身生活，其中如果谁说话粗俗他便是一个畜生。的确，有了欧吐尔斯小姐（Miss O'Toole）对笔者采取的那种行为，他就成了最不会受到谴责的人。不过没关系，这些都是个人的私事。——原注
③ 印度教主神之一 Vishnu 的化身。相传每年例节用巨车载其神像游行时，善男信女多甘愿投身死于轮下。
④ 《圣经》中非利士人的主神，上半身是人，下半身是鱼。
⑤ 查理士·斯特拉唐（1838—1883年）的艺名，美国侏儒，马戏团演员。

第三十四章

势利者与婚姻之二

第三十四章　势利者与婚姻之二

在那篇叫做《每年一万》的精彩浪漫故事中，我记得对于主人公奥布里先生在承受其不幸时所表现出的富有基督精神的风格，有一段相当令人可悲的描述。奥布里在放弃原有的条件时以最为浮华的方式大肆炫耀了一番，然后离开其乡间宅邸，笔者认为他坐的是一辆驿递马车①和双马马车，大概还被挤在妻子和妹妹之间。那大约是在七点钟，一些四轮大马车辘辘驶过，挨家挨户兜售的商人把门敲得砰砰直响，泪水模糊了凯特和奥布里夫人美丽的眼睛——他们想到过去非常幸福的时光，此刻他们的奥布里经常到贵族朋友家去吃饭。这便是那段故事的要点，我忘了其美妙的言辞。不过那种极其崇高的情感我是永远不会忘记的。还有什么比一个要人的亲属为——他吃饭的事——所怀有的想法更加高尚的呢？有哪位作家只用简短几笔就把一个**势利者**描写得更为恰当呢？

我们是最近在我朋友雷蒙德·格雷先生家里读到这段文字的，格雷先生是一位律师，一位尚无任何实践经验的纯朴青年；但有幸的是他性情非常乐观开朗，使他得以能够等待良机，笑着承受自己在世上的卑微处境。同时，在处境没有改变之前，由于生活所迫，加之"北方巡回旅行②"需要花费，格雷先生不得不在"格雷客栈巷"附近那片四处通风、十分奇特的小型房屋区，弄到一套颇为狭小的公寓居住。

更不同寻常的是，格雷在那儿还有一个妻子。格雷夫人曾经是一位哈利·贝克小姐，我想我用不着说那是一个体面的家庭。他们与卡文迪什家族（Cavendishes）、牛津家族（Oxfords）和马雷波勒家族（Marrybones）有亲缘关系，虽然与最初的辉煌相比地位已 DECHUS③，但他们仍像任何人一样高昂着头。我知道，哈利·贝克夫人上教堂总得有仆人跟在身后替她拿祈祷书；她妹妹维尔贝克小姐倘若没有让自己那个塔糖④般的听差菲格比护卫

---

①　18世纪和19世纪初期运载旅客及邮件的一种四轮车厢式马车。
②　指法官、牧师、推销员等的巡回旅行。
③　法语，指权力、地位等的"丧失"。
④　中世纪末期至19世纪中期，糖块多制成此种形状出售。

第三十四章 势利者与婚姻之二

着,是决不会走二十码远去购物的,尽管这位老小姐像教区的任何女人一样丑陋,像掷弹兵一样高大并且仿佛长着胡须似的。可埃米莉·哈利·贝克却屈尊俯就嫁给了雷蒙德·格雷,这就令人惊讶了。她是家中最漂亮最骄傲的人;她曾拒绝了"孟加拉部队"的科克尔·比勒斯阁下的求婚;对军需官艾塞克斯·坦普尔她也翘起小小的鼻子,他与阿尔兵那个贵族家庭还沾亲呢;她的总收入不过四千英镑,却要嫁给一个收入不会更多的男人。当一家人听到这个 MESALLIANCE① 时,他们发出了极其愤怒的尖叫。哈利·贝克夫人现在一说到女儿就要流泪,把她看作是一个被毁灭的人。维尔贝克小姐则说,"我认为那男人是个恶棍",并公开指责心地善良而可怜的佩金斯夫人是个骗子,因为就是在她举办的舞会上这对年轻人才第一次相见的。

与此同时,格雷及其夫人住在前面所说的"格雷客栈巷",有一名女侍和一名保姆——他们把人手雇得满满的,那种幸福快乐的样子真是极为令人恼火,十分异常。他们从未想到要为自己的餐食感到悲哀,像《每年一万》中我特别喜欢的**势利者**奥布里那些可怜地哭泣的**势利**女人们那样;相反,他们怀着感激之情极其欣然地接受了命运让自己获得的如此低廉的食物——不仅如此,实际上还时时让一个饥饿的朋友分得一份饭吃——笔者对此可以欣喜地予以证实。

我正提到格雷夫人为我们共同的朋友——那位了不起的东印度公司董事哥德莫尔先生——所做的餐以及一些相当不错的柠檬布丁,这时那位绅士的脸上显露出一种几乎像中风一样恐惧的表情,他气喘吁吁地说:"什么!他们还要请人吃饭?"他似乎认为这样的人竟然要用餐真是一种罪过,一种奇迹——他认为他们只习惯于挤着围在灶火旁,啃点骨头吃点面包屑就行了。在社交界他无论何时遇见他们都会觉得惊奇(并总是大声地表示出来),不知夫人怎么会穿得如此高雅,她丈夫的衣服上怎么会没有补丁。我曾听见他在"燃烧俱乐部"——我和他以及格雷有幸成为

---

① 法语:不相称的婚姻。

第三十四章 势利者与婚姻之二

其会员——的整个房间里,对于格雷的贫困大谈特谈。

我们多数时候在俱乐部相聚。四点半时哥德莫尔从伦敦商业区来到圣詹姆斯街,你会看见他在面对蓓尔美尔街的俱乐部的凸肚窗①里读晚报——他是个有多血症的高大男人,在一件也像凸肚窗般的淡色马甲里装着一串图章。其燕尾服的燕尾颇大,身上塞满了代理商们有关那些他作为董事的公司的信件和材料。他走路时图章便叮咚作响。我要是有这样一个男人做伯父就好了,他自己是没有孩子的。我会喜欢他并珍惜他,好好待他。

每当最繁忙的季节,在六点钟时世上所有的人都赶到圣詹姆斯街来了。只见非出租马车在停住的出租马车中间穿进穿出,戴着金色帽缨子的花花公子们从"怀特俱乐部"露出无精打采的面容。那些头发花白、有相当身份的绅士透过"亚瑟俱乐部"的平板玻璃窗,相互摇着头。穿红制服的人真希望成为"百手巨人",以便能抓住所有先生的马。那个穿红制服的、奇妙的王室守门人正在马尔伯勒宫殿前晒太阳。时值伦敦的中午,你可看见一辆由几匹黑马拉的淡黄色马车,一个戴着紧密的绪丝②假发的马车夫,两个穿着粉黄白色号衣的男仆,车里一个身穿闪色绸、带着一只狮子狗、手拿一把粉红色阳伞的高大女人;马车这时驶到"燃烧俱乐部"门口,男侍走过去对哥德莫尔先生说(他完全清楚眼前的情况,因为他正和大约四十名其他"燃烧俱乐部"的人往窗外看着):"你的车来了,先生。"哥德莫尔摆动着他的头,"记住,八点整。"他对另一位东印度公司董事马里格特尼说,然后上了马车,一下坐在哥德莫尔夫人身边,先去公园里兜兜风后再回到他的"波特兰宅邸"。见马车飞快地离开后,俱乐部里所有的年轻人都暗自高兴。马车仿佛是他们这个机构的一部分。它属于俱乐部,而俱乐部又属于他们。他们兴趣盎然地目送着它,心照不宣地看着它在公园里飞驰。不过打住!我们还没有说到**俱乐部的势利者**呢。啊,勇敢的**势利者**们,当那样的文章发表出来时你们

---

① 原文为"bow—window",也叫"圆肚窗"。
② 一种丝绸。

第三十四章　势利者与婚姻之二

当中会出现怎样的惊慌啊！

瞧，从上面的描述中，你可以判断出哥德莫尔是怎样一个男人。他是个缺乏生气、华而不实的里登霍尔街① 大财主，显得性情敦厚，和蔼可亲——非常和蔼可亲。"哥德莫尔先生永远不会忘记，"他夫人常说，"是格雷夫人的祖父让他去了印度的。虽然那个年轻女人②在世上的婚姻算是最不谨慎的了，并且她也放弃了自己的社会地位，但她丈夫看起来还机灵勤劳，我们会尽一切努力帮助他的。"所以他们通常每季度都要请格雷夫妇吃两三次饭，为了增进友好，还让男管家布弗雇了一辆马车专门从波特兰接送他们。

我对于双方当然都是一位相当和蔼可亲的朋友，因此不会把哥德莫尔对格雷的看法告诉他，也不会把那位富豪对这个无人委托诉讼的律师竟然要用餐所感到的惊讶说出来。的确，哥德莫尔的话在俱乐部我们这些爱开玩笑的人当中，成了用来取笑格雷的材料，我们常问他上一次是在什么时候尝到肉的？我们是否应该从宴会上给他带点啥回去？我们就这样以开玩笑的方式对他百般地恶作剧。

一天，从俱乐部回到家里时，格雷先生告诉了妻子一个让她惊骇不已的消息——他已请哥德莫尔来吃饭。

"亲爱的，"格雷夫人战栗着说，"你怎么能这样残酷呢？唉，我们这个餐室是容纳不了哥德莫尔夫人的呀。"

"别紧张，老婆，夫人她在巴黎。只来那位大财主，我们随后还要去看戏——到莎德勒—威尔斯剧院。哥德莫尔在俱乐部时说他认为莎士比亚是一位引人注目的伟大诗人，应该受到光顾；所以我出于一片热情便邀请了他来家里用餐。"

"老天爷！咱们**能够**请他吃什么呀？他有两个法国厨师，你知道哥德莫尔夫人老对我们讲他们的情况，再说哥德莫尔哪天不是与议员们一起吃饭的呢。"

---

① 伦敦的肉类市场。
② 指格雷夫人。

第三十四章　势利者与婚姻之二

"一腿平常的羊肉，我的露西，
请你在三点钟做好准备；
羊肉要鲜嫩多汁，冒着腾腾热气，
还有什么肉能更加味美？"

格雷说，引用着我最喜欢的诗人的诗句。

"可是厨子病了，你也知道那个糕饼制作工的面饼锅太可怕啦……"

"住嘴，Frau①！"格雷说，声音很是悲哀。"这顿饭我会去定的。都照我说的做吧。把咱们的**势利者**朋友也请来吃饭。这事就由我去办好啦。"

"别太花费了，雷蒙德。"他妻子说。

"安静，你这个无人委托诉讼的律师的胆小伴侣。请哥德莫尔吃的饭会与我们有限的财力相称的。你只要一切按我的要求去办就行了。"我看见这个无赖的脸上露出奇特表情，明白他已准备好了某种疯狂的恶作剧，因此焦急地等待着次日到来。

---

① 德语：夫人。

第三十五章
势利者与婚姻之三

第三十五章　势利者与婚姻之三

这个外表高雅的青年很准时（顺便提一下，有些讨厌的**势利者**本来应邀八点钟去吃饭却要九点钟才去，为的就是在大家面前引起一点轰动，对于这样的人我不能不记下自己的憎恨、轻蔑与愤怒。这些家伙跟着便会厌恶诚实的人们，诽谤另外的人，对厨师加以咒骂，并对自己所践踏的社会进行报复！）——瞧，按照雷蒙德·格雷夫妇所约定的五点钟他准时到达，穿着一身优雅的晚礼服。他把胡须也修饰得很整洁，轻盈的步履表示他充满活力（他确实饿了，而且总在就餐时间，无论这时间是在几点钟）；他那浓密的金发卷曲着披在肩头上，在一顶崭新的价值四先令九便士的丝帽衬托下显得更加美观。他就这样沿着格雷客栈比特勒斯托广场比特勒斯托街走来。这里所谈到的人，不用我说，便是**势利者**先生。只要被邀请去吃饭他从不会迟到。不过还是继续我的叙述吧。

当**势利者**先生拿着被镀得极其富贵的圆头手杖，高视阔步走过比特勒斯托街时（我发誓，自己的确看见一些人从雷蒙德·格雷家对面的斯奎士比小姐家伸出脑袋看我，她是个门上挂着黄铜门牌的女帽商；其窗台上放着三顶银箔女帽，和两件时髦但已被污染的印花布制品，他或许为自己所引起的轰动自鸣得意）。然而，当五点过十分哥德莫尔先生那个戴着绪丝假发的马车夫，那辆御座上有着金黄色布篷的马车，那些穿制服的仆役们，以及黝黑的马匹和银光闪闪的马具，呼啸着穿过大街赶来时，相比之下我的到达所引起的激动又算得了什么呢！

那是一条很小的街道，房子也很小，大多挂着斯奎士比那种颇大的黄铜门牌。这些房子里有一些煤炭商、建筑师、测量员和两个外科医生、一个律师、一个舞蹈教师，当然有几个房屋代理商——它们是些有三层楼的建筑，涂有灰泥的圆柱门廊也不大。哥德莫尔的马车几乎比房顶还高，这位财主悠闲地进入房内时那些二楼的人都可以和他握手了；刹那间，二楼所有的窗户都挤满了孩子和妇女们。有戴着卷发垫纸的哈黑尔莉夫人，有斜戴着额前假发的莎克斯比夫人，有从薄纱窗帘处向外窥视的威里格斯先生——他同时手里端着那杯热热的掺水朗姆酒——总之，哥德莫尔的马车驶向雷蒙德·格雷先生的家门口时，在比特勒斯托街引起了一阵巨大的骚动。

"他把**两个**男仆都带来真是太好了！"显得微不足道的格雷夫人说，她也在窥视那辆车。那个高大的仆人从座位上下去，敲一下那扇几乎与建筑镶在一起的门。所有的脑袋都伸出来了，此时阳光照耀着这里；连管风琴手也暂时打住；男仆，四轮大马车，以及哥德莫尔红红的面容和白色的背心，都显得光彩夺目。然后那位衣着华丽的大个子返身回去把马车的门打开。

雷蒙德·格雷穿着一件衬衣，把房门打开。他向马车跑过去。"请进，哥德莫尔，"他说，"你很准时的，朋友。快把车门打开——你叫他什么来着——快让主人出来。""你叫他什么来着"机械地服从，现出震惊和极端厌恶的表情，不料他主人此时绯红的脸上露出的惊愕模样也不相上下。

"你傻子丝厚（啥子时候）要车呢，先生？""你叫他什么来着"用那种难以拼写和模仿、阿谀奉承的奇特发音问，这样的发音构成了生活中一种主要的迷人东西。

"晚上最好把车驾到剧院去。"格雷大声说，"从这里到威尔斯很近，咱们可以步行去那里。我给每个人都弄了一张票。十一点钟到莎德勒—威尔斯来吧。"

"是的，十一点钟。"哥德莫尔心烦不安地大叫道，慌忙走进屋里，好像他就要被处死似的（的确如此，因为可恶的格雷像个杰克·科奇①一样支配着他）。马车驾走了，无数双眼睛从门口和阳台上注视着它；它的出现在比特勒斯托街至今仍然是个奇迹。

"到那里面去吧，与**势利者**先生自个玩一会儿。"格雷说，打开客厅的小门，"羊排弄好了我会叫你们的。法尼②在下面负责做布丁。"

"天啊！"哥德莫尔极其隐秘地对我说，"他怎么会请我们吃饭呢？我实在没有想到会穷到这——这么寒酸。"

---

① 杰克·科奇（？—1686 年），英格兰刽子手，以残忍著称。
② 格雷对自己夫人的称呼。

第三十五章　势利者与婚姻之三

"开饭啦，开饭啦！"格雷从餐室里吼道，那儿冒出浓浓的烟雾和油炸气味。我们走进那个房间，发现格雷夫人已准备好迎接我们；她看起来颇像个女名人，这时正拿着一碗土豆，她把这碗菜放在桌上。与此同时她丈夫正在炉火的烤架上烤着羊排。

"法尼已做好了卷布丁①，"他说，"羊排是我做的。这块很不错，尝尝吧，哥德莫尔。"说罢他一下把一块发出嘶嘶声的炸羊排弄到绅士盘里。有什么言辞，什么惊呼能够形容出这位富豪的震惊来呢？

桌布十分陈旧，并且补丁不少。一只茶杯里放有芥末酱，有一只让哥德莫尔用的银叉——我们的叉子都是铁的。

"我可不是出生在富贵人家。"格雷严肃地说，"那是我们唯一的叉子，通常让法尼用的。"

"雷蒙德！"格雷夫人叫道，带着恳求的表情。"我夫人习惯了用更好的东西，你知道：我希望有一天给她买一套餐具。我听说电镀餐具非常好。那个拿啤酒的佣人究竟哪里去了？好啦，"雷格说，一下站起来，"我要做个绅士了。"于是他穿上外套一本正经地坐下来，吃着四块他刚烤好的羊排。

"我们并非天天吃肉的，哥德莫尔先生，"他继续说道，"能这样吃顿饭真是一件难得的乐事。你们这些英国的绅士，在家里过得自由自在的，很难明白我们这些无人委托诉讼的律师忍受着怎样的艰辛。"

"啊呀！"哥德莫尔先生说。

"合成酒②在哪里？法尼，到'基斯'去买点啤酒吧，这儿是六便士。"当法尼起身仿佛要去时，我们是多么的吃惊啊！

"啊呀！让我去吧。"哥德莫尔叫道。

"那是无论如何都不行的，亲爱的先生。她都习惯了。他们对你的服务不会像对她的那么好。让她去吧。哎呀！"雷蒙德说，现出惊人的镇静。这时格雷夫人离开了房间，居然端着放有一白

---

① 有果酱等。
② 尤指淡啤酒掺黑啤酒。

第三十五章　势利者与婚姻之三

镴壶啤酒的盘子回来。小波莉（在她接受洗礼的时候，我有幸依照自己职权呈送上一只银杯）拿着两支烟斗跟在后面，圆胖的小脸现出十分奇异的调皮模样。

"你对塔普林说过杜松子的事了吗，法尼，亲爱的？"格雷让波莉把烟斗放到壁炉台上后问，但这个小人有点够不着。"最后是松节油，即便由你来酿酒也无法用它做出可口的潘趣酒来。"

"你几乎难以猜测到，哥德莫尔，我妻子——一个哈利·贝克家的人——竟会做杜松子—潘趣酒吧？我想岳母看见了她那样会自杀的。"

"别老笑话妈妈，雷蒙德。"格雷夫人说。

"得啦，得啦，她不会死的，我也不希望她死。再说你不会做杜松子—潘趣酒的，你也不喜欢——哥德莫尔，你用玻璃杯还是白镴壶喝啤酒？"

"啊呀！"财主再次脱口而出，这时小波莉用她那双小手捧着一壶酒，带着笑容递给那位显得惊讶的董事。

总之，正餐就这样开始了，而不久也以类似的方式结束。格雷一直紧追着那位不幸的客人，用最奇异难忍的方式描述他的奋斗、痛苦和贫穷。他叙述着他们刚结婚时他是如何清洗刀具的，他如何用一辆小推车拉着孩子们，妻子如何轻轻翻烤着薄饼，她做着衣物的哪些部分。吃完饭后他让自己的文书（实际上就是那个把啤酒从酒店带过来的职员，法尼夫人接着再从附近公寓把酒取过去）蒂比兹去拿一瓶波尔图葡萄酒，又像以前讲述故事那样，告诉哥德莫尔他用怎样绝妙的办法才把那瓶酒弄到手的。此时差不多到了该去看戏的时间；格雷夫人已就寝去了，我们静静地坐着想问题，待喝完最后一杯波尔图葡萄酒，这时格雷忽然打破沉默，拍一下哥德莫尔的肩膀说："唔，哥德莫尔，对我说说什么吧。"

"说什么呢？"财主问。

"你这顿饭吃得好吗？"

哥德莫尔吃了一惊，仿佛突然明白了真相一般。他这顿饭确实吃得不错，但直到此刻才知道。他吃下的三块羊排是最好的羊

第三十五章　势利者与婚姻之三

排，土豆也是最好的土豆，至于卷布丁那可就太好啦。黑啤酒不但泡多而且凉爽，而波尔图葡萄酒即便一位主教喝着也不会觉得差劲。我说得比较隐秘一些，因为格雷的酒窖里尚有更多的酒呢。

"哦，"哥德莫尔稍停片刻后说，这当中他抓紧考虑着格雷提出的那个重要问题，"说实在话——你瞧——我——这顿饭——真的吃得相当不错——相当不错，我敢保证！为你的健康干杯，格雷朋友，还有你和蔼可亲的夫人。等哥德莫尔夫人回来后，我希望咱们在'波特兰宅邸'再相见。"这样，去看戏的时间到了，我们便去莎德勒—威尔斯剧院看"费尔普斯先生"。本故事最称心如意的在于（我以自己的荣誉发誓此故事句句是真），哥德莫尔充分享受到了这顿美餐之后，坦诚的他为贫困可怜的请客者深为同情和关心，决定在工作上帮格雷一把。由于他是新成立的"抗胆道疾病人生保险公司"的一名董事，他便设法让格雷被任命为公司的常年律师，获得可观的年收入。就在昨天，在孟买①枢密院的一件上诉案中（巴克马克杰·鲍巴切对拉姆巧德—巴哈德），布鲁哈姆大人还称赞参与处理此案的格雷先生，说他的梵文知识非同寻常，十分准确。

他是否懂梵文我没发言权，不过哥德莫尔倒是为他找到了工作，所以我不得不对那位华而不实、资格颇老的要人暗中敬意。

---

① 印度西部的一个邦。

第三十六章

势利者与婚姻之四

第三十六章　势利者与婚姻之四

"咱们这些俱乐部的单身汉们对你感激不已，"我中学和大学的同伴艾塞克斯·坦普尔说，"因为你对我们有着那样的看法。你把自私自利、面色绯红、身体肥胖以及其他美妙的名称送给我们。你用尽可能简单的言辞让我们见鬼去。你祝愿我们在孤寂中腐朽，拒绝让我们获得诚实、端正和体面的基督生活的权利。你是谁呢，**势利者**先生，这样来评价我们。你是谁呀，带着那种表面慈善但却阴险的假笑，竟然嘲笑起我们整个一代人？"

"我要把我的情况告诉你，"艾塞克斯·坦普尔说，"我和我妹妹波莉的情况，然后你要怎么做都可以；如果愿意你还可取笑那些老处女，并对老单身汉们进行威吓。"

"我要悄悄告诉你，我妹妹曾和塞尔井特·谢尔克订婚——那个人的才能是不可否认的，但真该死，我一直就知道他是个卑鄙自私、自命不凡的家伙。然而，女人们并看不到**爱神**让自己遇上的男人的这些缺点。谢尔克像鳗鲡一样热情，许多年前就向波莉求爱；他当时是个无人委托诉讼的律师，还算是相配的。"

"你读过《伊登阁下的生活》吗？你是否记得那个卑鄙的老**势利者**怎样讲述他出去买了两便士小鲱，并同司科特夫人炸来吃的吗？是否记得他怎样炫耀自己多么谦卑，显露自己多么贫困——而他当时的年收入必定有一千英镑之多？噢，谢尔克为自己的审慎而得意，正如他为自己的吝啬而感激一样，在没有获得某种资格时他当然是不会结婚的。有谁像他那样可敬呢？波莉一年又一年地等待着，无力地等待着。他心里却并不难过，他的感情从不会影响到六个小时的睡眠，或者让他一时忘掉自己的雄心壮志。任何一天他都宁可拥抱一位代理人也不亲吻一下波莉，尽管她是世上最漂亮的人儿之一；当她在楼上独自憔悴，读着那个该受诅咒的自命不凡的家伙屈尊俯就写给她的半打冷冰冰的信时，他却必定正呆在办公室里忙着办理一份份诉讼状——总是显得冷淡僵硬，自我满足，忙于事务。于是婚姻就这样一年年拖延下去，塞尔井特·谢尔克先生如今也成了一位有名的律师。"

"与此同时，我弟弟庞普·坦普尔——他当时在第一二零轻骑兵团，同我和波莉一样得到不多的遗产——爱上了我们的表妹法尼·菲格特雷,并立即同她结了婚。你真应该看看那个婚礼!有六名身穿粉红色衣服的女傧相为新娘拿扇子、花束、手套、香水瓶和手帕;小礼拜室里放着一篮篮洁白的礼品,将要别在男仆和马匹身上;高雅奇特的朋友们聚集在教堂包厢里,有个衣衫破旧的穷人则站在台阶上;还有那整个的我们所有熟人的马车,他们都是菲格特雷姑妈为了这个场合专门召集而来的;当然另有四匹专门拉庞普先生的婚礼车的大马。"

"然后是用早餐,或者如果你愿意的话就叫 DEJEUNER①,只见街上有一支铜管乐队,并且有警察维持秩序。快乐的新郎要花掉大约一年的收入购置女傧相的衣物和漂亮礼品;这位新郎官得为新娘办各种饰带、绸缎、珠宝盒及首饰,以便让她不愧为一位中尉的妻子。庞普对此是毫不犹豫的。他大肆用钱,把钱像废物一般挥霍掉;而骑在名叫汤姆·蒂德勒的马(丈夫赠送)上的庞普·坦普尔夫人,就成了布赖顿或都柏林的一名最时髦浮华的军人妻子。"

"菲格特雷老夫人怎样经常向我和波莉讲述庞普如何辉煌,他结交的朋友如何高贵!波莉与菲格特雷一家人共同生活,我可没那么富裕让她住在家里。"

"我和庞普之间老是相当冷漠。因我对于马没有一点感觉,他自然看不起我;在我们母亲的一生中,好心的老女人始终替他付债,对他表示爱抚,我大概也有那么一点嫉妒吧。通常都是波莉让我们不致争吵起来的。"

"波莉去都柏林看望庞普,回来时便带回一些关于他社交活动的重要报道——说他是城里最快乐的人——成了总督的助手——法尼处处受人赞美——总督夫人成了他们二儿子的教母:大儿子有一连串贵族化的基督名,这使得祖母万分高兴。不久法尼就和庞普十分体贴地来到伦敦,第三个孩子在这儿出生了。"

"波莉做了这个孩子的教母,现在有谁像她和庞普那样讨人喜爱?'啊,艾塞克斯,'波莉对我说,'他如此善良,如此慷慨,

---

① 法语,"早餐"、"午餐"的意思,根据本句,应译为"早餐"。

第三十六章　势利者与婚姻之四

如此喜欢家人，如此英俊，谁能不去爱他，并原谅他那些小小的错误呢？'当庞普夫人还在北部地区时，芬格弗医生的布鲁厄姆车每天都要开到波莉门口，一天我去市政厅办事，在齐普赛街遇见的两个人除了庞普和波莉还会是谁？那个可怜的女子看起来比我这十二年来所见到的情形都更快活美好。相反，庞普倒是显得极为脸红窘迫。"

"从他的面容和调皮得意的表情上，我是不会看错的。妹妹一直在作出某种自我牺牲。我去见过那位股票经纪人。妹妹那天早上卖掉了两千英镑并把钱交给庞普。争吵是没有用的——庞普有钱；我到母亲家时他去了都柏林，波莉仍然容光焕发。他要去发财，去把钱投资到艾伦的沼泽地区①——具体是什么我不得而知。实际上他是去支付上次的曼彻斯特越野赛马中输掉的钱，可怜的波莉究竟收回了多少本金或利息，我留给你去想想吧。"

"那笔钱超过了她财产的一半，后来他又从她那里弄走另外一千英镑。接着便是极力防止破产，不让事情败露；我们大家都为之努力，作出牺牲，而这些，"艾塞克斯·坦普尔先生迟疑起来，"是用不着说的，不过那些努力并不比所作出的牺牲更有用。庞普和他妻子去了国外——我不喜欢问去的哪儿；波莉带着三个孩子，而塞尔井特·谢尔克先生已正式写信终止婚约——坦普尔小姐把她的大部分财产转移时，一定推测到了这样的结局。"

"这就是你那些不幸婚姻的有名的理论！"艾塞克斯·坦普尔大声叫道，对于上述经历的事作出结论。"你怎么知道我自己不想结婚呢？你怎么敢嘲笑我可怜的妹妹呢？的确我们除了成为你所鼓吹的那种不顾后果的婚姻制度的牺牲品，**势利者**先生，还能是什么？"他以为自己在这个辩论中占了我的上风，可说来奇怪我并不认同。

若非可恶的**势利者**崇拜，这些人难道不会个个都幸福吗？假如可怜的波莉的幸福，曾经需要用其温柔的胳膊搂住那样一个欺骗她的自命不凡的无情家伙，那么她现在就应该是真正幸福的

---

① 尤指爱尔兰的沼泽地区。

了——像歌谣中的那个雷蒙德一样幸福，他的旁边是一尊石像。她之所以不幸是由于塞尔井特·谢尔克先生崇拜金钱，富有野心，是一个**势利者**和懦夫。

假如不幸的庞普·坦普尔和他轻率俗气的老婆把自己给毁了，并将其他人拉下去跟着遭殃，那是因为他们喜爱社会地位、马匹马车、金银餐具、《上流社会人名录》及各种女帽①，为了获得这些东西宁愿献出一切。

是谁使他们误入歧途的呢？假如世界更加纯朴一些，那些愚蠢的人就不会赶时髦了吗？这个世界难道不喜爱《上流社会人名录》、各种女帽和马车？天哪！读读流行的消息吧，读读《宫廷公报》吧，读读高雅的小说，从伦敦的皮姆里科到红狮广场对人作一次全面考察，看看**贫穷的势利者**如何模仿**富裕的势利者**，**低微的势利者**如何拜倒在**骄傲的势利者**脚下，**伟大的势利者**如何对其**卑贱的势利者**指手画脚。**富豪财**主们是否产生过平等的想法呢？今后会有吗？菲兹巴特勒克斯（Fitzbattleaxe）公爵夫人（我喜欢一个好的名称）竟会相信克罗苏斯②夫人——她在贝尔格莱维亚③广场的隔壁邻居——像夫人她一样好吗？克罗苏斯夫人会不再为公爵夫人的聚会感到悲哀，不再俨然以恩人态度对待丈夫尚未获得从男爵爵位的布罗德克罗斯夫人？布罗德克罗斯夫人会衷心地与塞迪夫人握手，对于可怜的亲爱的塞迪夫人的收入不再作那些讨厌的计算？住在大宅里忍饥挨饿的塞迪夫人，会舒舒服服地住进一座小房子或者出租房吗？女房东勒莎姆小姐会不再为商人们的亲密行为吃惊，或停止指责女佣莎基的无礼行为？——她像个小姐一样女帽下也戴着花儿。

可是为什么要希望，希望这样的时刻到来？我希望所有的**势利者**都灭亡吗？希望不再有这些关于**势利者**的文章？自取灭亡的傻瓜，难道你不也是一个**势利者**和一个兄弟？

---

① 原文为"Millinery"，指女帽。
② 原文为"Croesus"，有"富豪、财主"的意思。
③ 伦敦的一个富人住宅区。

第三十七章

俱乐部的势利者之一

第三十七章　俱乐部的势利者之一

由于我特别希望取悦于女士们（我向她们表示最谦逊的敬意），所以如果你们愿意，咱们现在就开始抨击另一类**势利者**——我相信多数女人都对他们怀有怨恨——我指俱乐部的**势利者**。即便是最温和宽容的女人，对于那些向男人们开放的公共机构和圣詹姆斯耀武扬威的豪华大厦，我都很少听见她们在谈话中不流露出一点怨恨来的；因女士们自己只能到贝尔格莱维亚、帕丁顿亚或埃杰瓦尔路和格雷客栈路之间那片地区肮脏的三窗砖结构包厢①去。

在我祖父那个时候引起她们愤怒的通常是"共济会成员"。当时我姑婆（我们家里仍然保存着她的肖像）进入了萨福克郡邦格的"皇家玫瑰十字会②地方分会"的大钟箱里面，为的是侦察一下该社团的活动——她丈夫是其中一名会员。只听忽然传来呼呼的声音，钟敲响十一点（此时社团的副头领正把那个神秘的烤架拿进来，以便接收一名新会员）；她被吓了一跳，冲到会员聚集的分会中间，后来她竟被绝对一致地选举为终身女副头领。尽管这位令人钦佩的勇敢女性以后从来没有对那种入会式的秘密吐露一个字，但她也使得我们所有的家人对于贾切恩和波兹③的秘密产生出一种恐惧，从此没有一人参加那个社团，或佩戴共济会会员的徽章。

人们知道，俄耳甫斯④因属于某个"音乐社团"而被一些理应愤怒的色雷斯⑤女人撕成碎片。"让他滚到欧律狄克⑥身边去吧，"她们说，"他不是声称很为她悲哀吗。"不过这一历史在莱姆普雷尔博士（Dr. Lempriere）的那本一流词典中，体现得远比我这支柔弱的笔更为有力。但同时咱们别说废话，还是专注于俱

---

① 指戏院和运动场等的包厢。
② 该会系始于17—18世纪的秘密会社。
③ 所罗门卡巴里斯蒂克神殿（Solomon's Kabalistic temple）的两根具有象征意味的大柱名，据认为可以解释一切秘密。
④ 希神。歌手，善弹竖琴。
⑤ 自爱琴海至多瑙河的巴尔干半岛东南部地区。
⑥ 歌手俄耳甫斯之妻，新婚夜被蟒蛇咬死。

乐部这个题目吧。

在我看来，俱乐部是不应该接收单身汉的。假如我卡蒂克尔兹的朋友没有我们的"英国国旗"俱乐部可去（我属于该俱乐部和另外九个类似的机构），也许他现在就不是一个单身汉了，谁知道呢？我认为不要让单身汉们像在俱乐部那样过得舒舒服服的，享受着应有尽有的奢侈东西，而要让他们过得很可怜。应该尽量鼓励人们让其业余时间不好度过。根据我的观点，最让人讨厌的莫过于如下一些人：那个正值青春年华、身强力壮的史密斯，他的正餐通常都有三道菜；那个正值中年的琼斯，他躺在一把有衬垫的舒适的扶手椅里快活地摇来摇去（我可以这么说），读着美妙的小说或精彩的杂志；或者那个老布朗，他是个自私的老恶棍，纯文学在他眼里毫无魅力——他躺在最好的沙发上，身下压着第二版《泰晤士报》，膝盖间夹着《记事晨报》，外套和背心间塞着《先驱报》，一只胳膊下夹着《旗报》，另一只胳膊下夹着《世界报》，而正在细读的则是《每日新闻》。"麻烦你把《笨拙周刊》递给我好吗，威金斯先生？"这个毫无节制的大吃大喝的老家伙打断朋友说，朋友此时正在笑话所提到的期刊。

这种自私自利的生活是不应该有的。不，不应该。年轻的史密斯应该在哪里呢？当然不是在酒桌旁，而应该在充满欢乐的茶桌旁，在海格斯小姐身边，呷着武夷茶①，或品尝着有益无害的松饼；而海格斯老夫人则旁观着，为他们天真淳朴的嬉戏高兴；我朋友维尔特小姐——那位家庭教师——正用钢琴以 X② 高音弹着塔尔贝格③最后的奏鸣曲。

中年的琼斯应该在哪里？在他生命的这个时期，他应该在家里当上了父亲。在这样的时刻——比如说晚上九点吧——托儿所已敲响铃声让孩子睡觉了。他和琼斯夫人理应在餐室桌旁的炉火两边坐着，中间放着一瓶波尔图葡萄酒，已没有一小时前那么满

---

① 一种红茶，原指产于中国武夷的上品茶，后来指一般红茶。
② 原文为 "in treble x"。
③ 塔尔贝格（1812—1871 年），技巧高超的钢琴家，是李斯特的主要竞争对手。

第三十七章 俱乐部的势利者之一

了。琼斯夫人喝了两杯,格拉姆布尔(琼斯的岳母)喝了三杯,琼斯自己把剩余的喝完,舒适地打着瞌睡,直到就寝时间。

再说布朗,那个贪看报纸的老恶棍,在晚上这样一个不错的时刻他有何权利要去俱乐部呢?他应该和麦克维尔特小姐、他妻子及家庭药剂师一起玩"一盘胜局"牌戏。十点钟时应该把蜡烛给他拿去,在年轻人想到跳舞的时候他应该就寝了。我为这些绅士们描绘出的这几种活动,与他们目前晚上在可怕的俱乐部里纵酒狂欢相比,要美好、纯朴、高尚得多。

女士们,想想那些男人吧,他们不仅经常光顾餐厅和图书馆,而且还总呆在其他一些阴暗污秽的房间里——我真想把它们都给毁了。想想那个不幸的卡农,他到了那样的年龄,有着那样的本领,却整夜在台球桌上把球打得啪啪响,竟与那个可憎的斯波特上尉打赌!想想帕姆与鲍布·特鲁佩尔、杰克·德乌塞斯和查勒·沃尔呆在一间黑屋子里,这个误入歧途的可怜人,玩"一盘胜局"赌钱!尤其要想想,啊,想想那个令人厌恶的黑暗屋子吧,我听说在一些俱乐部里都设有,它们被称为"吸烟室"。想想聚集在那儿的浪荡子们,房间里大量弥漫着他们喝的调和有威士忌的潘趣酒或更有害的雪利可倍乐①。想想他们在鸡叫时拿着丘伯②钥匙回到宁静的家里的情景。想想这些伪君子们,在悄悄爬上楼前脱掉暗暗为害的靴子,此时孩子们正在上面睡着,心中的妻子在起居室里独自守着越来越暗淡的烛光——这房间不久就被男人难闻的烟味弄得十分可憎。我并非是个提倡暴力的人,生来并不爱煽风点火,但亲爱的女士们,假如你们要暗杀丘伯先生,并把圣詹姆斯街那些俱乐部的屋子烧毁,有那么一个**势利者**是不会把你们想得更坏的。

我认为唯一可以进入俱乐部的人,是那些无职无业的已婚男人。即便最钟爱的妻子,也不喜欢丈夫老是呆在家里。比如说吧,女孩们要开始练习乐曲了——在一个体面的英国家庭这应该

---

① 由雪利酒加糖、柠檬水等制成的一种饮料。
② 商标名。

占去每个年轻淑女三个小时；而要让老爸一直坐在客厅里，听她们在上述必要的练习中用那架可怜的钢琴没完没了地弹出杂音和尖叫声，那将是相当令人难受的。尤其是一个会欣赏音乐的男人如果每天都不得不听到这种可怕的声音，会变得发疯。

或假定你喜欢进"女帽店"，要不就是"霍威尔—詹姆斯店"，显而易见，亲爱的夫人，这期间让你丈夫呆在俱乐部而不是你身旁的马车里，或吃惊地坐在"披肩—小玩意店"的一张凳子上——柜台旁那些特别注重修饰的年轻人正在展示着商品——远不如让他呆在俱乐部里更好。

这样的丈夫早饭后就应该让他们出门，如果他们不是国会议员，不是铁路公司或保险公司的董事，就应让他们到俱乐部去，让他们在那儿一直呆到午餐时间。看到这些可贵的人有了正当的事做，我这颗颇有节制的心便觉得惬意无比了。每当我经过圣詹姆斯街时，也像其余的世人一样，可以看看"布赖特俱乐部"、"弗德尔俱乐部"、"斯罗克斯俱乐部"或"沉思者俱乐部"的那间大侧厅，并不无敬重赞赏地注意到里面的人物——忠实坦诚、面色红润的老守旧，陈腐过时的老花花公子，扎着腰带、戴着光亮假发、紧紧系着领结的最无所事事的体面男人。这样的男人白天无疑最好呆在那儿。当你们和他们分别时，亲爱的女士，想想在他们回来时的那种狂喜吧。此刻你已做完了家务，买好东西，去拜访过亲友，还在公园里遛了一下狮子狗；你的法国女佣也已把你打扮完毕，让你在烛光里美得异常迷人，并且你还可以把家里收拾得让整天在外的他觉得很舒适。

这样的男人当然应有自己的俱乐部，我们因此也不会把他们归入**俱乐部的势利者**——对于那些**势利者**咱们下一章再进行抨击吧。

第三十八章

俱乐部的势利者之二

第三十八章　俱乐部的势利者之二

在发表了上述关于**俱乐部的势利者**一文后，各俱乐部里所产生的轰动，对属于其中一员的我而言不能不是一种赞美。

我是许多俱乐部的会员。有"英国国旗"和"莎斯—马林斯派克"——军人俱乐部。有"忠实保守派"、"永不屈服"、"蓝色与暗黄"、"盖伊·福克斯"和"卡托街"——政治俱乐部。有"布鲁麦尔"和"摄政者"——花花公子俱乐部。有"雅典的卫城"、"帕拉迪姆"、"阿罗帕格斯"、"彭伊克斯"、"彭特里克斯"、"伊里苏斯"和"波鲁菲罗斯波沃—塔拉塞斯"——文学俱乐部。后一批俱乐部是如何获得其名称的我怎么也不明白；拿我来说，我并不懂希腊语，也不知道这些机构中有多少成员懂得？

自从**俱乐部的势利者**被公布以后，我注意到每当我进入任何一个这样的地方时都会引起一阵骚动。会员们站起身挤在一起，他们瞧着眼前我这个**势利者**时或点一下头，或皱起眉头。"可憎无耻、自负傲慢的家伙！假如他把我揭露出来，"布拉迪尔上校说，"我会把他的每根骨头都打碎的。""我对你说过让那些搞文学的人进俱乐部来会有啥结果，"兰维尔对他的同事斯波尼说，他们是"胶带—封蜡公司"的职员。"这些人呆在他们应该呆的地方还很不错，作为一名社会活动者，我特别注意要与他们握手以及做类似的事；可是让某人的隐私受到这样一些人的干扰实在太过分了。咱们走吧，斯波尼。"这两个一本正经的人便目空一切地离开了。

我走进"永不屈服"的咖啡室时，老贾肯斯正与一群男人争论着，他们像往常一样打着哈欠。他站在那儿，手里挥舞着《旗报》，在壁炉前神气活现的样子。"去年，"他说，"我告诉皮尔什么了？如果你们要触及《谷物法》①，就会触及'食糖问题'；如果触及'食糖问题'，就会触及'茶叶问题'。我绝不是个垄断者。我是个自由主义者，但我不能忘记自己站在悬崖边上；若要'自由贸易'，那么请给我互惠条件吧。罗伯特·皮尔先生怎么回答我的？'贾肯斯先生，'他说……"

---

① 英国限制谷物进口的法律，1846年全部废除。

第三十八章　俱乐部的势利者之二

这时贾肯斯的视线突然转到鄙人身上,他打住话,现出心虚的样子——他那句陈腐乏味的话,我们俱乐部的每个人都听过许多遍了。

贾肯斯是个相当固执的**俱乐部的势利者**。每天他都要在那个壁炉旁,手里拿着《旗报》,认真研读其社论,然后面对身边的朋友(朋友刚把报上的每一个字读完),声音圆润洪亮地向人们讲述出来。贾肯斯是个有钱人,这从他的领带上就可看出来。他上午昂首阔步地在商业区活动,呆在银行老板或经纪人的接待室里,说:"昨天我和皮尔讲过了,他的计划是如何如何的。我同格拉汉姆谈过此事,我以自己的名誉担保他的观点与我的不谋而合;那个你叫什么来着的措施是政府唯一要大胆尝试一下的。"到晚报发行的时候他便来到俱乐部,说:"我可以告诉你全市的看法,大人。琼斯·罗德对这事的看法简单说如下——是罗斯切尔德家的人亲口告诉我的。在马克巷,人们已完全拿定了主意。"他被认为是个消息十分灵通的人。

他当然住在贝尔格莱维亚,淡褐色的房子显得十分高雅,他的一切都端庄、暗淡并舒适得恰到好处。他整个一周都是边吃饭边看《先驱晨报》,置身在当事人们中间。当他身穿副部长的制服屈尊俯就来到俱乐部时,他的妻子和女儿每年都要在客厅里怎样极其漂亮地展示一次啊。

他对你说话时喜欢这样开头:"当我在议院的时候,我怎样怎样。"事实上他在首次"议会改革"时代表斯基特勒伯雷选区当了三周的议员,后来因受贿被罢免,从此他三次竞选那个光荣选区的议员都失败了。

我在大多数俱乐部见过的另一种**政治势利者**,对国内的政治并不怎么关心,但对外交事务却非常热衷。我想这类人只有在俱乐部里才会经常见到。各种报纸为他提供外国的文章,一年要为此花费大约一万英镑。正是他对于俄国的计划和路易斯·菲利普[①]那种恶劣的背叛行为深感不安,正是他期望着泰晤士河上出

[①] 路易斯·菲利普(1773—1850年),曾任法国国王。

第三十八章 俱乐部的势利者之二

现一支法国舰队,并且死死盯住美国总统不放,把总统所演讲的每一个字(上帝保佑他!)都读完。他知道葡萄牙那些竞争的领导者的名字,以及他们为什么而斗争。正是他说亚伯丁大人①应该被控告、帕默斯顿大人②应该被绞死,或反之亦然。

这类**势利者**特别喜欢谈论的一个话题是,市里的哪家机构把帕默斯顿大人出卖给了俄国,所支付卢布的准确数额是多少。我曾无意中听到他——皇家海军的斯皮特弗尔(顺便说一下,辉格党拒绝给他一艘船)——用过餐后与明斯先生进行着如下谈话。

"为啥贵妇人斯克拉加莫弗斯基没有参加帕默斯顿夫人的聚会呢,明斯?因为**她不能露面**——为啥她不能露面?明斯,要我告诉你为啥她不能露面吗?斯克拉加莫弗斯基夫人的背上的皮都被打开了,明斯——告诉你吧伤口都露出肉来了,先生!上个星期二,十二点钟时,普罗巴今斯基军团有三个鼓手来到阿斯布汉姆剧院;十二点半钟,在俄国大使馆的黄色客厅里,斯克拉加莫弗斯基夫人当着大使夫人、四个贴身女侍、那个希腊人爸爸和大使秘书的面被鞭抽了几十下。她被鞭打了,先生,在英格兰的中央被鞭打了——就在伯克利广场,因为她说奥尔加大公爵夫人的头发是红色的。瞧,先生,你要告诉我帕默斯顿大人应该继续当大臣吗?"

明斯说:"上帝啊!"

明斯四处都跟着斯皮特弗尔,认为他在人类中是最伟大最明智的。

---

① 亚伯丁(1784—1860 年),曾任英国外交大臣、首相。
② 帕默斯顿(1784—1865 年),曾任英国外交大臣、首相。

第三十九章

俱乐部的势利者之三

第三十九章　俱乐部的势利者之三

为什么某位大作家不写写"俱乐部的秘密,或圣詹姆斯街揭秘"呢?对于富有想象的作家而言这将是一个不错的题目。我们一定都记得,小时候去集市花光了钱后,如何怀着敬畏和焦急的心情,一边在表演场外闲荡,一边猜想着里面正进行着怎样的娱乐表演。

人就是一出戏剧——它充满奇迹、感情、秘密、卑鄙、美妙和真实①等等。每个人的心中就是名利场里的一个分隔的小间。不过咱们别这样用大写的方式吧,如果写专栏文章都这样我会活不了的(顺便说一下,整个专栏都用大写会是一件很美妙的事)。在俱乐部,尽管你可能在房间里一个熟人也没有,但你总是有机会观察那些陌生人,有机会思考,在他们外表下面犹如深藏于帐篷与窗帘里的内心,在进行着怎样的活动。这是一个永无止境的游戏。的确,我听说在这个城内的一些俱乐部里,谁都不和任何人说话。他们就坐在咖啡屋里面,异常安静,彼此观察着。

然而从一个人的外在举止上你是很难识别出他来的!在我们的俱乐部里有一个人——他高大显要,中等年龄——衣着华丽——几乎没有了头发——靴子颇有光泽——出门时戴着围巾;举止文静,用餐时总是要那么一点十分讲究的菜肴:这五年来我任何时候都以为他是约翰·波克林唐阁下呢,把他当作是个日收入达五百英镑的人来尊敬。可我发现他不过是市里某机构的一名职员,收入二百英镑都没有,他的名字叫朱贝尔。与之相反,约翰·波克林唐阁下却是一名个子矮小、肮脏讨厌的男人,他大声嚷着啤酒质量不好,抱怨一条青鱼多收了他三点五便士;一天他坐在与朱贝尔相邻的餐桌旁时,有人把这位从男爵指给我看。

另外举一种充满神秘的例子吧。比如,我看见老法勒在俱乐部的屋子周围遛来遛去的,从他那双没有神采的眼睛里你看不出任何意义,并且他随时都带着谄媚的假笑——见到每个人都要奉承一番,与你握手,祝福你,对你的幸福安康流露出最温柔最惊人的关心。你知道他是一个骗子和无赖,他也明白你知道。但他

---

① "奇迹、感情、秘密、卑鄙、美妙和真实",原文用大写字母表示。

第三十九章 俱乐部的势利者之三

继续玩他的手腕,无论走到哪里都要令人作呕地留下阿谀奉承的足迹。谁能看透那个男人的秘密?他能从你我身上得到什么世间的好处?你并不知道那副狡猾平静的面具下进行着怎样的活动。你只是隐约地产生出一种本能的、对你提出警告的反感,知道自己正面对着一个无赖——除此而外法勒的整个心思对于你都是一个秘密。

我想我倒最喜欢对青年作一番思考。他们的游戏更加公开一些。你仿佛知道他们手中的牌。就以斯帕文和考克斯普尔两位先生为例吧。

我相信,上述那种青年在多数俱乐部里都可见到一两个。他们谁都不认识。他们随身把不错的雪茄烟味带进屋里,在一个角落里对于体育运动的事情发牢骚。他们回忆着自己曾被称为获胜之马、为世界增光添彩的那段短暂的历史。当喜欢政治的人谈论着"改革年"、"辉格党垮台年"等时,这些喜爱运动的年轻人便谈着"塔马新年"(TARNATION'S year)或"欧普德多克年"(OPODELDOC'S year),或卡塔瓦普斯(CATAWAMPUS)① 竞争"切斯特杯"的那一年。他们早晨打台球,早餐喝淡啤酒,把一杯杯烈酒"加得满满的"。他们读《贝尔的生活》(这也是一篇很讨人喜欢的文章,在对记者们的回答中显得很博学)。他们去塔特萨尔拍卖行②,在公园里昂首阔步地走着,两手插入宽松外套的衣兜里。

那些喜爱运动的青年于外在举止上显得惊人的庄重严肃,语言十分简短,忧心忡忡的样子,给我留下特别深的印象。在"摄政者"俱乐部里,当乔·米勒尔桑(Joe Millerson)把整个房间里的人都引得哄堂大笑时,你会听见年轻的斯帕文和考克斯普尔两位先生在某个角落里嘀嘀咕咕的。"就布罗热尔对布鲁楼斯来说,我愿意接受二十五对一的差额。"斯帕文耳语道。"那种赌注与赢款之间的差额是不行的。"考克斯普尔说,不祥地摇摇头。

---

① 大概是一些有名运动员的名字。
② 伦敦赛马拍卖行,开设于1766年。

第三十九章　俱乐部的势利者之三

这些不幸的青年头脑中总是会想到那本关于打赌的书。我想我对于它的厌恶甚至超过了对于《贵族姓名录》的厌恶。后者总还有一些可取之处——不过总体而言上面的记载是徒劳无益的：德莫金斯并非是了不起的霍金·莫金的后裔；另有一半的家谱同样虚假荒唐（但有一些箴言警句也值得一读）；此书本身对于**历史**好**像**也是一种有金饰带①的、充满活力的仆从②，迄今为止不无用处。可是一本关于赌博的书会有什么好处呢？如果我能当上一周的哈里发③奥马尔，我会把那些卑劣的手稿统统付之一炬——从我那位大人的手稿到肉商萨姆的手稿。前者与杰克·斯纳夫尔（Jack Snaffle）那帮人打得火热，诈骗消息不够灵通的无赖和生手，后者在酒吧间里作为赌注登记人登录十八便士的投注赔率④，并有可能赢得二十五先令。

在一次赛马交易中，无论斯帕文还是考克斯普尔都会极力占自己父亲的上风，并且为了在投注差额中赢得一个点，会让其最好的朋友作出牺牲。某天我们会听见这个或那个躲债的家伙，但由于我们并非是喜欢运动的人，所以我们是不会为此事伤心的。瞧瞧吧——斯帕文先生出门前正在梳妆打扮，面对镜子把自己两侧的头发弄成卷曲形状。看看他呀！只有在囚船⑤或那些赛马迷当中，你才会看到一张如此卑劣、如此狡猾、如此阴郁的脸。

在年轻的**俱乐部的势利者**中间，一种远更慈善的人要算那种**令女人倾心的势利男人**。我刚才就看见威格尔在运动场的更衣室里，和与他形影不离的瓦格尔谈着话。

瓦格尔说："我以名誉担保，威格尔，她那样做了。"

威格尔说："唔，瓦格尔，如你所说——我承认自己觉得她**的确相当温和地看着我**。今晚我们看法国剧时就会明白的。"

这两个并无危害的小青年打扮好后，便上楼用餐去了。

---

① 制服等上面表示等级的饰带。
② 原文为"lackey"，也有"奉承、拍马屁"的意思。
③ 伊斯兰教执掌政教大权的领袖的称号。
④ 文中涉及一些赌博上的术语。
⑤ 尤指利用不再航行的旧船等改成的囚船。

第四十章

俱乐部的势利者之四

第四十章　俱乐部的势利者之四

在上一章里提到的名叫威格尔和瓦格尔的两种轻浮的青年男子，我想在各俱乐部里会见到不少。威格尔和瓦格尔两人都无所事事。他们出生于中等阶级，一个很可能假装成一名律师，另一个则声称在皮卡迪利大街①附近拥有漂亮的公寓。他们是某种二等花花公子，无法仿效那种百无聊赖的举止——在高贵的人士当中尤为突出，具有令人赞美的无知蠢行；可是他们却过着几乎一样糟糕的生活（假如只为了举个例子的话），作为个人是一样毫无用处的。我并非要借雷电对这些蓓尔美尔街的追求享乐的小蝴蝶发起攻击。他们并不给公众造成太多的危害，或者自己过分奢侈。他们并不能像塔奎恩大人（Lord Tarquin）那样，为了一名歌剧舞女花掉一千英镑买钻石耳饰；他们没有一人建立起一座酒店，或者让一座赌场破产，就像年轻的马厅格尔伯爵（Earl of Martingale）那样。他们有其长处和仁慈的情感，令人可敬地处理金钱上的交易——只是在城里按照其身份追求着二等享乐。他们及其类似的人都十分平庸，颇为自鸣得意，极端荒谬，所以在一本谈论**势利者**的书里是不应该把他们略去的。

威格尔曾到过国外，他让你明白他在"塔布勒斯旅店"遇见的一些德国伯爵夫人和意大利公主当中，如何取得极其惊人的成功。他的房间里挂满了女演员和芭蕾舞女的画像。他在一间华丽的化妆室里度过上午，一边点上芳香薰剂一边读着《唐璜》②和法国小说（顺便说一下，《唐璜》的作者的生活如他自己所说，也是典型的**势利者**的生活）。他有一些每张印费为二点五便士的法国女人照片，她们显露出渴望的眼睛，戴着黑色小面具，手里拿着吉他，坐在威尼斯的凤尾船里，诸如此类——他还会向你讲述起关于她们的故事。

"这张照片是不好，"他说，"我知道的，但我有理由喜欢它。它让我想起某个人——某个我在其他地方认识的人。你听

---

① 在伦敦，以其时髦的商店、俱乐部、旅馆和住宅著称。
② 英国诗人拜伦的诗体长篇小说。唐璜是西班牙传说中的一个浪荡子。

说蒙蒂普尔查诺①的普林士皮莎（Principessa）吗？我在里米尼②遇见过她。亲爱的、亲爱的弗朗西斯卡！那个头发金黄、眼睛明亮的人儿，她穿着印有极乐鸟的土耳其宽松女服，手指上有一只情侣鹦鹉——我肯定是从——某个也许你不认识的人那里拿去的——不过她在慕尼黑却是人人皆知，瓦格尔，我的朋友——人人都知道奥伊伦斯切雷肯斯特恩的欧蒂莉亚的伯爵夫人（Countess Ottilia de Eulenschreckenstein）。哎呀，先生，1844年我在巴伐利亚③的阿蒂拉王子的生日那天与她跳舞时，她是个多么美丽的人儿啊。卡罗曼王子和我们一起跳对面舞④，还有佩平王子也跳那种舞。在她的花束里有一束西洋樱草。瓦格尔，**我现在也有了西洋樱草**。"他的脸上现出一种烦恼不安、不可思议的表情，只见他把头埋在沙发的软垫里，好像投入了满怀激情的回忆的漩涡之中。

去年他可曾引起一阵不小的轰动——他在书桌上放了一个用金钥匙锁着的摩洛哥产的微型盒子，他总是把金钥匙挂在脖子上，钥匙上面印有一条大蛇——那是不朽的象征——其圆圈上有字母 M。有时他把钥匙放在摩洛哥产的小书桌上，仿佛把它放在圣坛上一般——他通常都要在它上面放一些花；在谈话当中他会一下站起身吻它。他会从卧室里大声叫喊贴身男仆："希克斯，快把那个小盒给我拿来！"

"我真不知道他是怎样一个人。"瓦格尔总是说，"谁知道那小子玩的啥诡计！德斯波罗·威格尔先生，成了感情的奴隶。我想你听说过那位意大利公主被锁在里米尼'圣芭芭拉修道院'的故事吧？他没有告诉你？那么我就不能随便说了。或者你听说过那位女伯爵的事吧？为了她他几乎和芭芭拉的威蒂肯德王子决斗。也许你甚至没听说过本顿维尔那个美丽姑娘的事，她是一位最受尊敬的持不同看法的教士的女儿。当听到他已订婚（与一个

---

① 意大利一城镇。
② 意大利东北部港口城市，著名的海滨休养地。
③ 位于德国南部，昔日为一独立王国。
④ 三至四或六至八拍的一种舞。

第四十章　俱乐部的势利者之四

高贵人家的最可爱的人儿，后来证明那是个错误），她的心都碎了，如今她在汉威尔（Hanwell）。"

瓦格尔对于朋友的信任变成了疯狂的崇拜。"只要他把自己充分发挥出来，他会是怎样一个有才能的人啊！"他对我耳语道，"要不是因为自己的感情问题，他是无所不能的，先生。他的诗是你见到过的最美的东西。他根据自己的冒险经历写出了《唐璜》的续集。你读过他写给玛丽的诗没有？它们比拜伦写的还好，先生——比拜伦写的还好。"

我很高兴从瓦格尔这样一位如此多才多艺的评论家嘴里听到这些话，因为事实上，我本人有一天就为诚实的威格尔作过一些诗；我曾发现他在自己房间里面对着一本极脏的旧式簿子陷入沉思——而他至此尚未在上面写下一个字。

"我写不出来。"他说，"有时我可以写出长长的诗篇，可今天却一行也写不出。啊，**势利者**！这么好的一个机会！这么好的一个非凡的人儿！她让我为她的簿子写些诗，而我却写不出来。"

"她有钱吗？"我问，"我原以为你是非女继承人不娶的。"

"啊，**势利者**！她是个最多才多艺、有着极其高贵的血统的女人！——而我却一行诗也写不出来。"

"那你将如何表达？"我问，"多用奉承的话？"

"不，不！你那是在践踏最神圣的感情，**势利者**。我需要某种既狂热又温柔的东西——像拜伦那样。我想告诉她的是，在那些欢乐的舞会和类似活动中，你知道——我心里只有她，你知道——我看不起这个世道，对它感到厌烦，你知道——它好像只了解羚羊和夜莺那样的动物，你知道。"

"最后再以穆斯林弯刀结束。"笔者说，然后我们开始道：

致玛丽

在众人里面，瞧，
我似乎最为快活；

> 我喜悦而高声的欢笑，
> 回荡在宴会与舞会当中哟。
> 人们无不看见，
> 我嘴上的冷嘲与笑意；
> 但我的心灵、真情与泪眼，
> 均献给你，献给你！①

"你认为这首诗优雅吗，威格尔？"我说，"我敢说它差不多让我哭起来。"

"现在假设，"威格尔说，"我们说所有的世人都拜倒在我脚下——让她妒忌，你知道，以及类似的事——说我要出去旅行了，你知道，情况会怎样呢？也许会对她的感情产生影响。"

于是我们（如这个一本正经的可怜人所说）又开始道：

> 老老少少都不断，
> 围着我阿谀奉承。
> 最美丽的人儿也甘愿，
> 用心换取我可贵的温存。
> 她们向我求爱——
> 我笑着将奴颜婢膝的人抛弃，
> 却怀着真诚与关怀，
> 倾心于你，倾心于你！

"现在说旅行吧，朋友威格尔！"我便用激动得哽塞的声音开始道：

> 快去吧！自从你教我的心如何感应，
> 休憩是什么它就再不知道；

---

① 译诗步原诗 ababcdcd 韵，即一、三句押韵，二、四句押韵，五、七句押韵，六、八句押韵。

第四十章 俱乐部的势利者之四

> 我渴望表露我的内心，
> 不然秘密会在我胸中死掉；
> 我也许不会将激情……①

"嗨，**势利者**！"威格尔这时打断我这激动的吟游诗人（我正要迸发出四行哀婉动人、会让你发狂的诗）。"嗨——啊咳——难道你不会说我是———个——军人吗，说我的生活存在着某种危险？"

"你一个军人？——你的生活有危险？你究竟是啥意思？"

"唉，"威格尔说，脸变得通红，"我曾告诉她我要——去——厄瓜多尔②——作一次远行。"

"你这个可恶的年轻骗子。"我大声说，"自己去写出诗来吧！"他真的那样做了，诗写得一点也不押韵，还在俱乐部里吹嘘说那是他自己的作品。

可怜的瓦格尔对朋友的才能深信不疑，直到上周的一天他咧嘴笑着来到俱乐部，说："啊，**势利者**，瞧我有了一个怎样的发现！今天我去溜冰，竟然看见威格尔和那个绝妙的女人一起散步——那个有着杰出家庭和巨大财富的女人玛丽，你知道，他写了一些关于她的美丽诗篇。她四十五岁了，头发红红的，鼻子像泵杆。她父亲靠开一家火腿牛肉店发了财；威格尔下周就要和她结婚。"

"这样倒好得多，瓦格尔，年轻的朋友。"我叫道，"这个危险的家伙将不再勾引女人——这个'蓝胡子'③将停止做坏事，这对女人们更好一些。或更确切地说，对他自己更好一些。因为，在他所有你经常忍受着听到的惊人的爱情故事中，没有一个字是真实的，受害的只有威格尔自己，而他现在把感情集中在了那家火腿牛肉店上面。**就有那么一些人，瓦格尔先生，挺认真地**

---

① 译诗步原诗 ababa 韵，即一、三、五句押韵，二、四句押韵。
② 南美洲西北海岸的国家。
③ 法国民间故事中连续杀害六个妻子的人。

做着这些事，并且在世上还混得不错。但这些人可不是供嘲笑的对象，虽然他们无疑是**势利者**，可也是些恶棍。把他们的案例送交高级法庭吧。"

第四十一章

俱乐部的势利者之五

第四十一章 俱乐部的势利者之五

巴克斯①是瓦格尔特别崇拜的神。"把酒给我吧，朋友。"他对朋友威格尔说，威格尔正喋喋不休地谈着可爱的女人；他举起满满一杯玫瑰色的酒，举止奇异地对着它眨眨眼，然后呷一口，再咂咂嘴，对着它沉思，仿佛他是最伟大的鉴赏家。

我已讲过这种对酒的过度嗜好在青年人中尤为突出。大学里的斯纳布林②，军队里的弗勒杰林③，公学④里的哥斯林⑤——这些人装点着我们的俱乐部——人们常听说他们在酒的问题上颇有影响。"这瓶酒的塞子没打开。"斯纳布林说。于是专管酒类的男仆斯赖⑥先生把它拿走，很快把酒装进一只酒壶带回来，那个好酒的青年声称很不错。"该死的香槟酒！"弗勒杰林说，"只适合女孩和小孩子们喝。用餐时给我淡雪利酒吧，然后喝最上等的红葡萄酒。""现在喝波尔图葡萄酒如何？"哥斯林问。"我讨厌那种浓浓的甜东西——人们过去经常喝到的干葡萄酒哪里去啦？"去年以前，弗勒杰林一直在斯威希特尔博士家喝淡啤酒，而哥斯林则常在威斯敏斯特⑦的一家杜松子酒店喝老波尔图干葡萄酒，直到他1844年离开那所学校。

任何人只要看过三十年前的那些讽刺画，一定记得绘画师多么经常地采用大鼻子、多粉刺的面容和其他巴多菲人（Bardolphian）⑧的那种面部特征。与过去美好的时代相比，现在这些特征已大为减少（在任何地方都如此，所以也包括在绘画中）；但在我们俱乐部的年轻人当中仍可见到，他们得意于饮酒作乐，其颇黄的面部简直是一副病态，经常得用某种化妆物修饰一番——

---

① 酒神。
② 如第二十章所注：指"年轻的势利者"。
③ 原文为"Fledgling"，指"无经验的人，初出茅庐的人"。
④ 一种贵族化的私立付费学校，实行寄宿制，常为大学的预科学校。
⑤ 原文为"Gosling"，指"愚蠢而无经验的人"。因译文的需要，上述几处特音译。
⑥ 原文为"Sly"，含有"狡猾的，阴险的"等意思。本书一些地方以此种方式虚构出人名。
⑦ 伦敦内城的自治市，位于西区中央。
⑧ 据查为一小村庄的人，那里的人面部特征奇异。

据说只有罗兰卡里多（Rowland's Kalydor）① 才能将其抹掉。"昨晚太伤我的感情了——老兄！"霍普金斯对汤姆金斯说（显得友好而信任）。"让我告诉你我们都做了些啥吧。十二点钟时我们与杰克·赫林一同吃早饭，然后喝白兰地和苏打水并抽烟至下午四点；接着我们去公园逛了一小时；接着又用餐，喝香甜的波尔图干葡萄酒直到它降成半价时为止；接着顺便去'秣市'看了一小时；然后回到俱乐部，又吃烤肉喝威士忌潘趣酒，直到大家都变得忧郁沮丧起来——喂，服务生！给我弄一杯樱桃白兰地来。"俱乐部的服务生们是最有礼貌、最为和蔼、最为耐心的男人，他们就是被这些无情的年轻酒徒折磨得憔悴不堪的。但假如读者希望在舞台上见到这帮青年的完整的画面，我愿推荐他去看看那出有独创性的喜剧《伦敦保险》——其中那些亲切友好的人物不仅代表着酒徒和不到凌晨不回家的人，而且表现出上百种其他令人可喜的特性，诸如诈骗、撒谎和整体的堕落，看着颇有教益。

这些不可容忍的年轻人的行为，与我朋友帕普沃斯先生端庄得体的举止相比多么不同，他与俱乐部的仆役长波拼斯有如下一番对话：

帕普沃斯："波拼斯，我想着早点用餐，俱乐部里有冷野味吗？"

波拼斯："有野味馅饼，先生；有冷松鸡，先生；有冷野鸡，先生；有冷孔雀，先生；有冷天鹅，先生；有冷鸵鸟，先生。"等等（视情况而定）。

帕普沃斯："嘿！现在有啥最好的红葡萄酒，波拼斯？——我指那种一品脱一品脱的。"

波拼斯："有库柏酒（Cooper）和玛格鲁姆—拉菲特酒（Magnum's Lafitte），先生；有拉斯酒（Lath）和索达斯特—圣朱林酒（Sawdust's St. Julien），先生；邦—罗维尔酒（Bung's Leoville）被认为相当不错；我想你会喜欢贾格尔—

---

① 一种治疗皮肤病的药膏。

第四十一章 俱乐部的势利者之五

查托—玛哥克斯酒（Jugger's Chateau-Margaux）①的。"

帕普沃斯："唔！——哈！——瞧——给我来点干面包片和一杯啤酒吧。我只用午餐，波拼斯。"

森迪上尉是俱乐部里另一种讨厌的家伙。人们知道他曾因自己的羊排质量问题在整个俱乐部引起了轰动。

"瞧瞧吧，先生！这是煮好了的吗，先生？你闻一闻，先生！连这样的肉都适合给一位绅士吃？"他对膳务员吼道，后者站在他面前哆嗦着，徒劳地告诉他说布罗克斯密士的主教刚吃过从同一只羊的腰部割下来的羊排。俱乐部里所有的侍者都挤在上尉的羊排周围。他因为仆人没有把盐汁拿过去就暴跳如雷，用最可怕的言辞骂仆人；因为托马斯没有把"哈维酱油"拿去就发出最恐怖的诅咒；皮特提着水壶绊倒在贾姆斯身上，而贾姆斯正拿着"装面包的闪闪发光的盒子"。只要森迪一进屋子（这就是品格的力量），每张餐桌都会见不到什么人，每个绅士都必须尽可能像样地用餐，所有身材高大的男仆都感到害怕。

他很看重对自己的服务。他责骂着，因此得到更好的招待。在俱乐部里他有十个仆从在他的盼咐下忙来忙去。

与此同时，可怜的森迪夫人和孩子们却住在某个黑暗的寄宿处，由一个穿木底鞋的做慈善工作的女孩服侍着。

---

① 此处的各种酒名均采取音译方式。

第四十二章

俱乐部的势利者之六

第四十二章　俱乐部的势利者之六

　　每个知书识礼的英国女性，都会为如下我将讲述的悲惨故事中的人——沙克维尔·缅因的经历——感到同情。俱乐部的乐趣已经讲到，现在让咱们看一下那些机构存在着什么危险，为此我必须把我年轻的朋友沙克维尔·缅因介绍给你。

　　那是在我可敬的朋友帕金斯夫人家的一次舞会上，我被介绍给这位先生和他的妩媚可爱的夫人。当时我看见眼前有一位年轻女人穿着白色衣服和绸缎做的鞋子，系着约有一码宽的粉红色缎带；她被德国外交能手德—斯普林波克先生搂住旋转着跳波尔卡舞①时，那缎带就像冒出的火焰一般；她的头上戴着绿色花环，头发是本人所见到过的最黑的那种——瞧，我看见眼前一位妩媚可爱的年轻女人优美轻快地跳着舞，在她一次次绕着屋子旋转的时候，我时而见到她整个的面容，时而见到大部分面容，时而又见到一个侧面——总而言之，你无论怎么看到她的面容它都是那么美丽、红润和快乐，我感到（正如我所相信的）自己这样好奇地看着有如此可爱脸蛋的人并非无礼，接着我问瓦格勒（他正站在旁边同一个朋友谈话）那位夫人是谁。

　　"哪位？"瓦格勒问。

　　"那个长着煤黑眼睛的。"我回答。

　　"嘘！"他说，这时与他谈话的那个绅士走开了，显得非常困惑不安的样子。

　　他走后瓦格勒一下就笑起来。"煤黑的眼睛！"他说，"真让你给说中啦。那就是沙克维尔·缅因夫人，刚才离开那个是她丈夫。他是一个煤商，**势利者朋友**，我肯定帕金斯先生那些瓦尔森兹的船货就是从他码头上供给的。他一听见提到煤就像进了火炉一样。他和妻子以及他的岳母很为沙克维尔夫人娘家骄傲；她曾是丘夫小姐，皇家海军丘夫上尉的女儿。那位是个寡妇，即那个穿深红色府绸的矮胖女人，丘夫夫人正与达姆普斯老先生在牌桌上玩着奇特的牌戏。"

　　事实就是这样。沙克维尔·缅因（其名字当然比丘夫的优雅

---

①　一种起源于捷克民族的轻快舞蹈。

一百倍）幸运地有了一个漂亮的妻子和一个出身高贵的岳母，一些人会因她们两个而嫉妒他。

他婚后不久，这位非常好心的母亲就来到他可爱的小别墅"肯宁顿—欧瓦尔"看望他——那时只过去了两星期，并且这四年来就从未离开过它。她还把儿子勒尔桑·科林沃德·丘夫也带去一起生活，但他不像妈妈那么经常呆在家里，而是作为一名走读男生去了"麦查特—泰勒学校"，在那儿受到一种传统有效的教育。

这些人与他妻子关系密切，对于她而言应是可贵的，假如他们都会被视为有碍于缅因的幸福，那么还有什么人生活中没有一些要抱怨的事呢？我初次认识缅因先生时，好像没有人比他更过得舒适了。他的小别墅就是一幅优雅惬意的图画，其餐桌上和酒窖里的食物都极其丰富。他的生活充满了享乐，但他从不炫耀。公共马车早上把他载去上班，然后船把他载回到那个最幸福的家里，他在那儿趁女人们干活时给她们读流行小说，以此消磨漫长的夜晚；或者吹奏长笛（他吹奏得很优美）陪伴妻子；或者在上百种愉快而纯真的家庭娱乐中任意开展一种活动。丘夫夫人①用她亲手制作的大挂毯把客厅装饰起来。沙克维尔夫人有一种特殊的本领，能够为这些装饰制作一些带状或网状的罩子，她还能自己做葡萄酒，做蜜饯和腌菜。她有一本小册子，沙克维尔·缅因向她求爱时曾在里面抄写了一些精选的拜伦与莫尔的诗篇，这些诗所描写的情境与他自己的处境有相似之处，字写得非常实在。她有一份不小的食谱手稿。总之，她的每一种特性都表明了一位英国妇女那种善良而有教养的心灵。

"至于勒尔桑·科林沃德，"沙克维尔总是笑着说，"我们在这家里并非没有他就不行。假如他没把挂毯弄坏，我们在几个月里就会大大松一口气；再说，我们发现喝劳拉的家制葡萄酒的人除了他还会是谁呢？"事实上，凡从城里到"欧瓦尔"去用餐的先生们，都不会被诱惑去喝这酒——在我与那家人变得亲近起来

---

① 沙克维尔的岳母。

第四十二章　俱乐部的势利者之六

后，我自认也遵从了那种苛求。

"然而，先生，一些英国最得意的英雄们却喝过那种酿得并不好的刺激品。"丘夫夫人总会大声说，"埃克斯莫斯上将阁下1874年在阿尔及尔时，先生，在丘夫上尉的'尼布甲尼撒二世① 号'船上就品尝并赞赏过它，并且先后弄了三打到'草叉号'护卫舰上，其中一部分在他与'弗里邦德号'船——船长是乔夫楼尔——于巴拿马海湾开始不朽的战斗前，被分给了大家。"

尽管这位继承亡夫遗产的老寡妇每当酒被弄出来时，天天都要告诉我们那个故事，但这一切从未能使酒的数量有所减少——那种酿得并不好的刺激品虽然点燃了英国人战斗和胜利的焦油，但它却并不受我们这些平静而退化的现代人的喜爱。

我这下看到了沙克维尔，那是在瓦格勒作引见的时候，我第一次拜访了他。时值七月——一个礼拜天下午——沙克维尔·缅因正从教堂出来，一只胳膊挽着妻子，另一只挽着岳母（她像往常一样身穿红色的府绸服）。一个不太成熟的，或者可以说有些笨拙的小男仆跟在后面，替他们拿着金光闪闪的祈祷书——两个女人打着有饰片饰须的华丽阳伞。丘夫夫人的那只大金表系在胸前，像一团火一样闪着光。勒尔桑·科林沃德在远处，用石头打肯宁顿公地上的一匹老马。我们是在那片绿地上见面的——我永远也不会忘记，她记起曾有幸在帕金斯夫人家见到我时表现得真是太礼貌了；我也不会忘记，在我们走过去时有个不幸的先生站在一只木桶上，对公共马车上不无疑虑的无礼男子和女佣们发表极其散漫无序的讲话时，她所投去的轻蔑的眼光。"我也没有办法要这样，先生。"她说，"因为我是一名英国海军军官的寡妇，我受到的教育是要尊重自己的教会和国王，无法忍受一个**激进分子或不顺从国教的新教徒**。"

我发现这些美妙的特性给沙克维尔·缅因留下了深刻印象。"瓦格勒，"他对介绍我的人说，"假如没有更好的约会，干吗自己不和朋友在'欧瓦尔'用餐呢？**势利者先生**，羊肉现在刚好从

---

① 古巴比伦国王。

烤肉叉上取下来。劳拉和丘夫夫人（他着重强调的是劳拉，但我讨厌人们用那些非同一般的发音）会很高兴见到你的，我可以保证你会受到热情欢迎，并喝到一杯英国最好的波尔图干葡萄酒。"

"这比去'石棺'吃饭好。"我暗自思忖，因我和瓦格勒先前打算去那家俱乐部用餐。这样我们爽快地接受了邀请，之后彼此变得相当亲密起来。

这个家的一切都是如此温和、舒适与健全，即便一个玩世不恭的人也不会在那儿抱怨什么的。劳拉夫人十分亲切，满脸微笑，穿着她漂亮的晨衣时也像在帕金斯夫人家穿着套裙一样相当不错。丘夫夫人连珠炮似的讲述着"尼布甲尼撒二世号"船1874年经历的故事，讲述着"草叉号"护卫舰与"弗里邦德号"船之间的战斗——乔夫楼尔船长如何英勇地抵抗，以及他有多么气愤等等；我当时第一次听到这些事，就觉得比后来听到的更有趣。沙克维尔·缅因是一位最出色的主人。每个人说的话他无不同意，只要遇到哪怕可能是最小的反驳他都会毫无保留地改变主意。他不是一个会仿效舍恩拜因（Schonbein）或培根修道士（Friar Bacon）的人，或者对邻居泰晤士进行煽风点火——他善良友好、单纯真诚、为人宽容，爱妻子，对所有的世人都没有恶意，他自我满足，甚至对岳母也感到满意。我记得在晚上那段时间，当因某种原因把加水威士忌酒弄出来喝后，勒尔桑·科林沃德变得有点晕眩了。但沙克维尔仍然保持沉着冷静。"把他带上楼去，约瑟夫，"他对那个有些蠢笨的男孩说，"还有，约瑟夫，别告诉他妈妈。"

什么可以让一个男人如此幸福快乐呢，会是不幸吗？有什么事会让一个如此友好团结的家庭烦恼、争吵和疏远呢？女士们，那可不是我的错——是丘夫夫人的所作所为——不过其余的故事你将在另一天听到。

第四十三章

俱乐部的势利者之七

第四十三章　俱乐部的势利者之七

这个单纯善良、年纪轻轻的沙克维尔之所以遭遇不幸，完全是因那个令人憎恶的"石棺俱乐部"所致；而他竟会进入俱乐部里，部分过错也在于笔者身上。

由于看见他的岳母丘夫夫人喜欢上流社会（的确，她所谈的全是关于科林沃德大人、加姆比尔大人、贾哈勒尔·布雷唐阁下以及戈斯波特①和普利茅斯②舞会的事），我与瓦格勒便按照我们的习惯对她的谈话大肆吹捧，也一起谈论君主、公爵、侯爵夫人和从男爵们，仿佛那些权贵是我们亲密的朋友似的。

"塞克斯唐伯雷大人，"我说，"好像已从他夫人的死亡中恢复过来。昨晚他和公爵在'石棺'喝酒时显得真高兴啊，不是吗，瓦格勒？"

"公爵真是个好人。"瓦格勒回答，然后对丘夫夫人说："请问，夫人，你懂得世事和礼节，可否告诉我像我这种处境的人应该如何办吗？去年六月，大人他、他儿子卡斯特勒拉盘特大人、汤姆·史密斯和我本人在俱乐部里用餐，我提出在德比马赛③上按照四十比一的投注赔率打赌，与'大蚊'（DADDYLONGLEGS）对抗——只用沙弗林④。大人同意与我打赌，结果当然是我赢了。可他根本没有把钱付给我。瞧，我能够向这样一位大人物索要一英镑钱吗？——对不起，再来一块糖吧，亲爱的夫人。"

幸运的是瓦格勒给了她这个回避问题的机会，因为此问题让我们置身其中的这整个可敬的家庭感到沮丧。他们用吃惊的眼睛流露出感情。丘夫夫人关于那位海军贵族的故事也变得软弱无力起来，年轻和蔼的沙克维尔夫人心神不安，走上楼去看看孩子们——不是那个小恶棍勒尔桑·科林沃德，他喝了加水威士忌酒正在睡觉——而是去看几个在吃甜点时曾出现过的小孩，她和沙克维尔便是他们幸福的父母。

这次以及后来与缅因先生见过面之后，我们便提议并让他被

---

① 英格兰南部港口城市。
② 英格兰西南部港口城市。
③ 始于1780年的英国传统马赛之一。
④ 英国旧时面值一英镑的金币。

选举为"石棺俱乐部"的一名会员。

不过这并非没有受到极力反对——人们私下说着候选人是个煤商的秘密。你可以肯定俱乐部里一些妄自尊大的人和大多数暴发户都会投他的反对票。然而我们成功地与此种反对展开了斗争。我们向暴发户们指出拉姆唐（Lambtons）和斯图亚特王室的人也曾卖过煤；我们讲述着他的出身如何高贵，本性如何善良，举止如何得体，以此平息了那些妄自尊大的人；在选举那天，瓦格勒又颇有说服力地描述了"草叉号"护卫舰与"弗里邦德号"船之间的战斗，以及我们朋友的父亲乔夫楼尔船长如何英勇。在他的叙述中只有一个小小的错误，但我们还是让朋友当选了，美中不足的在于①：那无疑是拜勒斯的，他对人人都投反对票；还有邦恩的，他看不起煤商，而他自己最近才脱离酒业呢。

大约两周后我看见沙克维尔·缅因做着如下事情——

他正领着一家人参观俱乐部。他用一辆淡蓝色的马车把他们载到那儿，让马车在俱乐部门口等候着；丘夫夫人那个笨拙的小男仆呆在车夫座位上，身旁是穿着假号衣的车夫。勒尔桑·科林沃德、漂亮的莎克维尔夫人和丘夫船长夫人（我们称她科莫多尔·丘夫夫人）都去了，后者当然穿着那件朱红色的府绸服，尽管它很光彩，可与光彩的"石棺"相比又不足挂齿。欢喜的沙克维尔·缅因正在向他们讲述着俱乐部的美妙之处，仿佛它在那一小群人心目中就像天堂一样美妙。

"石棺"展示出各种知名的建筑与装饰风格。大藏书室呈伊丽莎白女王时代的模样，而小藏书室则呈尖形的哥特式形状；餐厅是纯多利安式②的，来宾室具有埃及的建筑结构，客厅是路易斯·夸托尔热式的（Louis Quatorze）——之所以这样说，是因为那些陈列出的可怕饰品曾在路易斯·昆热（Louis Quinze）时代使用过；那个 CORTILE③，或者说大厅，摩里斯科（Morisco）与意

---

① 指"美中不足之处"，原文为"with only a trifling sprinkling of black beans in the boxes"。英语有句谚语："Every bean has its black，"指"凡人各有其缺点"。
② 多利安人为古希腊一民族。
③ 意大利语。

第四十三章 俱乐部的势利者之七

大利的风格兼而有之。到处都可见到大理石、槭木、镜子、阿拉伯式图饰、镀金饰物和仿云石。卷形饰物、拼合字、龙、爱神丘比特、西洋樱草及其他花的图形丰富多彩地展现在墙上。想象一下吧,在朱林(Jullien)的乐队里每个人都竭尽全力地演奏出各自不同的曲调,那会是怎样一种情景;"石棺俱乐部"的装饰物真让我迷惑不解,深为触动。丘夫夫人被我无法描述的情感弄得眼花缭乱,而她又不敢表露出来,于是便带着孩子们和女婿惊异地漫步在这些糟糕的浮华之中。

在大藏书室(长二百二十五英尺,宽一百五十英尺)里,丘夫夫人只见到蒂格斯一人。他躺在深红色的丝绒沙发上,读着一本保罗德·科克①的法国小说,那是一本很小的书。蒂格斯是个很矮小的男人,在这间大厅里他看起来仅仅是个小点而已。见夫人们屏住呼吸走过去,在庞大寂静的房子里战栗着,他便向这些美丽的外来者投去精明狡猾、惹人注目的一瞥,等于在说:"难道我不是个好人吗?"我肯定她们也这样认为。

"他是谁?"在我们走到屋子另一端离他约有五十码时,丘夫夫人嘶嘶地问道。

"蒂格斯!"我说,也像她一样低声耳语。

"这不是相当让人愉快的事吗,亲爱的?"缅因无拘无束地对沙克维尔夫人说,"瞧,所有的期刊——写作材料——新的作品——挑选的藏书,无不包含着重要的东西——我们这儿有些啥书?——有《达格代尔②论修道》,这是一本很有价值的、我相信也很有趣味的书。"

他提出取下其中一本给缅因夫人看看,就选取了第二卷,结果有一只黄铜门把从背后露出来,这一异常情况引起了他的注意。他并没能取出一本书,而是拉开了一个食橱,里面只放着某个懒惰女佣的扫帚和掸子——他极其不安地看着它们;而勒尔

---

① 保罗德·科克(1793—1871年),法国多产作家,作品曾在整个欧洲流行。
② 达格代尔(1605—1686年),英国古物学家,中世纪的杰出学者。文中所指的著作共有三卷。

桑·科林沃德却毫不尊重地突然哈哈大笑起来。

"这真是我见过的最古怪的书呀。"勒尔桑说,"我希望在麦查特—泰勒学校只有这样的书才好呢。"

"嘘,勒尔桑!"丘夫夫人叫道,然后我们走进了其他堂皇的房间。

她们极力赞美客厅里的幔帐(是粉红色和银色的锦缎,伦敦最好的服饰面料),并计算着每码的价格;又在豪华的沙发上纵情欢笑,在特大的镜子前照着。

"这镜子用来修面还很不错,嗯?"缅因对岳母说。(他此刻越来越显得非常自以为是)"走开去,沙克维尔。"岳母说,高兴不已地也从肩头上往后看了一眼,充分展示着身上那件红色的府绸服,好好看了一下自己;沙克维尔夫人也这样做了——她是应该如此的,我觉得那镜子里照出了一个笑容可掬、十分漂亮的人儿。

不过女人照镜子有啥说的呢?上帝保佑这些可爱的人,那是属于她们的地方。她们自然会向着它奔去。它让她们开心,她们也给镜子增添了光彩。同时我乐于见到,并越来越有趣而崇敬地观察到的是俱乐部的男人们也在那些大镜前照着。只见老杰尔斯推起衣领,对着自己有斑点的脸露齿而笑;哈克尔庄严地看着其魁梧的身躯,紧一紧外衣以便显露出身材;弗雷德·明切恩出去用餐经过时面对镜子假笑一下,向镜里的白领带露出月光似的愉快笑容。毫无疑问那俱乐部的大镜映照出了多少的虚荣来!

瞧呀,女人们兴高采烈地穿过这整座房子。她们看见咖啡屋,看见摆好准备供人用餐的小桌,以及那些正在用午餐的绅士们,还有老贾肯斯,他也像平常一样走过时发出雷鸣般的声音;她们又看见阅览室,以及人们冲过去抢晚报的情形;看见厨房——厨房里的艺术珍品——厨师在那儿掌管着二十名漂亮的帮厨女佣和上万只光亮华丽的平底锅。然后她们极其迷惑不解但却不无欢乐地钻进了那辆淡蓝色的马车。

沙克维尔没有进去,虽然小劳拉有意坐上后面的座位,把前面丘夫夫人的红绸服旁边的位子给他留着。

第四十三章　俱乐部的势利者之七

"我们要享用你的美餐呢,"她用羞怯的声音说,"你不去吗,沙克维尔?"

"我今天在这儿吃一块羊排就是了,亲爱的。"沙克维尔回答,"回家去吧,詹姆斯。"于是他又走上"石棺"的台阶,当蓝色的马车离开时那张漂亮的脸蛋从车厢里现出非常难过的样子。

第四十四章

俱乐部的势利者之八

第四十四章　俱乐部的势利者之八

为什么——为什么我和瓦格勒作出如此令人痛苦的行为,要把年轻的沙克维尔·缅因引入可憎的"石棺"呢?让其余绅士们从我们的轻率和他的例子中引以为戒吧,让他和自己可怜的妻子的命运被每个英国女人记住吧。他进入俱乐部后便导致了如下后果:

这不幸的家伙在那个浮华场所沾染上的第一个恶习就是**抽烟**。俱乐部的一些花花公子,诸如马卡巴的侯爵、多迪恩大人和地位如此高贵的人,都习惯在"石棺"楼上的台球室里沉溺于抽烟的嗜好中——部分原因是为了交朋友,部分原因是出于一种对不良行为的自然倾向。沙克维尔·缅因也跟着他们学,并成为这种恶习的老手。此恶习一旦被带到某个家庭,我用不着说其后果有多么悲哀,无论是物质上的还是精神上的。沙克维尔在家中的餐室里也要抽烟,给妻子和岳母所造成的烦恼我就不再冒昧描述了。

然后他就成了一名公开声称的**台球赌徒**,一小时一小时地浪费在那种娱乐上,肆无忌惮地打着赌,玩得很不错,输了不少钱给斯波特上尉和加农上校。他与这些先生进行上百种游戏的比赛,不仅不到凌晨四五点钟不罢手,而且上午你也会在俱乐部里见到他那样放纵自己,以致有损于生意,有害于健康,并且把妻子也给忽略了。

从台球到惠斯特①只有一步之遥——当一个男人沾上惠斯特和以五英镑为一盘胜局时,我便认为他彻底完蛋了。作为大股东成天呆在牌桌上,煤炭生意怎么做下去?公司的业务又如何延续呢?

沙克维尔如今与上流社会的人和蓓尔美尔街的花花公子们交往着,对自己在"肯宁顿—欧瓦尔"那所舒适的小住处也感到惭愧起来,因此把家人迁到了皮姆里科(Pimlico);尽管丘夫夫人——他的岳母——最初在那儿过得快乐——因为这地方很优雅,并且离她如主宰般的丈夫也不远——但可怜的小劳拉和其他

---

① 类似桥牌的一种纸牌游戏。

孩子们却发现一切都变了,觉得悲伤。她的那些早上带着作业来的朋友们在哪儿呢?在肯宁顿和克拉彭①附近。孩子们一同玩游戏的小伙伴呢?——在肯宁顿公地②上。在这片新的地区,只见土褐色的街道上,发出隆隆巨响的大马车来来往往地飞奔着,在这儿,喜欢交往的小劳拉没有一个朋友。广场上走着的孩子们都由一个BONNE③或一本正经的家庭女教师照看着,他们不像那些在深受喜爱的老公地上放风筝或玩跳房子游戏④的快乐的孩子。还有,教堂里也多么不同啊!在皮姆里科的圣北勒迪克特教堂里,座位敞得那么开,仪式上的曲子那么单调,蜡烛又小又细,牧师穿着白色的长袍、法衣,还有各种花环及行进的队伍;而肯宁顿的那些方式虽然古老却是真诚的!连进圣北勒迪克特教堂的男仆也显得如此堂皇和凶恶的样子,丘夫夫人的儿子在他们当中时竟发起抖来,说他宁愿去送预先通知⑤也不再把《圣经》送到教堂去了。

而给这个家添置家具也不是不需要钱的。

然后,上帝啊!沙克维尔在皮姆里科举办的乏味的法国式家宴,与在欧瓦尔的那些欢快的正餐相比是多么不同呀!在这儿没有了羊腿,没有了"英国最好的波尔图干葡萄酒",盘子里有的是小菜,以及让人可悲的价值两便士的香槟酒;侍者们还戴着手套,并且有俱乐部的花花公子们来一起用餐——丘夫夫人在他们中间很不自在,沙克维尔夫人也沉默不语。

他也并不经常在家吃饭。这不幸的人成了一个十足的享乐主义者,一般都在俱乐部里与那帮大吃大喝的家伙共餐——比如与马乌老博士、克拉姆勒上校(他像灰狗一样瘦削,嘴巴像烤肉叉一般)和其余的人。你在此处会看见这个可怜的人一次次喝着塞勒雷香槟酒,狼吞虎咽地吃着法国食品;我常常在自己的餐桌旁

---

① 伦敦西南部一地区。
② 指公用的地方。
③ 法语:女佣,女仆,保姆。
④ 一种儿童游戏,在地上画几个方格,一只脚着地踢石子依次序经过各格。
⑤ 指解除雇佣关系或契约等的通知。

第四十四章　俱乐部的势利者之八

（桌上放着冷肉、俱乐部的淡啤酒和半品脱马沙拉葡萄酒，它们便组成了这个朴素宴会上的食品），悔恨地看着这情景，叹息着想到这都是我造成的。

我这后悔的心里此时还想到了其他人。他的妻子在哪里呢？我想。那个亲切、善良而可怜的小劳拉呢？就在此刻——大概是托儿所就寝的时候了，那个一无是处的家伙还在那边酗酒——孩子们却在劳拉夫人的膝旁口齿不清地祈祷着，她在教他们说"请上帝保佑爸爸"呢。

她把孩子们弄去睡觉以后，一天的活就干完了；她整夜都十分孤独和忧愁，等待着他。

啊，真丢脸！啊，真丢脸！回家去吧，你这个无所事事的酒鬼。

莎克维尔是如何失去健康的，如何丢掉生意的，如何陷入困境的，如何欠上债务的，如何成为一名铁路公司理事的，皮姆里科的那座住房如何关闭的，他如何去了布伦①的——这一切变化我都能够讲出来，只是我太为自己所起的作用感到惭愧了。后来他们回到英国，因为让每个人吃惊的是丘夫夫人带了一大笔钱去（谁也不知道她存有这笔钱），把他的债务都付清了。他目前在英国，不过是在肯宁顿。他的名字早已从"石棺"的册子里注销。我们遇上时他会跨到街的另一边去，我也不叫他，因看见劳拉那可爱的脸上现出责备或忧伤的表情我会难过的。

然而，我不无自尊地认为，总体而言并非所有邪恶都因英国**势利者**对俱乐部的影响所致。森迪上尉不敢再威吓欺侮侍者们了，吃羊排时总会让冥河②也受到感动。哥贝莫切每次不再拿两份以上的报纸独自阅读。蒂格斯也不按响铃子让那个藏书室的侍者走大约四分之一英里的路来为他拿第二卷，而此卷就放在旁边的桌上。格罗勒不再从咖啡屋的桌子间走来走去，查看人们正餐吃些什么。特罗蒂·维克自己从大厅里把雨伞带走——雨伞是棉

---

① 法国北部港口城市。
② 希神。也指阴间、地狱。

布的；悉尼·斯克拉帕那件有丝绸衬里的外套已被乔宾斯带回去，他完全把它误当成自己的了。威格尔已停止讲述他使得女人们倾倒的故事。斯罗克斯不再认为私下投律师的反对票是举止高雅的行为。斯纳弗勒不再公开于炉火前展示他那张又大又红的棉手帕，以引来两百位绅士的赞美。假如有一个俱乐部的**势利者**改邪归正了，假如有一个仆人不用赶路或者受到责骂——瞧，朋友兄弟们，这些关于俱乐部的文章是否都白写了呢？

第四十五章

对势利者的最终言论

第四十五章 对势利者的最终言论

目前这一系列文章我们是如何写到了第四十五章的,亲爱的朋友和**势利者**兄弟们,我简直不得而知——我只明白在这漫长的整整一年里,我们一直在共同对于人类进行着唠叨和责骂。假如我们再活一百年,我相信就这个关于势利者的庞大主题而论,还有很多可供谈论的话题。

国民们被唤醒了想到了这个题目。每天我都会收到大量信件,它们表达着同感,让我这个英国的**势利者**对一类类尚未描写的**势利者**们引起注意。"你那些戏剧上的**势利者**呢,还有**商业上的势利者,内科和外科中的势利者,官方里的势利者,法律上的势利者,艺术上的势利者,音乐上的势利者,以及体育上的势利者呢?**"这些可敬的通信者写道。"你肯定不会漏掉剑桥大学校长的选举情况吧,不会不揭示一下那些**势利的教师们**,他们把帽子拿在手上,走到一位二十六岁的年轻王子面前,求他担任自己著名大学的校长?"一个朋友这样写道,他的信封上盖着"卡姆—伊斯士俱乐部"的图章。"求你了,求你了,"另一人叫道,"现在歌剧将要开演,给我们讲一下公共马车上的**势利者**吧。"的确,我倒是愿意写一章好好谈谈**势利的教师们**,并另外写一章谈谈**势利的花花公子们**。我想到那些亲爱的戏剧上的**势利者**就很痛苦;我也难以摆脱某些**势利的艺术家们**,很早很早以前我就打算过要和他们交谈一下了。

但为什么迟迟没做呢?当我把这些事做完的时候又有新的**势利者**需要描写了。这种工作是永无止境的,一个人谁也无法完成它。这儿只有五十二块砖——却要建起一座金字塔。最好打住吧。琼斯(Jones)一把自己美好的事讲完就离开了屋子——正如辛辛纳图斯①和华盛顿将军在颇有声望时便隐退下来——正如艾伯特②那样,在砌下交易所的第一块砖后便让砖匠们去完成那座大厦的修建,自己回家用餐去了——正如诗人巴恩(Bunn)在本

---

① 辛辛纳图斯(约公元前519—公元前439年),古罗马政治家。
② 艾伯特(1819—1861年),英国维多利亚女王的丈夫,实际上成为女王的私人秘书和首席机要顾问。

第四十五章 对势利者的最终言论

季末才站出来，带着激动得难以形容的感情，在脚灯①前向友好的朋友们表示美好的祝愿：所以，朋友们，在征服的荣耀与胜利的辉煌中，在人们的欢呼与喝彩声中——我这个胜利而谦逊的英国的**势利者**向你们告别了。

但是只告别一个季度，而不是永远。不，不是。有一位我非常钦佩的著名作家，这十年来在其序言中随时都在向公众们告别，并总是在大家乐于见到他时又回来了。他怎么能忍心如此经常地说再见呢？我相信那位巴恩在向人们祝愿时是受了感动的。分别总会使人痛苦。即使常见的那种讨厌的人对于你也是可贵的。我上次甚至与贾肯斯握手时都感到遗憾。我想一个安置得不错的罪犯在被流放后返回之际，也会在告别范迪门地区②的时候大为忧伤。昨晚当一出舞剧的幕布落下时，那个可怜的老小丑毫无疑问一定非常忧郁。哈！在随后的12月26日那晚他又会怀着怎样喜悦冲上舞台，说："你们好吗？我们又来啦！"不过我太多愁善感了——咱们书归正传吧。

国民们被唤醒想到了这个题目。**势利者**一词已在我们纯正的英语词汇中有了一席之地。也许我们不能给它下准确的定义。我们无法表明它是什么，正如无法给 wit, humour 或 humbug③ 下准确的定义一样，但我们知道它是什么。几周以前我曾受到热情招待，有幸坐在餐桌旁一位年轻小姐身边，当时可怜的老贾肯斯正在那儿十分自负可笑地发表长篇大论；我在一尘不染的缎子上面写下"S—B"④，并让身边的她注意这小小的言辞。

小姐微笑起来。她马上就明白了，心中立即充满了这两个字母——它们被用破折号含蓄地隐蔽起来——我也从她赞同的眼睛里，看出她知道贾肯斯是一个**势利者**。的确，你至今很少会让她们使用到这个词，可一旦她们说出此词时，其带着微笑的小小嘴上所现出的美丽模样真是让人难以置信。倘若某位小姐不相信，

---

① 指舞台上的脚灯。
② 澳大利亚东南角的海岛殖民区，现称塔斯马尼亚州。
③ 这几个词分别指"机智、才智"、"幽默、诙谐"和"欺骗"。
④ 注意英语的"势利者"为"Snob"。

第四十五章 对势利者的最终言论

就让她回到自己房间对着镜子好好照一照吧,并且说出"**势利者**"。假如她作一下这个简单的试验,我敢用生命打赌她会露出微笑的,并且承认这个词与她的嘴惊人地相匹配。这是一个声音相当圆润的小词,全部由浊音字母组成,开头有咝音,好像就为了让它听起来有趣一般①。

与此同时贾肯斯继续说着蠢话,不断吹嘘,让人心烦,可他却全然不知。毫无疑问他会那样大呼小叫下去直到时间终止,或至少直到没人听他说话为止。你无法借讽刺之力改变男人们或**势利者**们的本性,正如你在一头驴子背上画了许多斑纹也无法让它变成斑马一样。

但我们却可以提醒周围的人,让他们知道自己和贾肯斯所赞美的人是个骗子。我们可对他作**势利者**试验,试试看他是否自以为是,欺骗他人,是否华而不实,缺乏谦逊——是否冷漠无情,得意于自己狭小的灵魂?他是如何对待一位大人物的——如何看待一个小人物的?面对公爵大人他有怎样的举止,面对工匠史密斯时又有怎样的举止?

我似乎觉得整个英国社会都受到这种拜金迷信的诅咒;从最底层到最高层,一方面我们鬼鬼祟祟,点头奉承,另一方面又恃强凌弱,蔑视他人。我妻子十分谨慎地——她称为怀着自尊心——与我们的邻居即工匠的夫人说话。她——我指**势利者**夫人——艾莉扎——总是一只眼睛向着君王,正如她表妹、那个上尉的妻子一样。她又是一个好心的人,但因不得不承认我们住在萨默斯镇汤普森大街而感到苦恼。虽然我相信,在她心里惠斯克林唐夫人更喜欢我们而非她的表姐妹斯米格士玛格们,但你会听到她是怎样在不断唠叨着关于斯米格士玛格夫人的事,说出"我对约翰先生说过,亲爱的约翰"这样的话,以及有关斯米格士玛格的住房和她们在"海德公园街"举办的聚会。

斯米格士玛格夫人遇见艾莉扎时——她是与那个家庭有某种利益关系的人——伸出一只手指来,于是我妻子便以她能想到的

---

① 此词英语为"Snob",音译为"斯劳布"。发浊音时声带要振动。

最热诚的方式自由地拥抱它。但是，啊，当朗格斯大人与夫人到来的时候，你真应该看看夫人她在举行一流宴会的那些日子里所表现出来的行为！

我再也无法忍受——这种将自然的善良与真诚的友谊扼杀的、邪恶的假斯文。自尊心，真是呀！等级与优先权，的确如此！那份关于等级与身份的表格是一种谎言，应该付之一炬。将等级与优先权予以组合，这对于旧时代的司仪官们倒是挺不错的！勇敢地站出来吧，某位伟大的司仪官，在社会上组合起平等来，那么你手中的权杖就会将昔日宫廷里所有骗人的镀金杖消灭。如果这不是绝对真理——如果世界并没有这样的倾向——如果世袭的伟人崇拜不是一种欺骗行为和盲目崇拜——咱们就让斯图亚特王室的人又回来吧，割去"言论出版自由"的耳朵以示众。

如果我们的表姐妹斯米格士玛格让我去见朗格斯大人，我会在用过餐后抓住机会，以世上最温和的方式说——阁下，命运给了你一份礼物，让你每年有数千英镑的收入。我们的祖先有着不可言喻的智慧，让你成为我的上司和世袭立法者。我们那值得赞美的《宪法》（它使英国人自豪，让邻邦羡慕）让我们不得不同意你成为我的议员、上级和保护人。你最大的儿子菲兹—赫瓦必然将在议会谋得职位；你的小儿子德—布雷们将和蔼有礼地屈尊俯就，成为大战舰舰长①和陆军中校，在外国宫廷里做我们的代表，或者适当时过上某种优越的生活。我们那值得赞美的《宪法》（什么什么的自豪与羡慕）宣布这些奖赏都是你们应得的；它根本不考虑你们如何迟钝、邪恶与自私，或者多么无能愚蠢。尽管你们可能是迟钝的（我们也像其他人一样有权认为大人是个傻瓜，也是个开明的爱国者）——瞧，尽管你们可能是迟钝的，但谁也不会指责你们愚蠢得出奇，以致以为你们会对拥有的好运漠不关心，或者有任何放弃它的念头。不会的——由于我们也是爱国者，在条件更加美好的时候，我毫不怀疑假如我和史密斯都

---

① 指旧时英国海军中装有二十门炮以上的大战舰舰长。

第四十五章 对势利者的最终言论

成了公爵,我们也会维护自己的地位。

我们会心安理得地置身于高处;我们会默许那值得赞美的《宪法》(什么什么的自豪与羡慕),它使得我们成为长官上级,使得世人成为我们的下属;我们不会对世袭的优越性吹毛求疵,它使得许多普通人对我们卑躬屈膝;我们会大力支持《谷物法》,反对《选举法修正案》①;我们宁死也不废除《反对天主教徒与异教徒法案》;我们会按照崇高的等级立法制,让爱尔兰处于目前这种极佳的状况中。

可我和史密斯还不是伯爵。我们并不相信,为了史密斯所在部队的利益德—布雷应该在二十五岁就成为一名上校,为了史密斯外交上的利益朗格斯大人应该去做君士坦丁堡的大使,为了我们政治上的利益朗格斯应该以世袭的方式涉足于政治。

史密斯认为点头哈腰、阿谀奉承是**势利者**的行为,他将竭尽全力不再做一个**势利者**,也不再屈从于**势利者**们。他会对朗格斯说:"我们不能不看见,朗格斯,我们并不比你差。我们甚至比你拼写得更好,能够有一样正确的思想;我们不愿让你做我们的主子,或者再替你擦皮鞋。你的仆从们会做的,不过他们得到了酬劳;当你在朗格雷尔酒店举办宴会或有舞蹈表演的早宴时,那个来拿参加人员名单的人也因自己的服务从报社领到了钱。但我们呢,我们不会无缘无故地向你表示感谢,朗格尔斯朋友,既不希望欠你什么也不希望偿还你什么。我们会向威灵顿脱帽致意,因为他是威灵顿;但是对于你——你是谁呢?"

我对《宫廷公报》感到厌烦。我讨厌那种 HAUT-TON② 消息。我认为像"时髦、独尊、贵族"等这些词都是邪恶粗野的称号,应该从纯正的词汇中消除。一种让富有天才的人成为二等公民的宫廷制度,我认为是**势利**的制度。一个大力提倡要讲求高雅却忽视知识文化的社会,我认为是一个**势利**的社会。你如果看不起自己的邻居,你就是一个**势利者**;你如果忘记自己的朋友们,

---

① 此处涉及英国历史,尤指 1832 年的议会选举法修正案。
② 法语,指"带有上流社会格调的"。

第四十五章　对势利者的最终言论

卑鄙地追随那些地位更高的朋友，你就是一个**势利者**；你如果为自己的贫困羞耻，为自己的职业脸红，你就是一个**势利者**；正如你如果吹嘘自己的出身，或为你的财富感到得意，你也会是个**势利者**一样。

对这样的人加以嘲笑是**笨拙**先生的职责。愿他的嘲笑真诚公正，不会造成任何不好的打击；他在对其大肆嘲笑时所讲的都是事实——我们绝不要忘记，假如**玩笑**是不错，**事实**就更好，而**爱心**则最佳。